"대한민국의 주권은 국민에게 있고,

모든 권력은 국민으로부터 나온다."

대한민국 헌법 제1조 2항

문재인의 서재

책을 읽기 전에

원서와 국내 번역서의 제목이 다른 경우 국내 번역서의 제목으로 표기하고 원서의 제목을 병기했습니다. 또한 인용한 부분은 번역서 및 발표된 원 기사를 그대로 사용하되 (주)푸른영토의 교정원칙 등 내부 규정에 의해 일부 수정했습니다.

MOON JAE IN LIBRARY

문재인의 서재

2017 문재인, 책 속에서 대한민국의 미래를 묻다! | 태기수 편저 |

푸른영토

이 책은 문재인이 읽고 이런저런 자리에서 소개하거나 독자들에게 추천한 책들을 중심으로 엮였다. 누군가에게 책을 추천하는 행위는 그에게 자기 마음과 생각을 전하는 것과도 같다. 책을 통한 대화, 소통의 한 형태라고 말해도 좋을 듯하다. 따라서 이 책은 독자와 지지자들을 향해 열린 문재인의 생각과 사상의 창窓이다. 그 창을 열어 문재인과의 소통을 시도하는 것은 물론 독자들의 몫이다.

문재인은 자서전에서 독서를 통해 세상을 이해하고 인생을 알게 됐으며, 사회에 대한 통찰력까지 얻었다고 말한 바 있다. 책 읽기를 즐기는 습성은 어린 시절부터 시작되었다. 남루한 소년기를 보내야 했던 문재인에게 책은 곧 꿈의 통로였을 것이다. 책 읽기의 즐거움에 빠져들면서 문재인은 책에 굶주린 학생이 되었다. 중·고등학교 시절에

만난 도서관은 그의 굶주림을 일거에 해소해준 화수분이었다. 문재인은 읽을거리가 무궁무진한 책의 바다를 맘껏 헤엄치며 닥치는 대로 읽어나갔다. 그가 대학입시에 실패하고 1년 동안 재수를 해야 했던 이유다. 그러나 이 '청춘의 독서'야말로 문재인의 오늘을 만든 밑거름이었음을 부인할 수는 없다. 대학에 진학한 문재인이 학생시위를 주도한 데는 독서를 통한 사회의식에의 눈뜸이 영향을 미쳤을 것이다. 또 독서로 다져진 내면의 힘이 그를 인권변호사의 길로 이끌었을 것이다.

이처럼 독서는 인간의 내면을 성장시키고, 그에 맞는 행동을 유도하며 삶의 방향을 제시해주기도 한다. 폭넓은 독서체험이 '어떻게 살 것인가?'라는 질문으로 이어지며 내면적 성찰을 유도하기 때문이다.

책 읽기는 지금에도 문재인의 주요한 일상의 한 부분이다. 그는 여전히 책을 통해 인간의 삶을 돌아보고, 드러나거나 드러나지 않은 세상사를 들여다보는 데서 즐거움을 얻는다. "좋아하는 차원을 넘어, 어떨 땐 활자중독처럼 느껴진다"고 토로할 정도다. 국내외의 문제를 두루 아우르며 국익과 국민의 안전을 꾀하고, 국민적 통합과 화합을 이끌어낼 수 있는 고도의 정치력이 요구되는 정치인에게 있어 독서로 다져온 지적 역량과 성찰의 힘은 최대의 장점이자 미덕이다.

두 번째 대선의 수레바퀴를 굴리고 있는 지금, 문재인이 자주 들춰보는 것은 어떤 책일까? 시대정신을 바로 세우는 데 방향타가 되어줄 만한 책, 정치·사회·경제적 비전을 제시하는 데 도움이 될 만한 책, 각 분야의 정책을 구체적으로 다듬어가는 데 쓰임이 될 만한 책들이 그의 곁에 놓여 있지 않을까? 어쩌면 이 책《문재인의 서재》에 소개된 책들 중 한 권을 다시 한 번 들춰보고 있을지도 모른다.

책은 저자와 독자, 사람과 사람 사이를 이어주는 끈과 같다. 상대방과 같은 책을 읽게 되면 그 책의 깊이만큼 친밀도가 더해진다. 가까운 친구에게 자신이 깊이 공감한 책을 권하는 것은 그에게 좀 더 가까이 다가가기 위한 적극적인 친교행위다. 이 책을 집필하는 동안 필자도 문재인의 생각의 깊이에 공감하며 그와 마주 보고 대화하는 듯한 기분에 잠길 때가 많았다. 이 책을 통해 많은 독자들이 대선후보 문재인에 대해 보다 깊이 알아가며 친밀해지기를 바란다.

이 책은 문재인의 서재에 꽂혀 있는 책들 중 12권을 선정해 그의 인생스토리와 엮어 소개한 글모음이다. '문재인의 책과 인생'이라는 말로 정리될 수 있는 책이다. 문재인의 서재에는 어떤 책들이 꽂혀 있을까? 이 책이 그의 서재로 안내하는 제법 쓸 만한 길잡이가 되어줬으면 좋겠다.

자, 그럼 이제 문재인의 서재 안으로 들어가 보자.

2017년 1월

태기수

차례

1장 사람 사는 세상을 읽다

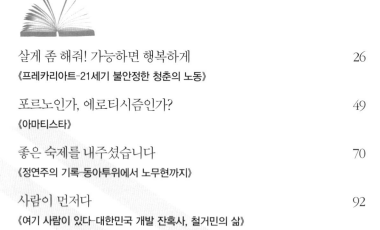

2장 시대를 읽고 미래를 꿈꾸다

3장 역사 속에서 민중의 희망을 읽다

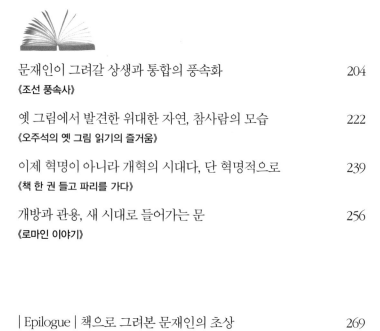

운명에서 소명으로

이제 저는 정치인 문재인으로 다시 시작합니다. 국민들의 사랑이 가장 큰 무기라고 믿는, 정치인 같지 않은 정치인으로 다시 시작합니다.

그리고 감히 말씀드립니다. 정치인 문재인은 정치인 노무현을 넘어서겠다고 말씀드립니다. 그가 멈춘 그곳에서, 그가 가다 만 그 길을 머뭇거리지도 주춤거리지도 않고 갈 것입니다. 포기하지 말라던 그 강물이 되어 그가 꿈꾸던 바다에 닿을 것입니다.

사람 사는 세상, 그 어떤 것보다 사람이 먼저인 나라, 사람이 중심이고 사람이 주인인 나라, 그가 꿈꾸던 나라를 만들겠습니다.

이제 시작입니다.

— 문재인

《운명이다》,《문재인의 운명》.

노무현 전 대통령과 문재인의 자서전 제목이다. 두 사람의 운명적 관계 때문인지, 각기 다른 두 인물의 자전적 기록임에도 1, 2권으로 분책한 하나의 책처럼 보이기도 한다.

문재인은 2011년 출간한 자서전에 "신의 섭리 혹은 운명 같은 것이 나를 지금의 자리로 이끌어 왔다는 생각을 하게 된다"고 했다. 그 운명의 중심에 노무현 전 대통령과의 만남이 있었다. 노무현의 죽음조차도 그에게는 운명이었다. "대통령은 유서에서 '운명이다'라고 했다. 속으로 생각했다. '나야말로 운명이다.'"

그리고 자서전의 마지막에 그는 정치참여를 암시하는 말을 남겼다.

"당신은 이제 운명에서 해방됐지만, 나는 당신이 남긴 숙제에서 꼼짝하지 못하게 됐다."

그가 '정치인 문재인'을 선언한 것은 올해 5월이었지만, 이미 자서전을 집필하던 때부터 정치인으로서의 운명을 준비하고 있었던 것으로 보인다. 변호사 노무현과의 첫 만남에서부터 시작된 운명은 숙명처럼 기꺼이 받아들인 운명이었다. 그러나 문재인에게 있어 '정치인 문재인'의 운명은 한사코 피하려 했던 운명이었다. '운명의 지침'을 돌려놓은 것은 이번에도 역시 노무현이었다. 문재인은 결국 그 운명까지 품에 안아 들였다.

노무현 전 대통령 서거 3주기 추도식에서 문재인은 "이제 그분을 놓아드리고, 그분을 딛고 일어서고, 그분을 뛰어넘어야 할 때"라고 밝혔다. 2012년 6월 17일, 문재인은 마침내 "우리나라 대통령이 되겠다"고 선언하고 첫 번째 대선 도전에 나섰다.

> "저는 대통령이 되겠습니다. 우리나라 대통령이 되겠습니다. 소수 특권층의 나라가 아니라 보통사람들이 주인인 '우리나라', 네 편 내 편 편 가르지 않고 함께 가는 우리나라, '우리'라는 말이 조금도 부끄럽지 않은, 진정한 '우리나라'의 대통령이 되겠습니다."

30년을 함께 해온 노무현 전 대통령을 극복하고 "진정한 우리나라의 대통령"이 되는 것. 문재인이 선택해야만 했던 새로운 운명의 길이 비로소 열렸다.

문재인은 1952년 경남 거제에서 태어났다. 그의 부모님은 함경남도 흥남 출신으로 1950년 '흥남철수' 때 거제도로 피난을 왔고, 그곳에서 문재인을 낳았다. 경남중·고를 졸업한 문재인은 재수를 거쳐 1972년 경희대 법대에 진학했다. 1975년 학생시위를 주도했다가 구속·제적되었고, 이른바 '녹화사업'으로 강제징집되어 공수부대에서 군대생활을 했다.

복학한 뒤 1980년에는 '서울의 봄' 때 계엄포고령을 위반했다는 이유로 다시 구속됐다가 사법시험에 합격하면서 풀려났다. 1982년 8월 문재인은 사법연수원을 차석으로 졸업했다. 그는 연수원 시절부터 판사의 길을 걷고 싶어 했다. 수료식에서 법무부장관상을 받기도 했던 터라 판사 임용에는 별 지장이 없을 거라 여겼다. 그러나 시위 전력이 문제가 되어 판사 임용을 받을 수 없었다.

변호사의 길을 모색하던 문재인은 사법시험 동기인 박정규 전 민정수석의 소개로 부산에서 노무현 변호사를 만났다. 운명의 시작이었다. 문재인은 그 만남에서 "나와 같은 세계에 속한 사람"이라는 느낌을 받았다고 전한다. 의기투합한 두 사람은 '변호사 노무현 문재인 합동 법률사무소'를 열었다. 노 전 대통령은 문재인보다 사법시험 5년 선배였다. 그럼에도 갓 사법 연수를 마친 후배를 자신과 동등한 조건으로 대우했다. 첫 만남으로 시작된 두 사람의 인연은 이후 30년 동안 지속됐다.

합동법률사무소를 설립한 뒤 두 사람은 부산 지역을 대표하는 노동·인권 변호사로 자리 잡았다. 그러다 노 전 대통령은 정계에 진출해 1988년 국회의원에 당선되며 '정치인 노무현'으로 변신했다. 반면 문재인은 부산에 남아 변호사 업무를 이어갔다. 그는 시국사건, 노동사건 변론을 주로 맡았다. 정치는 자신의 길이 아니라고 믿었다. 그러나 '정치인 노무현'과 운명으로 엮인 이상 그 길을 외면할 수도, 피해 갈 수도 없었다. 운명이란 그런 거니까.

2002년 대선 당시 문재인은 부산선대본부장을 맡아 노 전 대통령 당선에 기여했다. 그리고 2003년 1월, 노무현 당선자는 문재인을 청와대로 불러들였다. 문재인은 청와대 민정수석, 시민사회수석, 정무특보 등 요직을 두루 거치며 노 전 대통령을 보좌했다. 2004년 2월 민정수석에서 퇴임했다가 불과 한 달 뒤 노무현 곁으로 돌아오는 곡절도 겪었다. 대통령 탄핵이라는 초유의 사태가 그의 발길을 돌려 세운 것이다. 당시 문재인은 네팔 안나푸르나 산행 중이었는데, 우연히 영자신문에 실린 탄핵 소식을 접하고 즉시 귀국, 대통령 탄핵심판 대리인을 맡아 노 전 대통령을 위기에서 구해냈다. 그리고 2005년 1월부터 시민사회수석을 맡아 이듬해 5월까지 일했다. 그 뒤 정무특보로 한 발짝 물러나 있다가 2007년 3월 비서실장에 임명되었다. 결국 그는 노무현 전 대통령과 함께 퇴임한 뒤에야 청와대를 나올 수 있었다. 노무현 대통령 5년 임기 내내 청와대를 지킨 셈이다. 그는 이 5년의 경험이 자신을 새로운 운명으로 이끌어갈 거라곤 예상하지 못했을 것이다.

퇴임 뒤 문재인은 다시 '법무법인 부산'의 변호사로 돌아갔다. 비로소 제자리로 돌아온 기분이었다. 그러나 가혹한 운명이 그를 기다리고 있었다. 2009년 5월 23일 문재인은 부산대병원에서 노무현 전 대통령의 서거 사실을 공식 발표해야 했던 것이다.

하지만 그것이 끝이 아니었다. 한 사람의 죽음으로 정리될 수 있는 운명이 아니었다. 새로운 운명, 새로운 시작이 그를 향해 손짓하고 있었다. 경쟁력 있는 대선주자가 없는 야권의 현실이 노무현재단 이사장을 맡고 있는 문재인을 대안으로 지목한 것이다. 그를 대선주자로 내세우기 위한 움직임도 일었다. 그는 결국 정치적 시험대에 올라야 했다. 문재인은 '혁신과 통합'을 이끌며 민주당과의 통합에 앞장섰고, 지난 4·11 총선에서 부산 사상구 국회의원에 당선되면서 제도권 정치 깊숙이 발을 디뎠다.

정치적 상황의 절박함, 주변의 강요에 의한 선택처럼 보이는 감도 없지 않다. 그러나 그의 마음을 움직인 것은 피해 갈 수 없는 자신의 운명에 대한 자각이었던 것 같다. 자서전 말미에 남긴 글에서도 그 운명적 자각에서 솟구쳤을 결연한 의지가 배어 나온다.

"나야말로 운명이다."

운명의 반복, 운명의 전환이라 할 만하다. 그가 헤쳐 나온 삶의 고빗길마다 이처럼 운명이라는 단어가 '운명'처럼 걸려 있다. 대선의 고빗길을 오르고 있는 그의 현재를 말할 때도 이 단어를 들먹일 수밖에 없겠다. 그래, 다시, 운명이다!

문재인에겐 이전에도 몇 번 정치 입문의 기회가 있었다. 참여정부 청와대 출신의 한 민주통합당 의원의 말에 의하면 "노무현 대통령은 2004년 17대 총선, 2006년 부산시장 출마를 문 고문에게 권유했다"고 한다. 문재인이 두 차례 맡아 수행했던 민정수석을 그만둘 때 있었던 일이다. 하지만 문재인은 대통령의 권유를 따르지 않았다. 노 전 대통령 서거 이후에도 몇 차례 출마 요구가 있었다. 2009년 양산 재보선, 2010년 부산시장 선거, 2011년 김해을 재보선 때도 수많은 이들이 출마를 권했다. 그러나 정치를 하지 않겠다는 문재인의 생각은 요지부동이었다. 그 생각을 바꾸기까지는 결단의 용기가 필요했다. 2010년 한 신문과의 인터뷰에서 문재인은 자신이 정치 참여를 거부해온 이유에 대해 이렇게 말한다.

"정치는 원칙을 지킬 수 있어야 한다. 노 대통령은 대단히 강인한 능력과 개인기를 가지고 있었는데도 끝내 좌절했다. 나는 도저히 엄두도 못 낼 일이다."

노무현의 좌절은 곧 문재인의 좌절이었을 터. 그 때문에 기존 정치에 대한 불신을 품게 되고, 본능적으로 정치와 일정한 거리를 유지하려 했던 듯하다. 그러다 문재인은 결국 정치도 자신의 운명임을 자각하고 결단을 내렸다. 소명의식의 발로일 터다. 문재인의 대선출마선언문을 보면 운명에서 운명으로, 운명에서 소명으로 나아간 그의 심중 변화가 읽힌다.

"국민 한 사람 한 사람이 모두 아픕니다. 빚 갚기 힘들어서, 아이 키우기 힘들어서, 일자리가 보이지 않아서 아픕니다. 입시 부담과 성적 스트레스, 그리고 학교폭력에 상처받은 어린 영혼들은 그 아픔을 견디지 못하고 하나 둘 우리 곁을 떠나고 있습니다. 어르신들도 삶이 힘겨워서 스스로 세상을 버리는 분이 많습니다.

왜 이렇게 아픈 일들이 계속 일어날까요? 약자의 고통에 관심 없는 정부, 부자와 강자의 기득권 지켜주기에 급급한 정치가 사람들에게서 희망을 앗아가 버렸기 때문입니다. 지금 길거리는 표정 없는 사람들로 넘쳐납니다. 국민들에게 희망을 주는 정치가 절실하게 필요합니다."

문재인은 암울한 시대적 상황이 자신을 정치로 불러냈다고 말하며 "보통사람들의 삶이 너무 고달프고, 우리가 처한 현실이 너무도 엄중하기 때문"에 "근본적인 혁신, 거대한 전환 없이는 나라가 무너지겠구나 하는 절박함 때문"에 대선출마를 결심했다고 밝혔다. 자발적인 권력의지라기보다 작금의 위기상황에 대한 절박한 인식이 소명의식을 불러일으켰음을 짐작케 하는 발언이다. 그래서일까? 민주통합당 대선후보로 선출되고 안철수 후보와의 야권단일화라는 큰 그림을 그리고 있는 지금에도 문재인의 권력의지를 의심하는 이들이 상당하다. 대통령이 되겠다고 나선 사람이 권력의지를 의심받는다는 건 심각한 결격사유일 수 있다. 그러나 문재인은 이러한 의문에 대해 "대통령에게 필요한 것은 권력의지가 아니라 소명의식"이라고 답한다.

문재인이 생각하는 '권력의지'는 사실 일반적인 통념과는 좀 거리가 있다. 그는 권력의지를 권력욕이라는 사적 욕망의 발현으로 규정한다. 권력의지를 문제 삼는 이들에게 그는 이렇게 대응한다.

"만약 권력의지가 개인의 야망을 실현하려는 의지라면 없는 게 맞다고 생각합니다. 그런 식의 권력의지가 한국의 현대사를 얼마나 많이 뒤틀어놓았는지, 우리는 잘 알고 있습니다. 권력욕에 사로잡힌 이들은 군사 쿠데타를 일으켰습니다. 권력을 연장하기 위해서 반대파를 탄압하고 심지어는 죽이기까지 해놓고도 아무런 반성도 하지 않습니다. 언론을 장악해서 권력이 하고 싶은 말만 하게 만들고, 그 뒤에서 권력이 안겨주는 온갖 부정과 비리를 마음껏 저지릅니다. 그런 것이 권력의지라면 제게는 없는 것이 맞고, 없어야 한다고 생각합니다."

문재인은 권력의지가 없는 정치인이 아니라 그 권력의지를 경계하는 정치인처럼 보인다. 하지만 권력의지 없는 정치인, 권력의지를 경계하는 대선후보가 나올 수 있을까? "그런 것이 권력의지라면 제게는 없는 것이 맞고, 없어야 한다고 생각한다"는 문재인의 말, 이는 문재인 식의 권력의지를 말해주는 역설적 표현이 아닐까? 그가 생각하는 권력의지란 요컨대 이런 것이다.

"제가 권력의지를 가지고 있다면 그것은 시대를 바꾸고 세상을 바꾸기 위해서 권력이 필요하다고 생각하기 때문입니다. 그런 의미의 권력의지라면 누구와도 비교할 수 없을 정도로 충만해 있습니다. 시대를 거꾸로 되돌려놓고, 국민들을 무자비하게 탄압해서라도 권력에 대한 개인적인 야망을 채웠던 시대를 미화하는 사람들에게 권력을 맡긴다면 국민들은 지난 5년을 능가하는 고난을, 앞으로 5년 동안 또다시 겪을 것입니다."

다음은 헌법 제1조에 나오는 조항이다.

"대한민국의 주권은 국민에게 있고, 모든 권력은 국민으로부터 나온다."

법률가 출신 정치인인 문재인도 이 조항을 들어 권력은 국민에게서 나오는 것임을 새삼 강조한다. 그가 생각하는 권력의지는 권력을 쟁취하는 데 목표를 두지 않고, 국민에게서 위임받은 권력을 국민들에게 되돌려주기 위한 의지를 말한다.

문재인의 정치적 비전은 노무현 전 대통령의 유토피아적 비전과 맞닿아 있다. 노무현 전 대통령이 꿈꾸던 세상은 '사람 사는 세상'이었다. 그러나 그가 부엉이바위에서 투신하면서 그 꿈도 함께 추락했다.

정치인 문재인의 출발점은 바로 그 지점이다. 문재인은 노무현 전 대통령이 멈춘 그곳에서, "그가 가다 만 그 길을 머뭇거리지도 주춤거리지도 않고 갈 것"임을 선언했다. 노무현 전 대통령의 정신과 신념, 가치, 원칙을 이어받은 문재인이 꿈꾸는 세상도 '사람 사는 세상'이다.

2012년 9월 16일 문재인은 마침내 민주통합당의 공식 대선후보가 되었다. 후보 수락 연설문에서 문재인은 한층 자신 있는 어조로 대선 승리에 대한 결의를 다진다.

"변화의 새 시대로 가는 문을 열겠습니다.

존경하는 국민 여러분. 당원 동지 여러분. 감사합니다.

여러분은 대한민국의 변화를 선택하셨습니다.

정권교체를 선택하셨습니다.

민주통합당의 승리를 선택하셨습니다.

그리고 저 문재인을 선택하셨습니다. 여러분의 간절한 소망을 이루어내는 주역이 되라는 막중한 책임을 맡기셨습니다.

저는 두렵지만 무거운 소명의식으로 민주통합당의 대통령 후보직을 수락

합니다. 그리고 저에게 부여된 막중한 책임을 반드시 이루어낼 것임을 약속드립니다.

여러분의 지지와 성원에 보답하겠습니다. 12월 대통령선거에서 반드시 승리하겠습니다."

소명의식에 가려 흐릿해 보이던 권력의지가 보다 선명하고 명확해졌다. 이는 경선과정을 거치며 정치인 문재인이 더욱 단단해지고 부쩍 성장했음을 말해주는 징후로 보인다.

죽음을 결심하기 전 노무현 전 대통령은 이미 예상했던 게 아닐까. 문재인이 결국 현실정치에 참여하고, 자신의 좌절한 꿈을 계속 이어가리라는 걸. 그래서 조금은 안도하는 기분으로 미련 없이 몸을 던질 수 있지 않았을까. 그랬든 그렇지 않았든 노무현의 꿈은 이제 고스란히 문재인의 꿈이 되었다. 대선출마는 그 꿈을 실현하기 위해 필히 통과해야만 하는 첫 관문이었다. 그 결과는 우리가 익히 알고 있는 바 그대로다.

그런데 이건 또 무슨 운명의 장난이란 말인가. 박근혜 대통령 탄핵심판 사건과 함께 조기대선의 막이 올랐고, 소명의식에서 출발한 문재인은 결국 대한민국 19대 대통령으로 당선 되었고, 2022년에 퇴임을 하였다.

제어할 수 없이 폭주하는 자본주의가 사람을 사람으로 취급하지 않는 것에 대해 이젠 누구도 침묵하지 않는다. 싸움의 테마는 단지 '생존'이다. 살 수 있게 좀 해달라는 것이다. 살아갈 수 있을 만큼의 돈을 내놔라. 밥은 먹을 수 있게 해줘라. 사람을 바보로 만드는 일은 시키지 마라. 나는 인간이다.

— 아마미야 가린

CHAPTER ONE

사람 사는
세상을 읽다

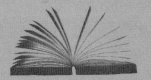

살게 좀 해줘! 가능하면 행복하게 《프레카리아트-21세기 불안정한 청춘의 노동》

포르노인가, 에로티시즘인가? 《아마티스타》

좋은 숙제를 내주셨습니다 《정연주의 기록-동아투위에서 노무현까지》

사람이 먼저다 《여기 사람이 있다-대한민국 개발 잔혹사, 철거민의 삶》

살게 좀 해줘!
가능하면 행복하게

《프레카리아트-21세기 불안정한 청춘의 노동》
生きさせろ

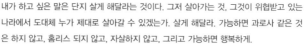

내가 하고 싶은 말은 단지 살게 해달라는 것이다. 그저 살아가는 것, 그것이 위협받고 있는 나라에서 도대체 누가 제대로 살아갈 수 있겠는가. 살게 해달라. 가능하면 과로사 같은 것은 하지 않고, 홈리스 되지 않고, 자살하지 않고, 그리고 가능하면 행복하게.
아마미야 가린, 《프레카리아트□21세기 불안정한 청춘의 노동》 후기에서

1. 문재인의 청춘, 우리 시대 청춘의 초상

《프레카리아트》가 국내에 소개된 것은 2011년 7월, 문재인은 2012년 1월 시사주간지 〈시사인〉 224호에서 《한국 경제의 미필적 고의》라는 경제서를 추천하며 이 책도 함께 추천도서 목록에 올렸다. '불안정한 청춘의 노동'을 다룬 이 책을 통해 우리는 젊은 세대에 대한 문재인의 생각과 고민을 엿볼 수 있다.

문재인의 젊은 날은 어떠했을까? 그는 재수를 거쳐 72학번으로 경희대 법과대학에 입학했다. 암울한, 유신의 시대였다. 그해 10월 박정

희 정권이 유신을 선포했다. 이는 3선 개헌으로 집권을 연장한 박정희 대통령이 아예 영구집권의 길로 들어섰음을 '선포'한 것이었다. 유신 전야에 상륙전이라도 펼치듯 탱크들이 시내를 질주했다. 다음 날 아침 대학마다 그 탱크가 진주해 있었고, 무기 휴교령이 내려졌다. 학교 밖으로 밀려난 대학생들은 술집이나 하숙방에 모여 분노와 울분을 토했다. 문재인이 대학에 입학했던 해에 벌어진 일이었다.

이 시절 문재인은 사상의 은사 한 사람을 만났다. 바로 리영희 선생이다. 그는 자서전에서 "대학 시절 나의 비판의식과 사회의식에 가장 큰 영향을 미친 분, 그 무렵 많은 대학생들이 그러했듯 리영희 선생이었다"고 말했다. 리영희 선생의 《전환시대의 논리》는 당시 대학생과 지식인 사회에 가히 코페르니쿠스적 전환이라 할 만한 충격을 안겨주었다. 문재인도 〈창작과 비평〉에 발표된 리영희 선생의 논문을 처음 접하고 받은 충격을 이렇게 전한다.

"처음 접한 리영희 선생 논문은 정말 충격적이었다. 베트남전쟁의 부도덕성과 제국주의적 전쟁의 성격, 미국 내 반전운동 등을 다뤘다. 결국은 초강대국 미국이 결코 이길 수 없는 전쟁이라는 것이었다. (……) 미국을 무조건 정의로 받아들이고 미국의 주장을 진실로 여기며 상대편은 무찔러 버려야 할 악으로 취급해버리는, 우리 사회의 허위의식을 발가벗겨 주는 것이었다. 나는 그 논문과 책을 통해 본받아야 할 지식인의 추상秋霜 같은 자세를 만날 수 있었다. 그것은 두려운 진실을 회피하지 않고 직시하는 것이었다. 진실을 끝까지 추구하여 누구도 부인할 수 없는 근거를 가지고 세상과 맞서는 것이었다. 목에 칼이 들어와도 진실을 세상에 드러내고, 진실을 억누르는 허위의식을 폭로하는 것이었다."

실천적·비판적 지성의 표본으로 우러름 받았던 리영희 선생은 자유와 진실에 목말라하던 당시의 대학생들에게 사상의 아버지와도 같은 존재였다. 문재인 역시 선생의 글을 접하며 의식의 성장기를 거쳤고, 이는 그의 앞날에도 결정적인 영향을 미쳤다.

당연한 수순을 밟아가듯 문재인은 학생운동의 중심으로 나아갔다. 대학가에 유신반대 운동이 본격적으로 전개된 것은 1973년 하반기부터였다.

"서울대 문리대 시위를 시작으로 대학생들의 시위가 전국 각 대학으로 확산됐다. 개헌청원 100만 명 서명운동, 긴급조치 1호, 긴급조치 4호와 민청학련사건, 인혁당사건 등이 이어졌다. 그런 동안에도 경희대에서는 시위라고 할 만한 것이 없었다. 시위를 하려는 시도는 간헐적으로 있었으나, 이끄는 중심세력이 없어 불발에 그쳤다."

1974년 가을, 경희대에서 재단퇴진 농성이 일었다. 3학년이었던 문재인은 이를 계기로 뜻을 같이하는 친구들과 유신반대 시위를 기획했다. 문재인은 이 시위의 선언문을 작성하고 수백 명의 학생들 앞에서 직접 읽기도 하며 주동자로서의 면모를 드러냈다. 그가 경희대 입학 후 처음으로 경험한 제대로 된 시위였다. 이 시위를 주동하고 이끈 문재인과 친구들은 학내에서 일약 학생운동의 중심인물들로 떠올랐다. 그들은 각 단과대학별로 학생들을 이끌 만한 리더십을 갖춘 다른 친구들을 규합했다. 학교 전체를 망라하는 조직을 갖추는 한편 사회과학 서클을 통해 그 저변을 넓혀나갔다. 다음 해에 이어질 본격적인 시위에 대비한 준비단계였다.

> "1975년 새 학기가 시작될 때 대학가에는 어느 학교라고 할 것 없이 유신정권과 전면전을 벌여야 한다는 분위기가 넘쳐흘렀다. 1973년 하반기부터 시작된 대학생들의 반反유신투쟁 열기가 재야와 기독교권, 그리고 언론 쪽의 자유언론수호운동 등과 맞물리면서 최고조에 달한 느낌이었다."

그해 4월 초 총학생회장 선거가 있었다. 이전까지 대의원 간접선거로 실시되다가 오랜만에 직선제로 열리는 선거였다. 문재인 그룹은 총학생회를 장악, 총학생회가 주관하는 시위를 계획했다. 이들은 회장 후보를 내세워 당선시키는 데 성공했고, 문재인은 총무부장을 맡았다. 다른 친구들도 이런저런 간부직에 오르며, 학생회를 중심으로 시위를 주도할 만한 조직적 역량을 갖추게 되었다.

총학생회 출범과 함께 비상학생총회를 개최했다. 총학생회 명의의 시국선언문을 만들고, 다음 날 교문에 비상학생총회 소집공고를 내걸었다. 처벌을 각오한, 감옥행까지 불사한 행위였다. 소집공고와 유인물을 본 학생들이 엄청난 규모로 몰려들었다. 그런데 정작 총회와 시위를 이끌기로 한 총학생회장이 보이지 않았다. 학교로 오던 중 경찰에 붙잡혀 예비 구금되고 만 것이다. 할 수 없이 문재인이 회장 대행으로 총회를 개최했다. 시국토론을 하고 유신독재 화형식까지 마친 학생들은 대열을 이뤄 교문으로 나아갔다. 이때 태극기를 들고 선두에서 대열을 이끌었던 학생이 바로 문재인이었다. 그 뒤에 벌어진 사건은 역사적인 시위장면을 다룬 다큐멘터리처럼 리얼하면서도 극적이다.

"우리가 교문에 접근해 밀어붙이려 하자 경찰이 갑자기 페퍼포그를 발사했다. 최루탄도 일제히 쏴댔다. 맨 앞에 있던 내가 페퍼포그 발사구에서 뿜어져 나온, 확산되기 전의 가스를 얼굴 정면에 맞았다. 순간 정신을 잃었다. 학우들이 후퇴하다가 내가 쓰러져 있는 것을 보고 되돌아와 나를 학교 안으로 옮겼다. 물수건으로 닦아주고 돌봐줘서 한참 만에 정신을 차릴 수 있었다. 시위 분위기가 더 달아올랐다. 오후 늦게까지 정문과 후문을 오가며 격렬한 시위가 이어졌다."

이때 실신한 문재인을 돌보며 물수건으로 얼굴을 닦아주던 한 여학생이 있었다. 현재 문재인의 아내인 김정숙이다. 시위에 참여했던 김정숙은 문재인이 시위대 앞에 나서는 걸 보고 계속 그를 걱정스레 지켜보고 있었던 것이다. 최루탄 연기 속에서 동지애로 피어난 사랑이랄까. 시위현장에서 동지적인 사랑의 결속력을 키운 두 사람의 인연은 끊임없이 이어져 현재에 이르고 있다. 문재인이 감옥에 갇히고 강제징집으로 군대에 갔을 때도 변함없는 애정을 보여준 그녀였다. 문재인이 제대 후 백수 상태로 사법시험 준비에 매달릴 때도 그의 곁을 지켰다.

지금도 김정숙은 대선가도에 오른 문재인의 정신적 후원자이자 동지로서 정치 내조, 외조의 길을 동시에 걷고 있다.

시위가 끝나고 문재인과 그 일행은 자진해서 경찰서를 찾아가 구속, 수감되었다. 학교에서도 제적을 당했다. 그들은 경찰서에서 열흘 정도 조사를 받고 검찰로 이송되었다. 서대문구치소에 수감되었을 때 오히려 마음이 편했다고 문재인은 말한다.

"다만 고통스러운 건 부모님에 대한 죄송함이었다. 어려운 형편에 무리해서 대학까지 보내주신 건데, 내가 그 기대를 저버렸다는 괴로움이었다. 어머니가 호송차 뒤를 따라 달려오던 장면을 뇌리에서 지울 수 없었다. 가끔씩 면회 오는 어머니를 뵙는데, 영 미안하고 괴로웠다. '옳은 일이라 하더라도 하필 네가 왜 그 일을 해야 했느냐?'라고 묻는 것 같았다. 할 말이 없었다. 아버지는 아예 면회를 오지 않으셨다."

희생을 각오하고 대의에 따라 행동했다지만, 부모님의 기대를 저버렸다는 생각에 괴로워하는 문재인의 암울한 심사가 고스란히 전해지는 대목이다. 재판정에 선 문재인은 징역 2년을 구형받았다. 그러나 판사는 10개월의 집행유예를 선고했다. 판사의 소신에 따른 판결이었다. 이후 문재인은 강제징집으로 특전사에 입대, 1978년 2월까지 31개월에 걸쳐 군복무를 했다. 시대의 어둠과 부조리에 맞서 저항했던 청춘의 한때가 그렇게 저물어갔다.

그 폭압의 시대를 저항의 방식으로 건너온 문재인은 당시의 자신과 같은 또래 젊은이들을 보며 무슨 생각을 하고 있을까? 어쩌면 이 책 《프레카리아트》가 이 질문에 대한 답이 될 수도 있을 것 같다.

문재인은 어느 지역의 민생투어 현장에서 이런 말을 남겼다.

"얼마나 일자리를 구하기 어려우면 젊은 사람들이 취직과 미래에 대한 불안으로 연애도 포기, 결혼도 포기, 출산도 포기하는 '삼포시대'라고 말한다. (……) 이 문제를 완전히 해결하는 대통령이 되고 싶다."

절박한 생존의 위기에 내몰린 우리 시대의 젊은이들을 바라보는 문재인의 안타까운 심정이 절절하게 묻어나는 말이다. 그가 이 책을 추천한 것도 그런 안타까움 때문일 것이다.

《프레카리아트》에는 생존의 위기에 몰린 젊은이들이 제발 살게 좀 해달라며 아우성치는 말, 말, 말들로 넘쳐난다.

"가능하면 과로사 같은 것은 하지 않고, 홈리스 되지 않고, 자살하지 않고."

단지 살게 해달라는 이 말은 기득권 세력을 향해 던지는 절규 어린 호소처럼 읽힌다.

저자는 "우리 세대는 왜 이 지경이 되어버린 걸까?"라는 질문을 던지며 심각한 격차사회의 늪에 빠진 일본 사회의 현실을 돌아보라고 주문한다. 그러면서 젊은이들에게 생존의 위기를 넘기 위해 행동에 나서야 한다고 부르짖는다. 무척 정치적이고 선동적이기까지 한 발언이다. 그러나 자살까지 생각할 만큼 절박한 처지에 몰린 청춘의 초상을 하나하나 읽어가다 보면 작가의 선동적인 목소리가 박동 치듯 "분노하라!"고 심장을 울리게 된다. 이 책을 추천하며 문재인도 젊은이들에게 그렇게 외치고 싶었던 건 아닐까? 《꿈을 놓아버린 이 땅의 청춘들을 위한 포토에세이, 문재인이 드립니다》에서도 문재인은 적극적으로 발언하고 행동하라고 조언한다.

> "대한민국 인구의 절반은 20대 또는 30대입니다. 이들 젊은이들이 힘을 모으면 무엇이든 할 수 있습니다. 하지만 불행하게도 지금 우리 사회는 이들의 목소리가 거의 반영되지 않고 있습니다. 젊은이들이 분노하지 않기 때문입니다. 분노만 하고 힘을 모으지 않기 때문입니다. 행동하지 않기 때문입니다."

2. 아마미야 가린
― 우익 활동가에서 반빈곤 운동가로

일본 신사회운동의 기수로 알려진 아마미야 가린雨宮処凜은 꽤 독특한 이력을 갖고 있는 작가이자 사회운동가다. 홋카이도 벽촌에서 태어난 가린은 10대가 되기 전 집단 따돌림을 경험했고, 초등학교 때는 레즈비언 행동을 하기도 했다. 범상치 않은 소년기다. 사춘기도 그에 못지않게 파란만장하다. 사춘기에 가린은 가출을 일삼으며 비주얼계 록

밴드를 쫓아다녔다. 자신의 존재가 아무것도 아니라는 생각에 손목 긋는 일을 반복하며 자살을 시도하기도 했던 때였다.

고등학교를 졸업하고 미술대학 진학에 실패한 뒤 20대 중반까지는 웨이트리스, 판매원, 술집 종업원 등 온갖 아르바이트 자리를 전전하며 살았다. 가린은 안정된 일자리를 구할 수 없는 현실 속에서 '왜 이렇게 살기 힘든가'를 고민하게 되었다. 어디에도 소속되지 못했다는 우울과 절망이 그의 몸과 마음을 좀먹기 시작했다. 가린에게 소속감이라는 자기위안을 안겨준 것은 엉뚱하게도 극우주의와의 만남이었다.

스무 살 때부터 우익활동에 투신한 가린은 '유신적 성숙'이라는 펑크록밴드를 결성, 보컬로 활동하며 군복을 입고 천황을 위해 충성을 바칠 것을 맹세했다. 그것이 가린의 비틀린 록스피릿이었다. 당시 기존 우익과는 확연히 다른 화려한 패션 때문에 '미니스커트 우익'이라는 별명을 얻기도 했다.

그러던 가린은 좌파 감독 쓰치야 유타카土屋豊 감독의 실험적인 다큐멘터리 영화 〈새로운 신新しい神様〉에 직접 비디오카메라를 들고 참여하면서 삶의 변곡점을 맞이하게 된다. 이 작업은 삶을 반성적으로 돌아보는 계기가 되었고, 이후 가린은 자기 삶의 방향을 180도 전환하게 되었다. 결국 가린은 국가와 천황을 버리기로 결심한다. 그리고 새로운 삶의 길을 열었다.

그 뒤 가린은 반反빈곤운동이라는, 일본 사회의 새로운 흐름을 대변하는 신사회운동의 기수로 변신했다. 동병상련의 불안정노동자들과 연대 운동에 뛰어든 것이다. 그러면서 무직과 가난은 '자기 책임'이며 정신과 도덕, 집단에 대한 충성심이 자신을 구원할 수 있다는 정신적 우익들의 거짓말을 줄기차게 폭로하고 다녔다.

> "가난한 사람에게 애국은 없다. 조국을 덜 사랑해서가 아니라 가난한 사람에게 고통을 더욱 전가하는 국가는 사랑받을 가치가 없기 때문이다."

가린은 갈수록 심각해지는 사회격차 속에서 절망적인 처지로 내몰린 젊은 세대의 운동에 뛰어들어 왕성한 활동을 전개해나간다.

> "빈곤 타파와 생존을 요구하는 운동에는 좌우가 없다."

가린은 일본의 프레카리아트 운동을 주도하면서 이 운동의 상징적 인물로 부각되었다. 그래서 《가난뱅이의 역습貧乏人の逆襲》과 같은 저술을 통해 자본주의 세계에 맞서 발랄한 백수운동을 펼친 마쓰모토 하지메松本哉와 함께 현재 일본 청년운동의 대표적 인물로 꼽힌다.

파란만장했던 자기체험을 기초로 한 책 《생지옥 천국生き地獄天国》이 독자들의 주목을 받으면서 본격적인 작가의 길에 들어서기도 했다. 극단을 오간 삶이었지만, 가린의 사회운동과 글쓰기의 감성적 토대는 '고단한 삶'에 그 기반을 두고 있다. 저서로 《생지옥 천국》, 《자살의 코스트自殺のコスト》, 《살게 하라! 난민화하는 젊은이들生きさせろ! 難民化する若者たち》, 《살아내기의 어려움에 대하여「生きづらさ」について》, 《살기 위하여 반격하라「生きる」ために反撃するぞ》, 《성난 서울》 등 30여 권이 있다.

특히 《88만 원 세대》의 저자인 우석훈 교수와 공동으로 저술한 《성난 서울》은 가린이 서울을 방문해 '한·일 프레카리아트 연대'를 모색하며 한국의 프레카리아트 현실을 다각도로 돌아본 책이다.

가린은 《프레카리아트》 집필을 마친 직후인 2006년, 한국이 일본 이상의 격차사회라는 걸 알게 되었다고 한다.

> "비정규 고용률은 일본의 두 배 가까이인 데다가 전체 고용률의 절반을 넘고, 또 취직하지 못하는 비정규직 젊은이들은 그 평균 월급에서 기인한 '88만 원 세대'라는 기분 좋지 않은 이름으로 불리고 있다는 것이다."

《성난 서울》을 출간하고 한국을 방문한 가린은 한 온라인서점과의 인터뷰에서 이 땅의 젊은이들에게도 '분노와 행동'을 거침없이 주문한다.

> "조금 더 난폭해지세요. 조용히 참고 있어도 상황은 나아지지 않습니다. 일본에서는 버블 경제의 붕괴 이후 10년 동안 참았어요. 그러는 동안 내 친구가 홈리스가 되는 일이 너무나 자연스러운 일이 되어버렸습니다. 그런 좌절 끝에 그렇게 시작되었습니다. 자신에 대해 터뜨릴 분노가 있다면 신자유주의에 대해 분노하세요."

가린은 자신의 생각과 반대 방향으로 나아가는 세상을 보며 결심했다고 한다. '이 주제로 이 사회가 바뀔 때까지 취재하고 집필하고 운동

해가기'로. 또 그는 말한다. "이 책은 일본사회에 대한 선전 포고"라고.

3.《프레카리아트–21세기 불안정한 청춘의 노동》
— 이 책의 목적은 단 하나, 마땅히 해야 할 반격을 시작하는 것

> 사람이라는 게 원래 너무 몰리다 보면 덤비기 마련이다.《자본론Kapital: Kritik
> der politischen Öeconomie》몰라도 좋고, 이념 몰라도 좋고, 사상 몰라도 좋다.
> 가난한 자들이 부자들에게 덤비는 게 원래 세상의 이치다.
> — 우석훈, 마쓰모토 하지메의《가난뱅이의 역습》에 대한 추천사에서

《프레카리아트–21세기 불안정한 청춘의 노동生きさせろ》은 2000년
대 후반 일본의 불안정노동 실태를 파헤친 르포르타주 형식의 책이
다. '프레카리아트'는 '불안정하다precarious'는 말과 '프롤레타리아트
proletariat'를 합친 신조어로, 파견·하청·계약직·아르바이트 등 고용이 극
도로 불안정한 노동자들을 통칭하는 말이다. 2003년 이탈리아에서 거
리의 낙서로 처음 출현했다는 이 말은 이제 유럽의 메이데이 때 널리
사용되고 있다고 한다.

저자 아마미야 가린이 프레카리아트라는 말을 처음 본 것은 어느 인
터넷 게시판에서였다. 그것은 메이데이 시위의 고지문이었다.

자유와 생존의 메이데이
—2006년 프레카리아트의 기획을 위해

살아가는 것은 중요하다. 생존을 우습게 여기지 마라!
저임금·장시간 노동을 철폐하라. 제대로 살 수 있을 만큼의 임금과 사
회 보장을!
사회적 배제와 차별을 허용치 마라. 당하고만 있지 말자!
죽일 필요는 없다. 전쟁 폐절을!

이 글을 읽고 가린은 "'살기 힘듦'의 문제, 그리고 사회 문제가 된 지
오래인 프리터, 니트족, 은둔형 외톨이 같은 현상에 대한 큰 실마리를
발견한 것 같았다"고 토로한다.

"왠지 엄청나게 커다란 돌파구를 찾은 기분이었다."

'프레카리아트 기획'에 크게 공감한 가린도 시위에 참여했다. 하라주
쿠, 시부야의 거리 시위에 모인 150명 정도의 젊은이들과 함께 목청껏
구호를 외쳤다.
"임금 올려줘!"
"직장 내놔!"
"제대로 살아갈 수 있을 돈과 보증을 내놔!"
"월 12만 엔으로 어떻게 살아갈 수 있냐!"

"우리는 먹고살 수가 없다고!"

신청을 하고 허가를 받은 시위였다. 시위대는 무폭력의 원칙을 지키며 질서 있게 시위를 진행했다. 난폭하게 굴지도, 폭력을 행사하지도 않았다. 그러나 시위를 지켜보던 기동대와 경찰들은 시위대를 에워싸고 폭력적인 진압을 시도했다. 그 혼란 속에서 세 명의 시위대원이 체포되었다.

가린이 보기에 그 시위는 '단지 각자가 당연히 누려야 할 생존권을 주장했을 뿐'이었다. 그런데도 사람들이 체포되자 가린은 걷잡을 수 없는 분노에 휩싸였다. 그 분노의 힘! 그것이 바로 가린이 이 책을 쓰게 된 동기였다. 이 책 곳곳에서 시위대의 구호가 터져 나오는 것도 이 때문이다. 목차 뒤에 나오는 머리글에서부터 시위대의 언어가 구어체로 터진다.

우리는 반격을 시작한다.
젊은이들을 싼값의 일회용품처럼 쓰고 버리고, 또 그렇게 해서 이익을 얻으면서 젊은이들을 맹공격하는 모든 이에게.

우리는 반격을 시작한다.
'자기 책임'이라는 말로 사람들을 몰아세우는 분위기에 대해.

우리는 반격을 시작한다.
경제 지상주의, 시장원리주의 하에서 자기에게 투자하고 능력을 개발하여 치열한 생존 경쟁을 이겨내더라도 고작 '살아남을' 만큼의 자유만 허락되는 것에 대해.

가린은 프레카리아트를 "불안정함을 강요받는 사람"이라고 새로이
정의한다. 그는 불안정한 노동에 의존하여 생존을 이어갈 수밖에 없
는 사람들이 급속도로 늘어난 배경에 대해서도 성찰한다. 그가 보기에
"이 상황은 10년도 훨씬 전부터 준비되어온 것"이었다.

> (……) 1995년, 일경련日經連이 분명히 선언했기 때문이다. '이제부터는 일
> 하는 사람을 세 계층으로 나누고, 많은 사람을 일회용 헐값 노동력으로 삼
> 겠다. 그리고 죽지 않을 정도로만 먹고살게 하겠다'고. 말하자면 일본 내에
> 서 '노예'를 만들겠다는 구상인 셈이다.

이익만을 추구하는 기업집단의 탐욕과 노동력 착취구조에서 그 원
인을 짚어낸 셈이다. 가린의 현실인식은 시장원리를 중시하는 신자유
주의와 프레카리아트의 연관성을 지적하는 데까지 나아간다.

> 경제가 글로벌화하고 국제 경쟁이 격화되면서, 일본을 비롯한 많은 나라
> 의 젊은이들은 열악한 환경에서 일하다가 경기景氣의 조정 밸브로 사용된
> 후 폐기되는 일회용 노동력으로 취급받고 있다.

하여 우리 프레카리아트는 노예이기를 강요하는 이 비인간적인 현
실에 분개해야 마땅하며, 이미 반격이 시작되었다고 말한다.

제어할 수 없이 폭주하는 자본주의가 사람을 사람으로 취급하지 않는 것에 대해 이젠 누구도 침묵하지 않는다. 싸움의 테마는 단지 '생존'이다. 살 수 있게 좀 해달라는 것이다. 살아갈 수 있을 만큼의 돈을 내놔라. 밥은 먹을 수 있게 해줘라. 사람을 바보로 만드는 일은 시키지 마라. 나는 인간이다. 슬로건은 단지 이것뿐이다. 21세기가 시작되자마자 생존권부터 요구해야 해서 무척 절망적이지만, 그렇기 때문에 이 싸움은 가능성으로 가득 차 있다. "살게 해줘!"라는 말만큼 강한 말을 나는 알지 못하기 때문이다.

《프레카리아트》는 "살게 해줘!"라고 외칠 수밖에 없는 자들의 목소리를 대변하는 책이기도 하다. 가린 역시 몇 개의 아르바이트를 병행하며 '경기 조정의 밸브'인 프리터로 지낸 적이 있었다. 누구보다 프레카리아트의 현실을 이해하고 공감할 수 있는 저자인 셈이다.

이 책에는 프리터로 살았던 시절의 경험담과 함께 자신이 직접 만나 인터뷰한 프레카리아트의 사례가 다양하게 제시되어 있다.

사례 하나

만화방에서 생활하는 한 육체노동자가 있다. 그는 아침에 만화방을 나갔다가 밤에 다시 만화방으로 돌아온다. 샤워는 근처 사우나에서 해결하며, 그가 가진 짐이라곤 배낭 하나가 전부다. 바지나 양말은 100엔 숍에서 구입해 해질 때까지 쓰고 버린다. 그러는 게 세탁비보다 싸게 먹히기 때문이다. 끼니도 100엔 숍 컵라면으로 해결하기 일쑤다.

설령 더 싸고 좋은 방이 있더라도 그는 보증금이나 부동산 수수료 등을 부담할 수 없어 만화방에서 계속 살아갈 수밖에 없다.

사례 둘

프리터로 지내다 스물다섯 살에 전기회사 계약사원으로 취직한 노동자. 그는 아침 8시 20분부터 밤 10시 30분까지 일한다. 잔업수당 따위가 있을 리 없다. 근무시간은 고무줄처럼 늘어나 연말이면 퇴근 시각이 새벽 3시까지 연장되기도 했다. 그는 얼마 뒤 연봉제로 계약하는 층별 책임자로 승진했다. 상황은 좀 나아졌을까? 웬걸? 전과 다름없이 정해진 근무시간이란 게 아예 없었고, 노동조합에 가입할 수 없다는 조건까지 따라붙었다. 9시 폐점 이후에도 최소 12시 30분까지 일을 하지만, 회사는 밤 10시 30분에 전원 퇴근한 것으로 처리한다. 아마도 회사는 그를 고스트 직원처럼 부리며 밤샘 작업을 시키고 싶어 하는 것 같다.

사례 셋

대학 4학년 재학 중 미국 유학자금을 마련하기 위해 니콘 반도체 공장 클린룸 파견하청으로 일하다 사망한 노동자. 밤낮으로 이어지는 교대근무에 해외 출장까지 잦았다. 15시간이 넘는 휴일 출근, 각종 잔업, 동료의 정리해고를 거치면서 건강이 악화되었다. 간단한 수식도 떠올리지 못할 정도로 몸과 마음이 피폐해졌다. 두통을 호소하던 그는 결국 기숙사에 있는 핫플레이트 전기코드로 목을 매고 만다. 방 안 벽에 걸린 화이트보드에는 "헛되이 시간을 보냈다"는 말이 유언처럼 쓰여 있었다.

사례 넷

대기업의 기계건설부에서 14년 동안 공업용 로봇 개발을 해온 고졸 사원. 고졸 학력이라는 핸디캡을 극복하기 위해 누구보다 열심히 일했다. 업무 평가는 항상 스페셜 등급을 받았다. 그러나 낮은 학력에 따르는 차별과 장벽을 넘어서기란 불가능에 가까웠다. 입사 후 많은 특허를 취득하며 업무성과를 높였지만, 승진이 늦는 바람에 대졸 사원들에게 뒤처질 수밖에 없었다. 월 평균 추정 노동시간은 293시간, 그러나 '재량 노동제'의 허울 탓에 잔업수당은 나오지 않았다. 상사는 수치심을 자극하는 발언과 행동을 회사 밖에서까지 일삼았다. 프로젝트가 실패하자 그는 회사의 질책을 받았고, 어느 아침 자택에서 몸을 던져 즉사했다.

이는 적절한 보상 없이 젊은이들의 노동력을 착취하는 기업의 악덕을 고발하는 사례들이다. 기업과 사회의 착취구조를 꼬집는 문제의식도 두드러진다. 이처럼 가린은 자신의 경험과 취재를 바탕으로, 불안정노동자를 양산해 '당장 죽지 않을 정도의' 저임금으로 부리다가 필요에 따라 자유롭게 해고하는 일본의 현실을 고발한다.

불안정노동자들은 기본적인 생계만 겨우 유지할 수 있을 정도의 임금을 받으며 삶을 꾸려가야 한다. 그러면서도 언제 잘려나갈지 모르는 고용 불안정에 떨어야 한다. 정규직이 될 가능성도 보이지 않고, 정규직이 된다 한들 그 불안정성에서 놓여나기란 꿈에서나 가능한 일일 테다. 이들 뒤에는 까마득한 벼랑이 버티고 있고, 까딱했다간 안정적인 거주공간에서조차 밀려나 만화방 생활자나 거리를 떠도는 신세로 전락하고 만다. 불안정한 생활은 불안정한 정서를 낳고, 그로 인해 스스로 목숨을 버리는 일이 빈번하게 터진다.

정규직 역시 이런 불안정한 현실에서 자유롭지 못하다. 이들에게는 현재 위치에서 밀려나거나 언제 어디서 추락할지 모른다는 공포와 불안이 상존한다. 그 때문에 살인적인 노동 강도에 허덕이면서도 '삶의 여유'를 달라고 주장하지 못한다. 이들 뒤에도 과로사와 자살이라는 까마득한 죽음의 함정이 깊게 파여 있는 것이다.

가린은 노동자 파견법이나 위장 도급 등으로 법망을 피해 노동력을 착취하는 기업의 행태를 고발하는 한편, 그런 현실에 멍들어버린 젊은 이들의 마음속 그림자까지도 한 컷의 다큐필름처럼 인화해 보여준다.

프리터 같은 삶의 방식으로는 사회와의 접속감을 얻기 힘들다는 것이다. 이전에는 사회와의 접속감을 기업을 통해 얻은 측면이 컸지만, 지금은 그런 상황이 아니어서 많은 젊은이들이 방황하며 부유하고 있다. 사회에 조금이라도 참여하고 있다는 의식이 아주 희박한 나날. 어디와도 연결되어 있다는 인식 없이 그저 표류하고 있는 것에 불안을 느끼기 때문에 그들(불안정노동자)은 아주 손쉽게 국가라는 공동체와 접속하게 된다.

가린은 젊은이들이 우경화되는 배경에도 고용 불안정 문제가 도사리고 있다는 점을 간파하고 있다. 정교한 착취 시스템이 어떤 경로를 거쳐 국가주의 강화로 이어지는지 짚어낸 날카로운 지적이다.

그는 젊은이들을 향해 이런 현실에 "분노하라!"고 거듭 외친다. 전직 레지스탕스 투사였던 스테판 에셀Stéphane Hessel의 《분노하라Indignez—vous!》와도 겹치는 주장이다.

가린은 '프리터전반노동조합' 등 불안정노동자들이 스스로 조직을 만드는 운동을 분노와 반격의 출발점으로 꼽는다. 자, 분노 다음에는 행동지침이라 할 슬로건이 필요하다. 가린이 제시한 외마디 외침은 "그저 살게 해줘!"다. 그 외침은 무조건 옳은 거라고 가린은 말한다.

가린이 이 책을 쓴 목적은 단 하나, "마땅히 해야 할 반격을 시작하는 것"이다. 그러므로 이 책은 분노를 자각하게 하는, 반격을 유도하고 선동하는 책이다. 가린이 시위대의 대열에 나서게 될 젊은이들의 깃발에 핏빛으로 새겨 넣은 슬로건은 다음 두 문장으로 압축될 수 있다.

이 땅의 프레카리아트여, 분노하라!
이 땅의 프레카리아트여, 반격하라!

이는 "모든 나라의 프롤레타리아여, 단결하라!"고 외친 마르크스Karl Marx・엥겔스Friedrich Engels의 《공산당선언The Communist Manifesto》처럼 불온하고 시대착오적으로 비칠 수도 있다. 하지만 어쩌겠는가? 우리는 지금 프레카리아트 혁명이 절실한 시대,《공산당선언》의 배경이 된 19세기 유럽사회의 현실과 다를 바 없는 시대의 강을 맨몸으로 건너고 있지 않은가 말이다.

4. 재인 생각

— 청년들에게 보내는 문재인의 힐링 메시지,

정치는 참여다

청년층의 실업문제가 사회문제로 떠오른 지 이미 오래되었다. 이미 만성화된 상황은 점점 나빠지고 있다. 문재인은 유신의 폭압에 적극적으로 저항하며 젊은 날을 보냈다. 당시는 학생운동이 활성화되어 그 운동 자체가 정치참여나 마찬가지였던 시대였다. 그러나 지금은 그 흔적을 찾을 수 없을 정도로 학생운동 자체가 쇠퇴해버렸다. 이런 결과가 초래된 것은 학생들이 생활에 여유가 없기 때문이 아닐까? 문재인도 이런 시각으로 젊은이들을 바라보고 있는 듯하다.

경제적 위기에 몰린 젊은이들은 생활비를 버는 데 필사적으로 매달릴 수밖에 없는 처지다. 실업률도 높고, 그만큼 취업에 대한 경쟁도 치열하다. 이런 상황에서 학생운동을 생각하거나 그것에 참여한다는 것은 사치에 가깝다. 당장 학비와 생활비를 벌기 위해 아르바이트에 쫓기고 있는 게 현실 아닌가.

대학 진학률은 80퍼센트를 훌쩍 넘어섰는데, 졸업해도 마땅한 일자리를 구할 수 없다. 문재인은 무엇보다 젊은이들의 일자리 고민을 덜어주는 게 절실하다고 판단한 듯하다. 18대 대선출마 선언을 하면서 "일자리 혁명을 이룬 대통령으로 기억되고 싶다"는 말로, 일자리 대통령을 대표 브랜드로 부각시킨 점이 이를 대변한다.

문재인은 구체적으로 한 주에 52시간주중 40시간+주말 12시간 이상은 일할 수 없도록 하는, 노동시간 단축을 통한 일자리 나누기를 제1호 대선 정책 공약으로 내세웠다. '사람이 먼저다'라는 대선 슬로건을 가장 분명히 드러낼 수 있는 핵심 정책으로 일자리 나누기를 택한 것이다.

문재인은 청년 노동조합인 청년유니온 조합원들과 가진 간담회에서 "취업하지 못한 젊은 사람들이 자기 탓을 너무 많이 한다. 그것이 그들을 더 괴롭히고 있다"고 청년실업 문제에 대한 의견을 피력한 바 있다. 그는 "정치가 잘못됐기 때문"이라며 "고용 없는 성장을 계속했고, 양극화를 대책 없이 방치한 결과 젊은 사람들에게 어려움을 주고 있다"고 그 자리에 참석한 젊은이들의 절망을 다독였다.

그는 인사말에서 "지금 20대들은 온갖 노력을 해도 정작 졸업할 때면 일할 곳이 없다"며 "연애, 결혼, 취업을 포기한다는 삼포시대라는 말마저 나오고 있다"고 말했다. "지금 세대는 풍족하게 자라는 것 같지만 정작 사회에 나올 때는 막막함에 시달리고 있다"면서 "젊은 사람들에게 희망을 주는 세상을 만들지 못하고 막막한 세상을 만든 것 같아 미안하다"고 고개를 숙이기도 했다.

기성의 정치역학에 따라 움직일 수밖에 없는 문재인은 아마미야 가린처럼 선동의 언어를 구사할 수 없다. 분노하고, 반격하라고도 말하지 않는다. 혁명을 요청하거나 짱돌을 들라고 선동할 수도 없다. 그는 다만, 담담하고 진정성 어린 어조로 자신의 정책적 비전을 제시하고 함께 미래를 열어가자고 말한다. 그리고 "젊은이들이여, 그대들은 무엇을 할 것인가?"라고 묻는 대신 답을 제시한다. 참여하라고.

'무엇을 할 것인가?'

'참여할 것인가, 비관 속에서 방관만 할 것인가?'

아마도 선택은 자유가 아니라 권리와 의무에 해당하는 일일 것이다.

포르노인가,
에로티시즘인가?

《아마티스타》
Amatista

여기서 필자가 특히 주목하는 것은 근본적으로는 문학·예술작품이라는 것 자체가 '보통인', '정상', '선량' 등의 개념과 충돌하는 실험적·전복적 본성을 갖고 있는 것이기에, 해당 작품의 '음란성' 판단은 매우 신중해야 한다는 점이다. 사실 기성의 도덕관념과 성관념에 대한 도전은 문학·예술인의 특권이라고도 할 수 있으며, 문학·예술사는 그러한 도전 속에 의하여 문학·예술이 발전해왔음을 보여준다. 현재 영미문학사에서 고전으로 평가받는 T. 드라이저의 《아메리카의 비극》도 D. H. 로렌스의 《채털리 부인의 사랑》도, 그리고 제임스 조이스의 《율리시즈》도 처음에는 '음란물' 취급을 받았다는 점을 상기할 필요가 있다.

조국, 논문 〈음란물 또는 포르노그래피 소고〉에서

1. 문재인과 음란소설

'문재인과 음란소설'이라……. 전혀 어울리지 않는 조합이지만, 인터넷 포털사이트의 낚시기사 문구로는 썩 괜찮은 제목이다. 신문이나 방송에 비친 문재인의 대외적 이미지는 소탈하면서도 반듯하다. 그 이미지에 익숙해 있는 사람이라면 누구나 고개를 갸웃할 법도 하다. 그럼에도 굳이 앞머리에 이런 선정적인 제목을 붙인 이유는, 《아마티스타》가 출판되면서 불러온 외설 파문 때문이다.

1983년 부산에서 출판사 등록을 한 '열음사'가 아르헨티나 출신 작가인 알리시아 스테임베르그의 《아마티스타》를 번역, 출간한 것은 1996년 5월이었다. 열음사는 6월에도 《에로티카Erotica》라는 소설을 출간했는데, 《북회귀선Tropic of Cancer》의 작가 헨리 밀러Henry Miller의 연인이었다는 사실로도 유명한 아나이스 닌Anais Nin이 발표한 연작형식의 소설집이었다. 그런데 두 작가의 작품이 국내에 출간되자마자 외설 시비에 휘말렸고, 급기야 열음사의 출판사 등록이 취소되는 지경에 이르렀다. 간행물윤리위원회당시 위원장 권혁승가 음란성을 문제 삼아 문화체육부현 문화체육관광부에 제재가 필요하다고 건의한 결과였다.

열음사의 등록취소 소식이 알려지자 출판계는 충격과 혼란에 휩싸였다. 열음사는 서울에 본사 성격의 사무소를 개설하고 〈외국문학〉, 〈문학정신〉 등의 문학 계간지를 내며 해외문학의 흐름을 국내에 알려온 중견출판사였다. 게다가 불온서적 출간 등의 이유가 아닌 음란성 문제로 문학도서 전문 출판사가 등록취소를 당한 것은 처음 있는 일이었기 때문이다.

9월 12일 관할 부산 동래구청이 출판사 등록취소 결정을 내리자 열음사 대표 김수경은 부산고등법원에 출판 등록취소 집행정지 신청을 냈다. 김수경은 《자유종》이라는 장편소설을 발표하며 소설가로도 이름을 알린 바 있는 출판인이었다. 김수경 대표는 집행정지 신청이 받아들여질 경우 즉각 행정소송을 제기하기로 했다.

그런데 김수경 대표의 의뢰를 받아 집행정지 신청과 함께 행정소송을 맡아 진행한 변호사가 바로 문재인이었다. 문재인의 인터넷 팬카페 중 하나인 〈젠틀재인〉의 한 회원은 문재인 변호사의 대표변론사건을 소개하는 게시판에 이 사건을 다룬 신문 기사를 올리며 이런 제목을 달았다.

'문변님은 문제의 작품을 보셨을까요, 안 보셨을까요?'

당연히, 소송에 참고가 될 만한 내용은 밑줄까지 그어가며 두 번 이상 읽었을 거라고 생각한다. 물론 독자로서가 아니라 해당사건 담당변호사로서 의무적으로 행한 독서일 가능성이 크다.

그런데 대체 이 두 작가의 작품에 어떤 외설스러운 내용들이 담겨 있기에 해당 서적 판매금지 조치로도 모자라 출판사 등록까지 취소되는 국내 출판 사상 초유의 일까지 벌어지게 된 걸까?

"두 소설은 혼음, 구강 및 항문성교, 시간屍姦 등 갖가지 음란하고 비정상적인 성행위를 장황하게 묘사, 청소년들이 접촉할 경우 성에 대해 왜곡된 가치관을 심어줄 우려가 있다."

간행물윤리위원회가 제재 필요성의 근거로 내세운 말이다. 청소년들에게 왜곡된 가치관을 심어줄 우려가 있기 때문에 제재할 필요가 있다는 것, 이것이 결정적 이유다. 그러나 이 논리는 그 편협함 때문에 중대한 결함을 내포하고 있다. 청소년에 대한 우려를 앞세워 다양한 문학작품을 접하고 누릴 수 있는 성인 독자의 선택권과 자유를 침해하고 있다는 사실을 간과하고 있는 것이다.

문학작품이 자국을 넘어 해외출판으로까지 나아간다는 것은 그 문학성을 세계적으로 인정받았다는 의미이기도 하다. 재미있는 사실은 《에로티카》가 이미 7년 전에 《피에르란 남자》라는 제목으로 출간되었던 책이라는 점이다. 이걸 재편집해 출간한 것인데, 왜 이제 와서 문제시하는지 모르겠다며 출판사 측이 거세게 항의할 만도 하다. 또 《아나티스타》는 중남미 에로티시즘 문학의 대표작 중 하나로 손꼽히는 작품이다. 1989년 출판되어 그 분야의 가장 뛰어난 작품에 수여하는 '수직선의 미소' 국제상 최종후보에 선정되기도 했다.

　문재인 변호사는 "법적 근거가 미약한 민간기구인 간윤간행물윤리위원회이 제재판단을 하고 그에 따라 당국이 신중한 고려 없이 등록취소를 단행하는 관행에 문제가 있다"고 맞섰다. 또 "당국이 광고를 금하거나 청소년이 구입할 수 없도록 전문서점을 통해 판매하게 하는 식의 조치만 취했더라도 수긍했을 것"이라며 제재의 부당함을 꼬집었다.

　집행정지 신청이 받아들여지고 본격적인 소송에 돌입하면서 문재인 변호사는 출판사 등록취소의 위헌성을 문제 삼고 나섰다. 이 조치가 헌법상에 보장되어 있는 기본권을 침해하고 있다고 본 것이다.

　"표현의 자유 등 헌법상에 보장된 기본권을 제한하게 될 경우에는 그 범위를 최소화한다는 과잉규제금지원칙이 엄연히 존재한다. 출판사 등록법의 경우 벌금 회수, 파기 등 일체의 경과조치 없이 등록취소라는 극약처방만을 명시하고 있어 충분히 위헌성을 문제 삼을 수 있다."

판결은 1997년 6월에 나왔다. 출판사 측의 승소였다. 다음은 부산 고등법원의 판시 내용에 대해 언급한 조국 교수의 논문 〈음란물 또는 포르노그래피 소고〉에서 재인용한 것이다.

이 소설은 우아하고 독창적인 예술성으로 인하여 포르노그래피와 에로티시즘의 차이를 극명하게 드러내고 있고, 따라서 이 사건 소설은 성에 관해 노골적으로 묘사하고 있기는 하지만 그 예술성으로 인하여 성적 자극이 어느 정도 완화되고 있어, 곧바로 공중도덕이나 사회윤리를 침해하는 것이라고 단정하기도 어렵다.

그러나 고등법원 판결 이후 행정당국은 곧장 대법원에 상고했고, 대법원은 정반대의 결론으로 사건을 매듭지었다. 《아마티스타》에 음란물 딱지를 붙이고 만 것이다. 이 판결문의 일부 내용을 그대로 옮겨 본다.

"'음란'이란 개념 자체가 사회와 시대적 변화에 따라 변동하는 상대적이고도 유동적인 것이고 그 시대에 있어서 사회의 풍속, 윤리, 종교 등과도 밀접한 관계를 가지는 것이므로 중남미의 애정선정물에 대한 긍정적 평가를 그대로 우리 사회에 적용할 수 없음은 물론, 그 내용 속에 성에 관한 묘사 서술이 우리 사회에서 용인될 수 없을 정도로 노골적이고도 상세한 것인 이상 비록 성적인 폭력이나 동물로 묘사하는 등과 같은 비인간화된 성적 표현이 나타나 있지 않다는 점만으로 그 음란성이 부정될 수 없다고 할 것이고, 이렇게 볼 때 이 사건 소설은 성에 관한 노골적이고 상세한 묘사·서술이 전편에 흐르고 있고 성적 요소를 주제로 한 실험적 시도나 성교육의 기능이 내재하여 있다고 할지라도 그러한 예술성 등의 사회적 가치로 인하여 성적 자극의 정도가 완화되었다고 보이지 아니하며, 그 전편에 걸쳐 다양한 성행위를 반복하여 묘사하고 있는 점 등을 종합하여 볼 때 우리 시대의 건전한 사회통념에 비추어 공연히 성욕을 흥분 또는 자극시키고 또한 보통인의 정상적인 성적 수치심을 해하고 선량한 성적 도의관념에 반하는 것이라고 아니할 수 없다."

《아마티스타》에 대한 문학적 가치에 대한 평가와 고등법원의 판결 내용을 작정하고 조목조목 반박하고 있는 듯한 판결문이다.

따라서 국내 독자는 안타깝게도 에로티시즘 문학의 정수로 평가받은 이 작품을 시중에서 구할 수 없다. 운이 좋다면 인터넷망에서 헌책을 판매하는 누리꾼을 통해 '득템'할 수는 있다. 대신 출간 당시 정가인 5천 원보다 서너 배 많은 금액을 지불해야 한다. 이 글을 쓰기 위해 필자도 같은 경로를 거쳐《아마티스타》를 손에 넣었다. 불온성과 음란성을 이유로 판금조치를 당한 대부분의 책들이 그렇듯 음성적인 경로를 통해서만 구할 수 있는 책이 되어버린 탓이다. 악화가 양화를 구축한 격이랄까.

책을 구할 수 없는 독자들을 위해 '전편에 걸쳐 다양한 성행위를 반복하여 묘사하고', '공연히 성욕을 흥분 또는 자극시키고', '정상적인 성적 수치심을 해하고 선량한 성적 도의관념에 반하는' 소설《아마티스타》의 몇몇 페이지를 펼쳐 적어볼까 한다.

얄궂지만, 문재인 변호사가 소송을 준비하며 《아마티스타》를 탐독하고 있는 장면을 떠올려보면 어떨까? 심각한 표정으로, 몇몇 구절들에 밑줄을 그으면서 말이다. 왠지 모를 친근함과 함께 희극적인 유쾌함이 느껴질 것이다.

2. 알리시아 스테임베르그
― 에로티시즘은 개인이 타인과 교류할 수 있는 사랑의 매개체

《아마티스타》가 몰고 온 사회적 파장 탓인지 이후 국내에 알리시아 스테임베르그Alicia Steimberg의 작품은 더 이상 소개되지 않고 있다. 판결을 내리면서 알리시아 스테임베르그라는 작가까지 싸잡아 음란물로 판결해버린 듯한 기분마저 든다.

작가에 대한 자료 검색도 쉽지 않았다. 아쉽지만 에스파냐어 권 문학에 정통한 송병선 교수가 〈옮긴이의 말〉에 소개한 내용에 의존할 수밖에 없겠다.

이 작품을 쓴 알리시아 스테임베르그는 1933년에 부에노스아이레스에서 태어났다. 그녀는 처녀작인 《악사와 시계수리공》에서부터 이미 성에 눈뜨기 시작하는 한 소녀를 다루고 있다. 그리고 이 작품에 이어서 《미친 여자 101호》〈사티리콘〉 잡지가 주최한 최우수 문학상 수상, 《순진한 영혼》, 그리고 여성의 내면세계를 적나라하게 드러내는 소설집《매일 아침처럼》을 출판했다. 이런 소설 출판과 더불어 그녀는 〈라 나시온〉과 〈라 오피니온〉과 같은 아르헨티나의 주요 신문과 잡지 등에 수많은 단편을 발표했다. 그녀가 1986년에 발표한《쾌락의 나무》는 성이란 주제를 심층적으로 다루고 있으면서도 심리학과 동종요법과 같이 우리 시대의 '구원'을 자처하는 이론과 방법론에 대해 심오한 비판을 가하고 있다.

송병선 교수의 말에 따르면 에로티시즘은 중남미문학의 대표적 특징 중 하나라고 한다.

이런 에로티시즘은 도덕적 터부에 반대한 반항이거나, 개인의 존재론적 차원을 확인하거나 혹은 고립된 개인이 타인과 교류할 수 있는 사랑의 매개체로 작용한다. 또한 이러한 작품들은 성性이라는 문제를 기억의 형식과 실험적 서술 형식을 통해 소설화함으로써 '욕망의 글쓰기'라고 평가받는 중남미의 새로운 글쓰기의 기본 틀을 형성한다.

《아마티스타》는 중남미 에로티시즘의 결정체로 평가받는 작품이며, 작가 알리시아 스테임베르그는 이러한 중남미문학의 한 경향을 대표하는 작가 중 한 명으로 보면 될 것 같다.

3. 《아마티스타》

― 아마티스타와 함께하는 에로틱 판타지 여행

'아마티스타Amatista'는 이 책의 제목이면서 주요 등장인물의 이름이기도 하다. 두 명의 서술자가 이야기를 끌어가는데, 두 서술자를 에로티시즘의 환상으로 유도하는 인물이 바로 아마티스타다. 먼저 이 책의 번역자인 송병선 한국외국어대 교수가 〈옮긴이의 말〉에서 소개한 대략적인 줄거리를 훑어보자.

이 작품은 아르헨티나의 수도 부에노스아이레스에서 일어난 아홉 개의 사건을 다루고 있다. 그리고 그동안 금기시되어 왔던 성性의 기본인 '환상적인 알파벳인 ABC'를 가르쳐주면서 독자들을 아홉 번의 쾌락으로 유도한다. 이 작품의 서술자는 부부관계에 권태기를 맞은 것으로 추측되는 이름이 밝혀지지 않은 '변호사 선생님'과 역시 이름이 밝혀지지 않은 채 단지 '부인'으로만 등장하는 한 여인으로 볼 수 있는데, 이 '변호사 선생님'은 '부인'이 설명하는 이야기를 통해 에로티시즘의 환상으로 이끌리게 된다.

거의 초현실주의적이라고 말할 수 있을 정도로 성에 대해 넘쳐 흐르는 환상을 기초로 서술된 이 작품은 '부인'의 서술 속에 등장하는 주인공인 아마티스타와 그녀의 친구 피에르를 비롯한 여러 친구의 이야기를 통해 '변호사 선생님'과 독자들을 신비의 베일에 싸인 수도원, 잔잔한 해변가, 그리고 부에노스아이레스의 술집 등과 같은 아주 이상한 장소로 이끈다. 이렇듯 아주 괴상하면서도 우리의 생활에 활력을 제공하는 세상을 무대로 이 소설은 점차로 숨겨진 성性과의 만남, 그리고 기혼자들의 성性에의 눈뜸이라는 현실 속으로 파고든다. 그리고 이런 환상 속의 성은 간단명료하면서도 유머 감각이 깃들인 필체를 통해 '부인'의 이론 교습과 실습을 통해 구현된다.

옮긴이의 말대로 구성은 간단하고 명료하다. 성性에 대해 원숙한 경지에 이른 한 '부인'이 식상해져 버린 부부관계에 뭔가 돌파구가 필요해 보이는 '변호사 선생님'을 상대로 장소를 바꿔가며 섹스 교습을 벌이는 내용인 것이다. 이론과 실기 위주로 섹스테크닉을 가르치며 강사가 직접 아찔한 실습 경험까지 제공하는, 극히 사적이고 은밀한 비밀교습소를 연상하면 될 듯하다.

가르침을 받는 자가 '변호사 선생님'이라는 점은 의미심장하다. '부인'은 '변호사 선생님'에게 현실적인 제약을 벗어버리라고 지시한다.

"지금 이 순간 결혼이라는 계약은 잊어버리세요. 그리고는 눈雪이 녹아 진흙과 합쳐지는 그런 길을 걷고 있다고 생각하세요. 얼마나 깊은 곳에 본래의 흙바닥이 있는지는 아무도 모른답니다. 소송만 일삼는 돌팔이 변호사님, 뒤를 보세요. 당신은 모든 것을 말로써 그럴듯하게 포장하고, 또 그런 말에 무척 많은 가치를 두는 사람이죠. 하지만 나는 당신에게 장미 즙으로 관장을 해서 흥분시켜 주겠어요. 거부하지 마세요. 서면으로 제출할 필요도 없어요. 그리고 항소서류를 찾겠다고 약속할 필요도 없어요. 단지 뒤로 돌아서 바지를 내리면 됩니다."

서면 제출, 항소서류 등의 법적 절차 따위는 생각지 말고 단지 바지를 내리라는 것, 현실적 도덕원칙에서 벗어나 쾌락원칙에 따라 몸을 해방시켜 보라는 것, 이것이 '부인'이 '변호사 선생님'에게 내리는 조롱 섞인 요구사항이다. 법률의 틀에 박힌 논리, 이성과 합리로 포장한 말의 그물망에서 벗어나 온전한 쾌락의 세계로 나아가도록 유도하는 '부인'의 주문呪文처럼 들리기도 한다.

아무튼 변호사의 권위를 벗고 '부인'의 요구를 온몸으로 이해한 '변호사 선생님'은 마침내 첫 번째 오르가슴에 도달하는 데 성공한다.

> "부인, 이제 나는 오르가슴에 도착하고 싶소."
> "좋아요, 변호사 선생님. 오르가슴에 도착해서 당신의 즙을 마음껏 뿌릴 때까지 계속 강하게 자위를 하세요."
> "부인……"
> "왜 그러세요, 변호사 선생님?"
> "오르가슴에 도착한 것 같소. 하늘에서 성령의 음식이 떨어지고 있소."
> "하늘에서 하느님이 우리에게 준 음식이 떨어질 때면 우린 어떻게 해야죠?"
> "부인, 하늘을 쳐다보시오. 그리고 당신의 입을 성령이 주신 음식에게로 갖다 대시오."

'변호사 선생님'이 사정한 정액을 '부인'이 입으로 받아먹는 장면이다. 그런데 정액을 "성령의 음식", "하느님이 준 음식"이라고 말하고 있다. 성性이 성聖의 경지로 날아오르는 지점인데, 여기에는 성性에는 성

聖의 요소가 포함되어 있다는 것, 성性이야말로 신이 인간에게 내린 최고의 선물이라는 작가의 은밀한 메시지가 살아 숨 쉬고 있다.

"변호사 선생님, 천천히, 항상 아주 천천히 하세요. 자, 이제 이것을 한번 실습해볼까요? 이제 내 손으로 당신의 음경을 이끌 수 있도록 허락해주세요. 아주 잘했어요. 자, 이제 아주 깊숙이 집어넣으세요. 이제부터는 근육 수축 운동을 하는 정적靜的인 단계예요. 이것은 아랫배로 깊은 숨을 들이마신 다음에 입으로 내뱉는 운동과 병행해서 해야만 돼요. 음경이 들어가는 동안 숨을 들이마시세요. 그리고 내가 수축운동을 하는 동안에는 숨을 쉬지 말고 그대로 있으세요. 자, 이제 내가 약간 몸을 들어 당신의 음경이 빠질 수 있도록 할 테니 천천히 숨을 내쉬세요. 하지만 전부 빼지는 말아요. 이제 다시 조심스럽게 들여보내세요. 음경이 다시 깊숙이 들어가자 피에르는 아마티스타의 엉덩이에서 손을 떼고는 그녀의 젖을 다시 움켜잡았어요. 그리고는 아마티스타의 끓어오르는 축축한 내부에서 그의 음경 주위로 달콤한 압력이 점점 가해져 오는 동안, 그는 양 손바닥을 둥글게 하여 그녀의 젖을 쥐고는 양손 엄지손가락으로 아마티스타의 젖꼭지를 마사지하고 있었어요."

'부인'의 능란한 교습은 신비하고 몽상적이면서 현란하기까지 하다. 딱딱한 이론을 스토리텔링을 통해 자연스럽게 습득하도록 유도하는데, 여기에 아마티스타라는 묘령의 여인이 성적 파트너인 '피에르'와 함께 매번 등장한다. 그러니까 아마티스타는 '부인'의 이야기 속 이야기의 주인공인 셈이다.

'부인'의 부드럽고 섬세하며 온화한 지시를 그대로 이행하며 '변호사 선생님'은 신의 선물인 성적 쾌락을 주고받을 수 있는 사랑의 말과 행위를 하나하나 습득해간다.

"내가 오른손으로 자위를 하는 동안 왼손으로는 내 젖봉오리를 간지럽혀요. 그리고 아주 부드럽게 꼬집지요. 이런 식으로 손가락 안쪽 면이나 혹은 손바닥으로 원을 그려가면서 애무하고 꼬집는 행동을 번갈아 가면서 해요. 자, 이제 잘 아셨나요, 선생님?"

"부인, 아주 잘 알겠소."

"내가 날 만져 달라고 할 때 이런 식으로 해야 한다는 것을 절대로 잊지 마세요."

"부인, 걱정 마시오. 내 진심으로 그렇게 하겠다고 약속하오. 그런데 지금 당장 그것을 하고 싶군요. 당신이 허락만 한다면 말이오."

"여부가 있나요, 선생님."

"당신만 괜찮다면 혓바닥으로 하고 싶군요. 당신을 혀로 쓰다듬고 싶어요. 미안해요, 부인. 너무 직접적인 표현을 써서."

"괜찮아요. 그런 표현이 몹시 마음에 드네요. 이런 경우에 저속한 말조차도 허용될 수 있고, 또한 그런 단어가 풍기는 뉘앙스가 몹시 재미있어요. 하지만 우리는 에스파냐어권에서 공통적으로 사용하는 단어만 써야 한다는 사실을 잊진 마세요. 아아…… 선생님, 너무 잘하시네요. 아주 잘했어요."

두 사람이 나누는 말과 행위를 보면 서로 존중하고 배려하는 성행위에 몰입해 있다는 점을 알 수 있다. 대담하게 말하고 행동하면서도 '부인'을 위해 인내하고 배려하는 '변호사 선생님'의 행위는 아름답기까지 하다. 그러면서 독자에게 묘한 질투심을 안겨준다.

이처럼 섹스란 쾌락을 동반한 몸과 마음의 소통이자 대화라는 걸 보여주는 장면이 곳곳에서 나온다. 그런 점에서 이 책은 성애의 테크닉을 배울 수 있는 최고의 교습서로도 손색이 없다.

'부인'의 이야기 속 주인공들은 점점 과감한 행위를 시도하며 한 몸이 되는 경지로 성큼 나아간다. 이 소설을 음란물 딱지로 벌겋게 물들인 대법원 판결을 떠나 독자 여러분이 직접 두 인물이 벌이는 행위가 음란한지 아닌지 판단해보시길…….

"'피에르, 우리 오럴 섹스를 할까요?'라고 아마티스타가 다리를 벌린 채 누우면서 제의를 했어요. 그러자 피에르는 아마티스타의 활짝 열린 장미 위에 입술을 갖다 댔어요. 그리고 무릎은 각각 아마티스타의 머리 양쪽에 놓았어요. 피에르의 혀와 입술은 번갈아 가면서 아마티스타의 장미를 핥고 빨았어요. 그리고 그의 오뚝 선 음경은 아마티스타의 동그란 입안으로 들어갔어요. 그러자 따스하고 축축한 장미가 조금씩 고개를 쳐들었어요. 피에르가 질 입구에 헛바닥을 조금 집어넣을 수 있게 하기 위해서였어요. 그러는 동안에도 그의 음경은 아마티스타의 입을 드나들고 있었어요. 피에르의 혀에는 점점 침이 흘러나왔고, 곧이어 신성한 동굴의 입구를 벗어나 클리토리스를 사랑하고 있었어요. 그리고 클리토리스는 피에르의 헛바닥을 사랑하고 있었고요. 그러자 아마티스타의 혀는 마치 나비 날개처럼 파르르 떨리기 시작하면서 음경의 밑 부분을 살며시 스쳤답니다. 이내 피에르는 아마티스타 위에 사지를 벌리고 있던 자세를 바꾸면서 그녀에게 침대 위에 엎드리라고 했어요. 그리고는 아무런 예고도 없이 갑작스럽게 그의 음경을 아마티스타의 엉덩이에 집어넣었어요. 아마티스타는 소리를 질렀어요. 피에르는 그의 자세를 조금도 흐트러뜨리지 않은 채 아마티스타의 어깨를 껴안았어요. 그리고는 그녀의 가슴을 눌렀어요. 그러면서 그녀의 아랫배와 비너스의 숲을 손으로 더듬었어요. 마침내 그는 입술을 조금 뗀 후에 가운뎃손가락 안쪽으로 클리토리스가 꼼짝도 못 하게 기대었어요. 그리고는 아주 중대하고 비밀스런 마사지를 시작했어요. 아마티스타는 신음소리를 내면서 쉰 목소리로 이렇게 속삭였어요. '아아! 당신은 영원한 내 사랑이에요! 그래요, 여보, 그렇게 해주세요! 아아! 피에르, 빼지 말고 그대로 있어요! 피에르, 당신은 영원한 내 인생…….'"

자, 여러분의 판단은……? 음란한 내용이 담긴 책이 그 음란성 때문에 시중에 유통되어선 안 된다고 판단하고 선택하는 것은 오로지 독자의 몫일 수 있다. 독자 여러분의 판단을 돕기 위해 또 한 대목 인용한다.

"부인, 그 이야기가 몹시 기대되는군요. 하지만 지금 부탁이 하나 있소. 팬티를 벗고 손으로 침대를 잡으시오."
"지금 당장 하란 말인가요? 흥분된 마음은 가라앉히셨나요?"
"아주 완전히 진정된 상태이지만 내 음경은 오뚝 서 있소, 부인."

"너무 흥분하시면 안 돼요, 선생님. 과도한 흥분은 조루의 원인이에요."

"나도 알고 있소, 부인."

"이제 들어가도 돼요, 선생님. 이번에는 천천히 시작하세요. 이런 포즈는 아주 감미롭게 클리토리스를 자극한답니다."

"알고 있고, 부인. 자, 괜찮소, 부인?"

"괜찮다는 말 갖고는 부족한 것 같아요. 난 아주 좋아요. 이제 당신의 것을 빼고, 무릎을 꿇은 다음에 클리토리스를 빨아주세요. 이건 정말 환상적인 거예요. 난 이런 것을 몹시 좋아한답니다. 그리고 당신도 이렇게 하면서 심신의 안정을 되찾게 될 거예요.

됐어요, 선생님. 이제 몸을 일으켜서 다시 내 몸에 삽입하세요. 우리가 섹스를 하는 동안에 당신의 손가락으로 내 클리토리스를 마사지해줄 수 있나요? 바로 그거예요. 아주 잘했어요.

그런데 이상하게도 오늘은 내가 '꽃봉오리'란 말을 안 쓰고 '클리토리스'란 말만 쓰고 있어요."

"부인, 왜 그 말만 사용할까요?"

"방금 전에 클리토리스란 말이 아주 멋지다는 것을 알게 되었어요."

"부인, 당신이 신발을 신은 채 스타킹을 반쯤 흘려 내리는 모습이 아름답다고 말하고 싶군요."

"그렇다면 다행이네요, 선생님. 이제 조금 더 힘을 가하세요. 당신의 음경을 내 장미 안으로 들여보낼 때뿐만 아니라, 손가락으로 내 클리토리스를 마사지할 때에도 말이에요. 당신도 이미 알겠지만 강한 접촉과 부드러운 접촉을 번갈아 하도록 하세요."

"알겠소, 부인."

노골적인 행위를 그리고 있지만, 전혀 노골적으로 보이지 않는다. 오히려 우아해 보이기까지 하지 않은가. 직유 대신 은유와 상징의 수사법을 동원한 작가의 의도 때문일 것이다. 이는 성性에 깃든 포르노적인 야만성을 에로티시즘의 차원으로 끌어올리는 장치로도 작용한다. '변호사 선생님'이 결말에 이르러 깨닫는 것도 이와 일치한다.

"좋아요, 부인. 우선 당신에게 말해줄 것은 당신이 날 처음 알게 되었을 때와 지금의 나를 비교해보면 예전의 내가 왜 그토록 바보 같았는지 전혀 이해할 수가 없다는 것이오."
"선생님, 이 모든 것이 저한테 교육을 받은 덕택이에요. 자기의 손에, 아니면 한 여인의 내부에 아무렇게나 자기의 즙을 흘리고 다니는 남자는 기본적인 욕구만을 충족시키는 본능만을 지닌 채 정글에서 살아가는 늑대소년과 다름없답니다."

따라서 이 소설은 '정글의 늑대소년'이었던 '변호사 선생님'이 노련한 신사로 성장해가는 과정을 그린 성장소설 형식을 띠고 있기도 하다. 여타의 성장소설처럼 청소년이 아닌 성인의 성장담을 다루고 있다는 점이 다를 뿐이다.
'부인'의 교습이 성공적인 결과로 이어지면서 두 사람도 서서히 이별을 준비하며 내일의 만남을 기약한다.

"부인, 근사한 당신과 함께 수많은 것들을 배웠던 이 방에 우리가 마지막으로 들어왔다고 생각하니……."

"날 그리워할 건가요?"

"물론이오. 그리고 아마티스타와 그녀의 친구들도 그리워할 겁니다."

"우린 항상 당신이 원하고 또 그런 마음으로 이곳에 올 때마다 당신과 함께 있을 거예요. 단지 꿈과 환상에서뿐만 아니라 실제의 현실도 말이에요. 부에노스아이레스로 오게 되면 내게 전화를 하세요. 그리고 만나서 당신의 부부생활이 어떻게 진전되고 있는지 말해주세요."

"그렇게 하겠소, 부인. 오늘 우리가 해야 할 것은 무엇이오?"

"사랑하는 선생님. 오늘 특별히 할 것은 없어요. 단지 옷을 벗고는 침대에 누워 사랑을 속삭이도록 해요. (……)

이제 우리는 작별을 해야 돼요. 선생님, 당신은 곧 거리로 나가겠군요. 기약은 없지만 다시 만나게 되었으면 좋겠네요."

"당신을 알게 된 것은 정말 큰 기쁨이었소. 부인, 다시 만날 때까지 안녕……."

4. 재인 생각
— 에로티시즘에 대한 문재인의 생각,
에로티시즘은 서로가 서로를 이해하는 과정이다

조르주 바타이유Georges Bataille는 자신의 저서 《에로티즘L'Erotisme》에서 "에로티즘 문학이란 사랑에 빠진 사람이 사랑하는 사람을 통해 세상의 복잡성에서 벗어나 뜻밖에도 존재의 단순성, 존재의 근본을 발견하는 과정을 그리는 문학"이라고 정의한다. 《에로티즘》을 번역하고 〈바타이유와 에로티즘〉이라는 논문을 쓰기도 했던 조한경 전북대 교수는 "고급 에로티즘과 저급 음란물의 차이를 가르는 객관적인 기준은 결코 마련할 수 없다"고 말한다. 그러면서 조심스레 진정한 에로티즘 문학에 대한 자신의 생각을 풀어헤친다.

다만 비판을 각오하고 일반적으로 말해보면 진정한 에로티즘 문학은 육체적 쾌락을 있는 그대로 묘사하더라도 그 묘사가 남녀의 애정 또는 사회생활과의 관계 아래에서 이루어져야 하며, 인간의 조화를 깨뜨리지 않는 범위 안에서 객관적인 비판과 함께 정신의 권리가 선행될 수 있어야만 한다. 그럴 때에 비로소 욕망의 권리를 주장하는 문학은 관용될 수 있는 것이다. 다시 말해 에로티즘이 육체를 매력적이게 하고, 그것을 아름다운 것으로 드러내서 건강, 아름다움, 상쾌한 유희의 기분을 자극하는 것이라면 음란물은 더러움, 무능, 음담패설로 육체를 찌들게 하는 것이다. 후자는 성을 묘사할 뿐이고, 오직 그것뿐이며, 그것도 독자를 자극할 목적(그런 목적이 반드시 확인 가능한 것은 아니지만)에서 그렇게 한다.

아예 객관적 기준이라는 게 없기 때문에 누구나 이에 대해 언급하려면 딜레마에 빠질 수밖에 없다. 송병선 교수도 번역에 앞서 "과연 이 책이 포르노인가, 아니면 에로소설인가, 라는 고전적인 고민"에 휩싸

였다고 토로한다. 그는 "소설 텍스트가 문법적이거나 과학적인 방법
으로 축소될 수 없는 것처럼, 우리의 육체도 생리적인 것만으로 축소
될 수는 없다는 고전적인 설명을 떠올렸다"고 한다.

물론 이것은 지극히 당연한 논리이며, 이것이 바로 에로티시즘을 탄생하
게 만든 요인일지도 모른다.

그러나 그는 한국이라는 구체적 현실에 비춰 "여기에 맞게 이 작품
이 에로티시즘 소설이냐, 포르노 소설이냐, 라는 의문"을 던질 수밖에
없었노라고 말한다. 에로티시즘이 포르노가 될 수도 있는 한국의 현실
이 고민의 요체였던 셈이다. 그러면서 그는 에로티시즘과 포르노를 판
단하는 기준에 대해 피력한다.

사실 사전적 정의로 볼 때 포르노라는 것은 '인간의 성행위를 공개적으로
묘사한 소설, 영화, 회화 따위'를 총칭하는 것이다. 그리고 이러한 성행위
를 은근히 암시하고 빗대면서 약간의 긍정적인 평가를 받으면 에로티시즘
혹은 승화된 성性으로 표현된다. 그러나 이런 평가 자체가 자의적인 것이
고, 또한 성이 터부에서 공론의 영역으로 넘어왔듯이 포르노 또한 시대의
변화에 따라 유동적인 개념으로 이해되어야 한다. 실제로 성의 직접적 묘
사라는 순진한 차원을 떠나 살펴볼 때 에로티시즘과 포르노의 차이는 '타
자성'의 차이로 귀결된다. 즉, 포르노는 일방적인 반면에 에로티시즘은 서
로가 서로를 이해하는 과정으로 이해되어야 한다는 것이다.

고로《아마티스타》는 포르노가 아닌 에로티시즘 장르의 소설로 봐야 한다는 것. 그것이 송병선 교수가 고민 끝에 내린 결론이다. 행정당국의 조치가 안고 있는 위헌성에 집중했지만 결국 부산고등법원에서 승소 판결을 끌어낸 문재인 변호사 역시 번역자의 의견에 공감했을 거라고 본다.

《아마티스타》가 사회적 논란을 불러왔을 때 아르헨티나의 한 신문에서 "《아마티스타》가 한국에서 포르노그래피라는 이유로 판금되었다"고 보도했다. 이해하기 어렵다는 투의 보도내용이었다. 한국의 문화적 수준을 들킨 것 같아 부끄럽기까지 하다.

《아마티스타》는 성적 쾌락에 몸과 마음을 집중하며 사랑을 나누는 행위가 인간을 이해하는 또 다른 길이라는 점을 묘파한 수작이다. 가능하다면 재심의를 거쳐서라도, 여전히 문화적으로 경직된 현실을 살아가는 한국의 독자들에게 폭넓게 읽히는 날이 얼른 왔으면 싶다.

좋은 숙제를 내주셨습니다

《정연주의 기록-동아투위에서 노무현까지》

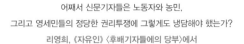

어째서 신문기자들은 노동자와 농민,
그리고 영세민들의 정당한 권리투쟁에 그렇게도 냉담해야 했는가?
리영희, 《자유인》〈후배기자들에의 당부〉에서

1. 문재인, 노무현 그리고 정연주

'문재인-노무현-정연주'. 이 관계의 고리에서 보듯 문재인과 정연주의 관계를 이어주는 연결고리는 바로 노무현 전 대통령이다. 노무현재단의 사료편찬특별위원회 위원장을 맡기도 했던 정연주, 재단 이사장으로 일하다 총선에 출마하며 이사장직을 내려놓았던 문재인. 두 사람의 관계에는 이처럼 노무현이라는 인물의 존재감이 우뚝하게 자리한다.

정연주는 언론인으로서 걸어온 자신의 자전적 기록인 이 책 7부에서, '바보 노무현' 시절부터 시작된 노무현 전 대통령과의 인연에 대해 상세히 밝히고 있다.

첫 만남은 간접적으로 이뤄졌다. 정연주가 〈한겨레〉 워싱턴 특파원이었던 시절, 종로 보궐선거에 당선된 이후 국회의원 신분이었던 노무현이 그에게 이메일을 보냈다. "오늘 아침 한겨레에 난 '정연주 칼럼'의 내용이 참 좋은데, 나의 홈페이지에 옮겨서 다른 사람들과 나누어 볼 수 있느냐"는 내용. 이에 정연주는 "내 글이 많은 사람에게 읽힌다면 참 기분 좋은 일"이며 "오히려 고맙다"고 답신을 보냈다.

한참 뒤 노무현은 다시 같은 내용의 이메일을 보내왔다. 그렇게 두 차례의 이메일 교신을 나눈 것이 두 사람 만남의 시작이었다. 그러다 1999년 노무현이 다음 해 4월에 실시될 제16대 총선에서 종로지구당을 포기하고 부산지역 출마를 선언하면서부터 정연주는 그에게 관심을 갖기 시작했고, 노무현의 신념 어린 도전과 실패에 대한 칼럼을 쓰기도 했다.

부산에 나가면 떨어질 것이 분명한데 재선이 확실한 종로를 포기한 것을 보고 신념이 강한, 특이한 분이라는 생각이 들었다. 결국 그는 2000년 4월 부산에서 '새천년민주당' 간판으로 출마하여 낙선했다. 그 결과를 보고 나는 5월 5일자 〈한겨레〉에 〈지역감정의 슬픈 풍경〉이라는 칼럼을 썼다.

이 칼럼에서 정연주는 노무현의 정치적 행로를 두고 "한국 정치판의 예수" 같다고 적었다. 고향 부산에서 정치적 박해를 받고 낙선의 십자가를 진 노무현의 행로에서 "자신이 태어난 유대 땅에서 박해를 받고 끝내 십자가에 못 박혀 죽은" 예수의 이미지를 발견한 것이다. 정연주는 그러나 낙선의 십자가를 지고 정치적 무덤으로 뚜벅뚜벅 걸어간 노무현의 "정치적 부활"을 예감한다. 이 예감에는 "새로운 세대의 정치 가능성"에 대한 갈망이 묻어난다.

> 그(노무현)가 지역주의라는 무덤에서 다시 몸을 벌떡 일으켜 정치적 부활을 하지 말라는 법도 없다. 그의 정치적 부활은 같은 지역에서 70퍼센트 이상 압도적 득표를 한 정형근 의원과 대칭 관계, 지역주의의 부분적 극복, 새로운 세대의 새 정치 가능성에서 매우 중요한 의미가 있다.

이 칼럼이 〈한겨레〉에 실린 것은 정연주의 워싱턴 특파원 생활이 거의 끝날 무렵이었다. 정연주는 한 달 뒤 18년의 미국 생활을 접고 서울로 돌아온다. 그리고 자신이 예감했던 노무현의 '정치적 부활'의 조짐이 일고 있음을 확인한다. 노무현의 낙선 뒤 정치인 최초의 팬클럽인 '노사모―노무현을 사랑하는 사람들의 모임'가 탄생했다는 소식을 접한 것이다. 정연주가 귀국하고 두 달 뒤 노무현은 해양수산부 장관에 취임했다. 이 뉴스를 접하며 정연주는 "어쩌면 그의 정치적 부활이 가능할지도 모르겠"다며 다시 한 번 기분 좋은 예감에 잠긴다.

그때까지도 두 사람은 직접 대면할 기회가 없었다. 그러나 정연주는 그 전부터 이미 노무현과의 운명적인 만남의 가능성을 예감하고 있었던 듯하다. 그는 "둘 사이에 일종의 '연결고리' 같은 게 있었다"고 말한다. 그 연결고리는 "조·중·동으로 대표되는 우리나라 '조폭언론'의 반언론적 행태에 대해 느끼고 공유하는 강렬한 문제의식"이었다.

두 사람이 첫 대면을 한 것은 2001년 말 청암 송건호의 장례식장에서였다. 청암은 줄곧 정론직필의 길을 걸으며 자유언론 수호를 위해 애쓰다 유신독재의 고문 후유증으로 인한 병마로 세상을 떠난 '언론계의 큰 어른'이었다. 2001년 12월 24일 크리스마스 전야에 서울 송파구 풍납동 서울중앙병원에서 그의 영결식이 있었고, 그 자리에 노무현 민주당 상임고문이 참석했다. 정연주는 언론계 후배 입장에서 "송건호 선생님 영결식까지 찾아준 것이 고마웠다"고 당시를 회고한다. 게다가 그의 기억으로는 노무현이 "정치권에서 온 유일한 인물"이었다.

영결식이 끝나고 이뤄진 첫 대면에서 정연주는 첫 만남의 서먹함을 전혀 느낄 수 없었다고 전한다.

> 1946년 개띠 동갑이라는 친근함도 있었겠지만, 처음 만났는데도 서로 전혀 서먹서먹하지 않았다. 마치 오랜만에 고향 친구를 만난 느낌이었다. 세상을 보는 눈, 특히 언론을 보는 눈이 같다는 동질감 때문이 아니었나 싶다.

그 뒤 두 사람은 서로 다른 세계에서 각자의 길을 열심히 걸었다. 노무현은 대권에 도전해 온갖 풍상과 고난 속에서 자신이 선택한 길을 정면돌파하고 있었고, 정연주는 〈한겨레〉 논설주간으로서 맡은 일을 열심히 해나갔다.

월드컵으로 뜨거웠던 2002년 여름이 지나고, 그해 말 '바보 노무현'

은 기적처럼 대통령에 당선되었다. 정연주의 예감이 확신으로 굳어지는가 싶더니 기적적인 반전의 드라마로 이어졌던 것이다. 아마 정연주도 자신이 예감한 '노무현의 부활'이 대선 승리라는 결말에까지 닿으리라곤 '예감'하지 못했을 것이다.

그리고 노무현 당선 직후 두 번째 만남이 이어진다. 우연의 작용이었다. 2002년 말 정연주가 여의도의 한 식당에서 두 선배와 부부동반으로 식사를 하고 있을 때 노무현 대통령 당선자가 그곳에 와 있다는 얘기를 들었다. 그런데 어떻게 알았는지 그가 불쑥 정연주 일행이 있는 방으로 들어섰다. "대통령 당선자라는 신분의 무거움은 아랑곳없이 털털한 친구처럼" 나타난 노무현. 정연주는 그에게 담담하게 당선 축하인사를 건넸다.

세 번째 만남은 노무현 당선자가 예고 없이 〈한겨레〉를 방문하면서 이뤄졌다. 대통령에 당선된 뒤 갖는 언론사 첫 방문. 다소 뜬금없는, 즉흥적으로 이뤄진 방문이었다. 당선자 대변인을 맡고 있던 이낙연 의원이 훗날 정연주에게 전한 당시의 정황이다.

행사를 마치고 가는 도중 갑자기 〈한겨레〉로 가자고 했고, 그런 행동이 주류 언론의 오해와 반감을 살 수도 있겠다 싶어 걱정이 되었다는 것이다. 그는 '신문사 방문이라기보다 북핵 문제 등 현안에 대한 원로·중견 언론인의 의견을 듣기 위한 것'이라며 '한미 관계 조언 등 같은 차원에서 다른 언론사를 방문할 수도 있다'고 기자들에게 설명했다고 한다.

이낙연 의원의 우려처럼, 충분히 다른 언론사의 오해와 반감을 살 만한 일이었다. 그럼에도 당선자는 〈한겨레〉 방문을 감행했다. 즉흥성이 엿보이지만, 사실 여기에는 노무현 당선자의 의도와 전략, 결기의 기운마저 서려 있는 듯 보인다. 여러 가지 면에서 상징적이며 암시적인 메시지가 읽힌다. 첫 방문한 언론사가 〈한겨레〉라는 점부터 그러하다. 당시 〈한겨레〉 논설주간을 맡고 있던 정연주도 그 방문이 지닌 상징적 의미를 이렇게 짚어낸다.

대통령에 당선된 뒤 처음 방문한 언론사가 〈한겨레〉라는 것은 여러 가지 상징적 의미가 있었다. 주류 언론이자 '메이저'라 불리는 조·중·동을 무시하고, 국민의 성금으로 만든 6·10 민주항쟁의 귀한 선물 〈한겨레〉를 방문함으로써 노무현 대통령 당선자가 언론에 대해 어떤 생각을 하는지 간접적이지만 강렬하게 보여준 것이다. 〈한겨레〉 방문은 수많은 언어보다 많은 이야기를 하고 있었다.

김대중 전 대통령과 마찬가지로 노무현도 삶이 곧 투쟁이었던 정치인이었다. 정치인이라면 되도록 주류 언론과 우호적인 관계를 유지하려 하기 마련이다. 그럼에도 노무현은 '언론권력과의 싸움'을 마다하지 않았다. 그것도 정면대결에 가까운 싸움을 줄기차게 이어갔다. 이 싸움은 정치인 노무현이 숙명처럼 어깨에 걸머진 또 하나의 십자가였는지도 모른다.

노무현은 〈주간조선〉의 '호화요트' 왜곡보도로 시작해 정치를 하는 동안 줄곧 언론과 불화하는 불운을 겪었다. 수구 언론의 공격은 그의 죽음까지 쫓아다닐 정도로 모질고도 집요했다. "대통령이 되는 과정에서도, 대통령이 되어서도, 대통령 자리를 그만둔 뒤에도 '언론 개혁'에 대한 의지와 열정을 누그러뜨린 적이 없"었던 노무현. 그의 심중에는 "수구 언론을 그냥 두고서는 한국 사회를 개혁할 수 없다"는 절박한 인식이 자리 잡고 있었다.

정연주 역시 언론 개혁에 대한 의지와 열정으로 투쟁의 길을 걸어온 언론인이다. 수구 언론에 대한 문제의식도 노무현 대통령과 다르지 않다. 그는 말한다. "지금과 같은 언론 구조와 토양이 바뀌지 않는 한 이 땅에서 인간다운 삶을 누리는 것은 불가능하다고 생각해"왔노라고. 그의 발언에도 '언론 개혁'에 대한 의지가 뚜렷이 새겨져 있다.

이 거대한 싸움을 함께하고 있다는 점만으로도 두 사람은 서로의 관계에서 동지이자 친구 같은 감정을 공유했던 듯싶다. 이처럼 노무현과 정연주의 관계는 노무현과 문재인의 관계와 나란히 데칼코마니를 형성한 것처럼 닮아 보인다.

노무현이 대통령에 취임하고, 참여정부가 출범했다. 인수위 시절 노무현 당선자의 요청에 따라 문재인도 민정수석비서관을 맡아 청와대 생활을 시작했다. 이후 정연주는 자신의 꿈과 삶이 고스란히 녹아 있는 〈한겨레〉를 떠나 〈오마이뉴스〉에 글을 연재하며 자유로운 글쓰기를 모색하고 있었다. 그러던 2003년 3월, 자신이 KBS 사장 후보에 올랐다는 소식을 들었다. 정연주는 우여곡절 끝에 이사회 의결을 거쳐 사장에 선임되었고, 임명권을 가진 노무현 대통령이 그를 KBS 사장으로 임명했다.

사장 취임 초기, 해외 동포상 수상자들과 함께한 청와대 오찬 때 대통령은 정연주에게 의미심장한 메시지를 남긴다.

식사가 끝나고 일행이 청와대를 떠날 때였다. 노무현 대통령과 정연주는 맨 앞에서 천천히 걸어 나왔다. 그때 대통령이 말했다.

"정 사장님, 제가 앞으로 대통령 하면서 절대 전화하지 않을 사람이 두 분 있습니다."

"두 사람이 누군데요?"

정연주 사장이 물었다.

"검찰총장과 KBS 사장입니다. 정치적 중립과 독립이 가장 중요한 기관 아닙니까?"

이는 대통령 노무현의 약속이자 선언이었다. 어쩌면 대통령 자신과의 약속이기도 했을 터였다. 대통령은 그 약속을 철저히 지켰다. 정연주는 지금도 대통령의 그 말이 귓전에 쟁쟁하다고 말한다. KBS 보도 프로그램이 참여정부에 상당한 타격을 준 경우가 적지 않았음에도, 대통령은 한 번도 전화통화로 유·무언의 압력을 행사한 적이 없었다. 참여정부 시절 대통령의 공과를 떠나, 이 점만 놓고 봐도 범인의 경지를 훌쩍 넘어선 인간 노무현의 강건한 의지가 새삼 위대해 보인다.

정연주도 그 점이 참 고마웠다고 말한다. 그토록 강건하던 그가 봉하마을 부엉이바위에서 처참한 죽음을 맞았다는 소식을 들었을 때 맨 처음 떠오른 것도 대통령의 그 약속이었다. "제가 앞으로 대통령 하면서 절대 전화하지 않을 사람이 두 분 있습니다"라는 말. 정연주는 대통령의 죽음에서 역설의 비극을 본 것이다. 대통령이 정치적 중립과 독립을 위해 전화할 수 없다고 한 두 집단, 검찰과 언론에 의해 죽음의 길로 내몰렸다는 점에서 보면 이 죽음은 기묘하고 기괴한 역설의 비극이다. 정연주도 "그것이 너무나 억울했다"고 심정을 토로한다.

이명박 정권이 들어서면서 정연주는 결국 KBS 사장에서 강제해직당하고 만다. 사장을 그만두고 두 달쯤 지났을 때 그는 처음으로 봉하를 찾아 대통령을 만났다. 그 자리에서 대통령은 "시민의 의식을 바꾸는 언론 운동을 같이 합시다"라며 새로운 제안을 꺼내놓는다.

"좋은 숙제를 내주셨습니다."

정연주의 대답이었다. 그리고 두 사람은 후일을 기약하며 헤어졌다. 정연주는 그때 막 시작된 배임 혐의의 형사재판에 대비해 검찰의 수사 기록을 읽고 검토하느라 정신없이 보내던 때였다.

새해가 밝았는데도 정연주는 여전히 형사사건 재판에 묶여 있었다. 그러던 중 노무현 전 대통령을 향한 이명박 정권의 가해행위와 언론의 칼질이 시작되었다. 그리고 이어진 부엉이바위의 비보. "검찰과 언론의 모욕과 가해행위가 그처럼 혹독했던 그 봄, 봉하로 내려가 '오랜 친구' 같은 그를 만나 위로하고 힘을 북돋워주"지 못했던 게 정연주의 가슴에 씻을 수 없는 회한으로 남았다.

얼마나 큰 회한으로 남는지 그냥 눈물이 쏟아졌다.

그가 '사람사는 세상 노무현재단'이 출범했을 때 기꺼이 재단이사자리를 맡고, 뒤이어 참여정부의 성과와 한계까지 제대로 헤아리는 평가를 위해 관련 자료들을 모으는 '노무현재단 사료편찬특별위원회' 위원장 자리를 선뜻 수락한 것도 "그 미안함과 죄스러움, 회한을 눈곱만큼이라도 씻기 위해"서였다.

대통령님이 떠나시고 나서 참으로 미안하고, 죄책감과 후회가 너무 많이 남았다. 그래서 그 후 노무현재단이 출범하고 뜻을 기리는 사업을 하겠다며 함께해달라고 했을 때 죄스러움을 갚아야겠다는 마음에서 참여했다. 사료편찬특위도 재단에서 맡아달라고 해서 마다하지 않았다. 그 바닥에는 그런 죄스러움이 있다.

그리고 나서야 정연주는 노무현에게 마지막 인사를 건넬 수 있었던 듯하다. 그는 이 책을 노무현에게 건네는 마지막 작별인사로 마무리한다.

잘 가시라, 노무현. 나의 좋은 친구.

2.《정연주의 기록–동아투위에서 노무현까지》
— 서울–워싱턴–평양–KBS

이 책은 저자가 2002년 말《서울–워싱턴–평양》이라는 제목으로 출간행했던 것을 크게 개정, 보완하여 2011년 여름에 재출간한 것이다. 정연주는 출판사의 요청에 따라 원고를 가감, 수정하고 필요한 부분을 새로 써서 기존에 나왔던 책의 내용을 대폭 보완했다. 이 과정에서 〈동아일보〉에 입사하기 전인 고등학교와 대학 시절 이야기, 바보 노무현의 이야기와 KBS 사장이 되었다가 강제해직 당하기까지의 이야기가 새롭게 추가되었다. 정연주는 머리글에서 이 책을 발간하게 된 이유에 대해 밝혔다.

내가 언론인으로 살아온 반세기 가까운 우리 시대의 이야기, 특히 언론과 관련된 우리 역사와 현실을 젊은이들이 이해하는 데 조금이라도 도움을 주고 싶어서다. 대학에 가서 강연을 할 때 지금 우리 사회 모순과 질곡의 뿌리가 된 군부독재 시절의 역사, 특히 언론의 이지러진 얼굴을 이야기하면 젊은 후배들은 '신기한 듯' 듣는다. 그들에게 좀 더 자세한 이야기를 전해주고 싶었다. 이 책을 발간한 가장 큰 이유다.

YTN, KBS, MBC 등의 언론사에서 동시다발적으로 벌어진 일련의 투쟁과정을 거론하지 않더라도 지금이 언론 자유가 심각하게 위협받는 시대라는 것쯤은 누구나 다 아는 사실이다. 그런 만큼 우리 언론의 역사와 현실에 대한 인식이 절실한 때이기도 하다. 젊은이들에게 그 인식의 길을 터주고 싶었던 것, 그것이 저자의 집필 및 출간 의도다.

1970년대부터 2000년대 이후를 아우르며 우리 언론사의 주요 쟁점을 다루고 있지만, 사실 이 책은 정연주 개인의 자전적 기록이 중심을 이루고 있다. 이는 곧 언론인 정연주가 걸어온 40년의 궤적이 우리 언론사의 중심을 관통하고 있다는 걸 말해주는 것이기도 하다.

정연주는 1970년 12월 동아일보사에 입사했다. '사람이 사람답게 살 수 있는 세상'을 만드는 일에 아주 조그마한 기여라도 했으면 하는 마음에서였다. 기자라는 직업은 그에게 종교적인 의미로 다가왔다. 노아의 방주 이야기가 기자라는 직업을 선택하는 데 중요한 영향을 주었다고 그는 말한다.

노아는 40일간 대홍수가 난 뒤에 바깥세상을 알아보기 위해 비둘기를 내보냈다. 비둘기는 얼마 뒤 나뭇가지 하나를 물고 방주로 돌아왔다. 노아는 비둘기가 물고 온 나뭇가지를 보고 암흑시대가 끝났음을 알았다. 아무것도 알 수 없는 캄캄한 방주 밖으로 나간 비둘기가 물고 온 나뭇가지는 암흑시대가 끝났음을 알리는 진실이고 희망이었다. 그리고 비둘기는 노아 시대의 언론이었다.

정연주는 '진실'과 '희망'을 전하는 '비둘기'가 되겠다는 긍지와 자부심으로 기자가 됐던 것이다. 그러나 당시는 언론의 암흑시대였다. '진실'을 전할 수 없는 시대였다. "박정희 군부독재 아래서 권력에 대한 비판·감시 기능은커녕 가장 기본인 '사실 보도'조차 하지 못했던 때"였다. 국민들은 당연히 그런 언론을 신뢰할 수 없었을 터다. 언론에 대한 조롱과 비판, 분노가 들끓고 있었다. 정연주는 유신독재에 저항하는 농성장에서 '개와 기자는 접근 금지'라는 팻말을 보고 하늘을 쳐다볼 수 없을 정도로 한없는 부끄러움을 느꼈다.

그 글을 읽는 순간, 나는 자신이 부끄러워 견딜 수가 없었다. 그리고 분노가 치밀었다. 당시 언론은 대학가의 시위 사실을 거의 보도하지 못했다. 대학가의 데모뿐만 아니라 노동계에서 있었던 인간다운 삶을 위한 몸부림도, 종교계의 저항 움직임도 제대로 보도하지 않았다. 언론은 분노와 타도의 대상이었고, 마침내 언론인은 개가 되었다.

그 부끄러움 때문이었을 것이다. 1974년 10월 24일 오전, 〈동아일보〉 편집국, 출판국, 방송국의 기자 140여 명이 3층 편집국에 모였다. 역사적인 '자유언론실천선언'이 이뤄지는 순간이었다.

본질적으로 자유언론은 바로 우리 언론 종사자들 자신의 실천 과제일 뿐 당국에서 허용 받거나 국민 대중이 찾다 주어지는 것이 아니다. 따라서 우리는 자유언론에 역행하는 어떠한 압력에도 굴하지 않고 자유민주사회의 존립의 기본 요건인 자유언론실천에 모든 노력을 다할 것을 선언하며 우리의 뜨거운 심장을 모아 다음과 같이 결의한다.

하나, 신문·방송·잡지에 대한 어떠한 외부간섭도 우리의 일치된 단결로 강력히 배제한다.
하나, 기관원의 출입을 엄격히 거부한다.
하나, 언론인의 불법연행을 일체 거부한다.

이 선언은 24일 밤 〈조선일보〉와 〈한국일보〉로 번졌다. 이틀 사이에 서울과 지방을 망라한 31개 신문, 방송, 통신사가 선언문을 채택하고 자유언론실천의 깃발을 높이 들었다.

언론에서 사라졌던 대학생들의 시위, 민주화 운동 관련 기사가 〈동아일보〉 지면에 실리기 시작했다. 그러자 박정희 정권은 자유언론실천 운동에 앞장선 〈동아일보〉에 집중 타격을 가함으로써 언론자유 의지를 무력화하려는 음모를 꾸몄다. 그게 바로 12월 16일부터 시작된 '동아일보 광고 탄압' 사건이었다.

유신 권력의 공작으로 〈동아일보〉 지면에서 광고가 일제히 사라졌다. 기자들은 이에 굴하지 않고 광고 면을 비워둔 채 신문을 발행했다. 광고 탄압에 맞선 지면 투쟁이었다. 그러자 놀라운 기적이 일어났다. 독자들이 텅 빈 광고 면을 자발적인 성금으로 채워주기 시작했다. 광고 면에는 독자들이 기자들에게 보내는 격려의 말이 가득했다. 유신 권력에 대한 야유와 민주주의에 대한 열망으로 가득한 격려 글이 축제처럼 만발했다.

당시 〈동아일보〉 광고 면은 일종의 정치·사회적 광장이었다. 이 지면을 통해 민주주의의 열기가 차츰 번져가기 시작했다. 이에 위기감을 느낀 유신 권력은 경영진을 압박했다. 결국 권력과 야합한 경영진은 술 취한 깡패들을 동원해 자유언론 운동에 앞장선 동아일보사와 동아방송의 기자, 프로듀서, 아나운서 등 140여 명을 축출했다.

우리는 그렇게 폭력으로 회사에서 추방되었다. 4층에 있던 여자 아나운서들은 강제로 해산되는 과정에서 술 취한 깡패들에게 성적 모욕까지 당했다. 많은 동료와 선배들이 엉엉 울면서 3월 17일 새벽, 동아일보사에서 동원한 폭력에 추방되었다. 우리가 힘들게 쌓아놓은 자유언론은 그날로 조종을 울리고 말았다.

당시 편집국장을 맡고 있던 송건호는 "이런 판국에 더 이상 자리를 지키고 있을 수 없다"며 편집국장직을 사퇴했다. 그만두고 나오면서 두 번 울었다고 한다.

"기자들 앞에서 울고, 그만두면 다시는 언론계에 들어올 수 없을 것 같아 울고······."

이후 송건호는 극심한 생활고 속에서 내일의 생계를 고민하는 세월을 감내해야 했다. 다른 해직기자들의 삶도 다를 바 없었다. 광화문에는 네 계절이 어김없이 찾아왔건만, 내쫓긴 해직기자들에게는 온통 꽁꽁 얼어붙은 겨울이었다. 정연주는 그 광화문의 겨울을 이렇게 증언한다.

감옥의 겨울도 있었고, 실업의 겨울도 있었다. 형제보다 진한 동지애로 얽힌 동료들이 고생 끝에 병을 얻어 한을 품고 세상을 하직하는, 가슴을 찢는 고통의 엄동설한도 있었다.

그럼에도 해직기자들은 투쟁을 멈추지 않았다. 140여 명의 해직 언론인들은 '동아자유언론수호투쟁위원회동아투위'를 결성하고, "1978년

10월 24일 권력에 재갈 물린 제도언론이 일절 보도하지 않던 학생 시위, 노동운동, 농민운동, 재야의 움직임 등을 모아 일지로 만들"었다. 발생한 사건을 아무런 논평 없이 일지 형식으로 기록한 유인물에 불과했다. 그럼에도 유신 권력은 이를 긴급조치 9호 위반으로 걸고 넘어졌다. 이 일지 사건으로 정연주를 비롯한 동아투위 회원 열 명이 투옥되었다.

그런데 1979년 10월 27일 아침, 성동구치소에 수감되어 있던 정연주는 뜻밖의 소식을 듣게 된다. 박정희 대통령 암살 소식. 정연주는 그 순간을 감격과 환희로 맞았다고 전한다.

우리는 그때 처음으로 김재규 중앙정보부장이 박정희 대통령을 암살했다는 소식을 들었다. 나는 박정희 암살 소식을 들었을 때의 '감격'을 아직도 잊지 못한다. 태어나서 그렇게 기쁜 날이 없었다. 장가가던 날보다 기뻤다. 이제는 정말 죽어도 한이 없다는 생각이 들었다. 나는 그때 처음 환희를 온몸으로 느꼈다. 갇힌 우리는 모두 해방되고, 모든 족쇄가 풀리고, 유신독재는 모래성처럼 무너지고, 자유언론과 민주주의가 우리 곁으로 줄달음쳐서 다가오고……

그러나 이는 순진한 생각이었다. 세상은 여전히 제자리였다. '유신의 심장'이 사라진 자리에 전두환의 신군부가 들어앉았던 것이다. 결국 전두환 쿠데타 이후 정연주는 '국기 문란자'로 수배되어 여기저기를 떠돌아다니며 숨어 지내는 도망자 신세로 전락했다. 자신의 수배 사유가 김대중 내란 음모 사건에 연루되었기 때문이라는 사실은 뒤에 가서야 알았다.

그 와중에 가족의 수난과 비극이 연이어 겹쳤다. 그가 수배를 받던 중 아내가 체포되어 곤욕을 치른 것도 모자라 늙은 아버지까지 연행되어 고통을 겪어야 했다. 또 수배 중이었던 탓에 미국으로 떠나는 부모님을 배웅조차 하지 못했다.

부모님은 그곳에서 생을 마감했다. 정연주가 부모님을 뵙기 위해 미국으로 들어갈 준비를 하고 있던 때 벌어진 일이었다. 여권을 받는 것도 미국에 가는 것도 어렵던 시절인지라, 그가 택할 수 있는 유일한 방편은 유학이었다. 서른여덟 나이에 경제학 공부를 다시 하기로 결심한 것이다. 그렇게 유학 준비를 하던 어느 날 아침, 정연주는 그날따라 이상하게 온몸이 부들부들 떨리고 가슴이 자꾸 두근거리는 경험을 했다. 그가 몸의 이상을 느끼고 동네 목욕탕에서 목욕을 하고 돌아왔을 때 미국에 거주하며 부모님을 모시고 있던 형님에게서 전화가 왔다. 일상적인 대화 끝에 형님이 갑자기 목소리를 낮추고 말했다.

"연주, 놀라지 말거라……."

어머니가 돌아가셨다는 소식이었다. 이미 장례식까지 치른 뒤였다. 그리고 열흘 뒤 정연주는 아버지마저 세상을 떠나셨다는 소식을 형님의 전화를 통해 들어야만 했다. 그는 "가슴을 칼로 에는 듯한 고통과 한을 감당할 수가 없었"노라고 말한다. 그 고통 속에서 정연주는 이렇게 묻는다.

도대체 역사란 무엇이고, 삶이란 무엇인가?

정연주의 미국행은 어쩌면 이 질문에 대한 답을 찾아가는 과정이었는지도 모른다. 1982년 11월 25일, 가족과 함께 미국 휴스턴에 도착한 정연주는 형님 집에 짐을 풀고 부모님 묘소를 찾았다. 통한의 눈물이 봇물처럼 터지고, 그리움이 밀려들었다. 그 한과 슬픔, 그리움 너머로 휴스턴의 널따란 하늘이 위로하듯 펼쳐져 있었다.

그 뒤로 6년 반 동안 정연주는 다람쥐 쳇바퀴 돌리듯 단순한 리듬으로 박사 학위라는 하나의 목표를 향해 달렸다. 기자로서 다시 펜을 굴리게 되리라는 꿈은 접은 지 오래였다. 독재의 폭력에 짓눌려 기자라는 자의식까지 팽개치고 무감각과 치욕의 펜대를 잡느니 아예 그 펜을 꺾어버리는 편을 택한 것이다. 머잖아 기자 인생의 2막이 열리게 될 거라는 사실은 전혀 예상치 못한 채.

1987년 봄, 고국의 민주화운동 열기를 정연주는 미국 언론을 통해 접했다. 그리고 마침내 쟁취한 6·29. 정연주는 이를 '6·29 승리'라고 표현한다. 정연주에게 이 승리는 어쩌면 그의 기자 인생 2막을 알리는 신호탄이었을 것이다.

1987년 12월 초, 정연주는 〈한겨레신문〉 창간 소식을 접한다. 해가 바뀌어 총선이 끝난 뒤인 1988년 5월 15일 국민주 방식의 〈한겨레신문〉 창간호가 세상에 나왔다. "창간호를 쥐고 있는 송건호, 리영희 선생을 비롯하여 동아투위, 조선투위, 1980년 해직 기자들 등 여러 선배와 동료들의 얼굴이 담긴 사진을 보"고 정연주는 와락 눈물을 쏟으며 이렇게 되뇐다.

"하늘도 무심치 않구나!"

그즈음 정연주는 박사 학위가 끝날 때까지 워싱턴 특파원으로 일해 달라는 제안을 받는다. 뭐든 자신이 할 수 있는 일이라면 못할 게 없다는 생각이었다. 감격이었다.

"그 참혹한 유신독재와 전두환의 포악한 독재의 암흑 속에서 기자가 될 수 있다는 꿈을 포기한 지 오래인데, 다시 펜을 잡다니……."

워싱턴 특파원이 된 정연주는 11년 동안 격동하는 세계의 현장소식을 〈한겨레〉에 타전했다. 세계 정치의 중심이라 할 수 있는 워싱턴에서 냉전이 해체되는 과정을 지켜보았고, 한국 언론인 최초로 단독 방북 취재를 하기도 했다.

2000년 6월, 18년에 이르는 미국 생활을 끝내고 귀국한 정연주는 〈한겨레〉 논설위원과 논설주간을 지내며 수구 언론과의 싸움을 이어간다. 그에게는 행복한 시간이었다. "수구 언론과 치열하게 싸우면서 '조폭 언론', '조·중·동'이라는 표현을 처음으로 쓰기도 했고, 남북 정상회담, 9·11 테러, 2002 한일 월드컵과 '바보 노무현'의 대통령 당선, 미국의 이라크 침공 등 여러 사건들을 지켜보면서 〈한겨레〉 논설이 제역할을 하도록 전념"했다.

그러다 2003년 4월 말 KBS 사장에 취임했고, 이명박 정권에 의해 강제해직된 뒤 그가 '친구'로 기억하는 노무현을 저 세상으로 보내야했다.

간략하게 훑어본 언론인 정연주의 40년 이력이다.

그렇다면 현재 노무현재단에 몸을 담고 있는 정연주의 앞으로의 행보는 어떻게 전개될까? 봉하에서 있었던, 노무현 전 대통령과의 대화가 힌트가 될 수 있지 않을까 싶다.

노무현: 시민의 의식을 바꾸는 언론운동을 같이 합시다.

정연주: 좋은 숙제를 내주셨습니다.

정연주는 노무현의 제안을 과제로 받아들이고 있다. 과제를 내준 사람이 떠났으므로, 이제 숙제검사는 언론인 정연주를 지지하고 응원하는 사람들의 몫으로 남았다.

3. 재인 생각
　— 문재인이 생각하는 권력과 언론의 바람직한 관계,
　　평등주의와 쌍방 책임

문재인은 자신의 책 《사람이 먼저다》에서 권력과 언론의 바람직한 관계에 대해 소신을 밝혔다. 그는 정부와 언론은 소통과 긴장이라는 두 가지 요소로 균형을 잡아야 한다고 말한다. 그러려면 먼저 합리적인 소통이 이뤄져야 한다는 게 그의 생각이다. 문재인이 말하는 합리적인 소통이란 이런 것이다.

"정부는 언론에 왜곡되지 않은 올바른 정보를 제공하고, 언론을 통제하지 말고 자유를 보장해야 합니다. 언론 역시도 국민들의 목소리가 공정하고 왜곡되지 않게 전달될 수 있도록 노력해야 합니다. 언론은 정부가 여론을 읽을 수 있는 아주 좋은 창구이기 때문입니다. 이러한 관계를 통해서 합리적인 소통이 이루어질 수 있을 것으로 기대합니다."

문재인은 '도덕적으로 가장 완벽한 정권'이라던 이명박 정부의 비리가 뒤늦게야 밝혀진 것도 언론이 제 역할을 못 했기 때문이라고 질타한다.

"만약 언론이 장악당하거나 보수 언론들처럼 이명박 정부와 적극적으로 담합하지 않아 비판과 감시 기능을 제대로 수행했다면 비리는 더 빨리 드러났을 것이고, 권력자들이 안심하고 검은 손길과 악수를 하지도 않았을 것입니다."

문재인은 정부와 언론의 건강한 긴장관계를 위한 조건으로 '평등주의'와 '쌍방 책임'을 거론한다. 노무현 전 대통령과 마찬가지로 조·중·동과 불편한 관계를 유지했던 문재인은 한때 〈조선일보〉와 인터뷰를 했다는 이유로 비난을 받기도 했다. 문재인도 그 인터뷰로 실망할 사람들이 적지 않을 거라는 걸 충분히 예상했다고 한다. 그럼에도 인터뷰에 응했던 이유는 모든 언론을 공평하게 대하기 위해서였다고 말한다.

"저는 지금 새로운 출발선에 서 있습니다. 참여정부 때 서운했던 일들, 억울했던 일들이 많지만 다 잊으려고 합니다. 제가 먼저 보수적인 언론도 선입견이나 편견 없이 대하려고 노력할 것입니다. 그리고 그 언론들에게 편견이나 정치적 의도 없이 공평하게 대할 것을 분명하게 요구할 것입니다. 그게 쌍방 책임주의입니다."

그러면서 문재인은 주류 언론의 권력 남용에 대해서는 단호하게 대처할 거라며 태도를 분명히 한다.

"어느 매체든 언론이 그 권력을 이용해서 정치권력을 만드는 일에 나서거나 개입해서는 안 됩니다. 언론은 권력을 감시하고 비판하고, 권력이 올바르게 나아갈 길을 제시해야지 자신들의 이익에 맞는 권력을 옹립하는 일에 동원되어서는 안 됩니다. 이것만큼은 앞으로도 결코 용납하지 않을 것입니다."

앞으로도 언론과 불편한 관계를 유지하며 언론 권력의 부당함에 맞서 싸울 것임을 시사해주는 대목이다. 아마, 이 싸움에는 정연주도 동행할 것이다. 노무현과의 운명적 관계로 인해, 이래저래 과제가 많은 두 사람이다.

사람이 먼저다

《여기 사람이 있다-대한민국 개발 잔혹사, 철거민의 삶》

여섯 명이 죽었어. 내 난장이에 보면 폭력은 경찰 곤봉이나 군대 총만이 아니라고 했어. 우리 시대 어느 아이 하나가 배고파 밤에 울면 그 아이 울음소리 그치게 하지 않고 놔두는 것도 폭력이라고 그랬다고. 어제 어마어마한 폭력이 가해졌는데도 우리가 그냥 지나간다면 우리가 죄를 짓는 거야. 철거민을 우리가 두드려 패고 화염에 휩싸인 그 뜨거움 속에서 죽게 했다는 게 아냐. 우린 그런 죄는 짓지 않았어. 그런데 그 범죄행위, 학살행위를 막지 못한 게 우리 죄라는 거지. 그래서 동시대인으로서 우리는 다 같은 죄인이야. 나도 똑같은 죄인이야.

《여기 사람이 있다》〈조세희 작가에게 듣다〉에서

1. 오버랩, 1989년 동의대 사건과 2009년 용산참사

문재인은 변론을 맡은 수많은 사건들 중 가장 잊히지 않고, 잊을 수도 없는 사건으로 '동의대 사건'을 꼽는다.

1989년 5월 3일 발생한 동의대 사건은 미문화원 방화 사건과 함께 1980년대 부산의 대표적 학생운동으로 거론된다. 미문화원 사건1982. 3. 18은 5·18 광주민주화운동을 유혈진압한 전두환정권을 미국이 비호했다며 부산 고신대생들이 미문화원현재 부산근대역사관을 점거한 사건이다. 이후 광주 미문화원 화염병 투척1982. 11, 대구 미문화원 폭발물 사건1983. 9, 서울 미문화원 사건1985. 5이 연타로 터지면서 고신대생들의 미문화원 점거 사건은 1980년대 반미투쟁의 신호탄이 되었다.

동의대 사건은 1989년 3월 14일 동의대 영문과 김창호 교수가 "우리 대학 입시에 부정사례가 있어 진상규명을 요구했으나 학교 측이 이를 은폐하고 있다"는 내용의 양심선언을 한 것이 시발점이었다. 3월 21일 총학생회 간부 등 50여 명이 입시부정의 진상규명을 요구하며 총장실 점거농성을 벌였고, 이는 5월 3일 강제 해산될 때까지 이어졌다.

학내 문제에서 비롯된 시위는 이후 학생들이 노동절 노동자대회 원천봉쇄에 항의하며 학교 부근 파출소에 화염병을 던지는 등 학외 문제로 불이 번졌다. 경찰이 주동자를 연행하자 학생들은 사복경찰 다섯 명을 도서관에 감금한 채 농성을 이어갔다. 그러다 5월 3일 새벽 경찰이 도서관에 진입하면서 화재가 발생, 경찰관 일곱 명이 숨지는 참사가 벌어졌다. 그러자 몇몇 언론에선 시위학생들을 폭도에서 살인자로 몰아갔고, 여론의 뭇매가 학생운동권의 머리에 빗발쳤다. 당시의 기록을 유심히 훑어보면 누구라도 당시 시위현장에서 경찰이 보인 비상식적인 행태에 의문을 품을 법도 한데, 주요 언론에서는 그 의문에 가린 진실을 캐낼 의지는 보이지 않고 시위과정에서 발생한 학생들의 폭력성에 초점을 맞췄다. 그렇게 마녀사냥이 시작되었다. 이 사건으로 100여 명의 학생이 연행되고 77명이 구속, 기소되었으며 세 명이 사형을 구형받았다.

시간이 흘러 2002년 5월 민주화운동 관련자 명예회복 및 보상심의

위는 당시 학생들 중 46명을 민주화운동 유공자로 인정하고 1인당 2천 500만 원의 보상금을 지급하도록 결정했다.

그렇게 정리되고 해결됐을까? 아니다. 민주화운동보상위원회의 결정은 이후 많은 논란을 낳았고, 이 사건은 여전히 미해결의 장에 갇혀 있다. 사건의 진상을 둘러싼 논란도 여전하고, 이를 민주화운동 관련 사건으로 인정할 수 있는지에 대한 논란, 심의위의 결정을 뒤집을 수 있는 특별법을 만들자는 논란까지 가지를 쳤다.

한편 동의대 사건 주범으로 몰려 검찰에서 사형을 구형받고 무기징역형을 받은 바 있는 윤창호 김영삼정부 시절 두 번 감형을 받아 6년 3개월의 수감 생활을 마치고 1995년 8·15 특사로 출감했다 는 심의위 결정 뒤 가진 한 언론과의 인터뷰에서 "동의대 사건이 민주화운동이냐 아니냐를 떠나 이 사건은 아직 실체적 진실규명조차 안 된 사건"이라고 말했다. "위원회에서 민주화운동이냐 아니냐를 재심할 게 아니라 사건의 진실규명을 위해 법원이나 국회, 검찰 등 가능한 단위에서 재조사해 줬으면" 하는 바람을 피력하기도 했다.

심의위의 결정을 두고 여러 논란이 벌어진 것도 이 사건의 실체가 아직 진실의 맨얼굴을 드러내지 않았기 때문일 터다. 이 사건이 여전히 논란거리로 남아 있는 것도 이 때문이다. 문재인은 자신이 알고 있는 것과는 너무도 다른 언론의 보도내용과 검찰 수사발표의 문제점을 지적한다. 진실과는 거리가 먼 내용이 사건의 실체를 가려 오해와 논란을 낳고 있다는 지적이다.

"당시 언론을 통해 알려진 내용이나 수사발표는 진실과 크게 달랐다. 농성 학생들이 사전에 시너를 질펀하게 뿌려놓고 기다리고 있다가, 진압경찰이 진입하자 시너 위에 화염병을 던져 순식간에 불을 질렀고, 이 때문에 경찰관들은 미처 피할 겨를도 없이 불에 타죽게 된 것처럼 알려졌다. 지금도 계속되고 있는 논란들은 그런 오해에 기인한 측면이 크다. 그러나 재판결과 확인된 사실은 그것이 아니다."

변론 과정에서 문재인이 파악한 바로는 "바닥에 석유는 있었지만 시너는 전혀 없었다"고 한다. 화염병으로 인한 화재도 아니었다. 화염병이 던져진 곳에는 석유가 없었다. 화염병 불꽃도 이내 꺼져들었다고 한다. 그걸 확인한 경찰도 불꽃을 내버려두고 내부수색에 몰두했다. 그런데 다 꺼져가던 불꽃에서 갑자기 폭발성 연소가 발생했다.

재판에서 폭발성 연소의 원인으로 지목된 것은 유증기기름이 증발하거나 승화하여 생긴 기체였다. 화염병 불꽃이 꺼져가는 사이 근처 바닥에 있던 석유에서 유증기가 발생, 그 유증기가 연소농도에 이르렀을 때 꺼져들던 불씨에 닿아 순식간에 폭발성 연소를 일으켰다는 추정이다.

생존자들의 증언을 종합하면 경찰이 진입한 지 5분 이상의 시간이 흐른 뒤 큰 폭발음과 함께 화재가 발생했다고 한다. 그런데 화염병 불꽃은 곧바로 꺼졌으므로 화재와는 관련이 없었을 가능성이 높다는 것이다.

그러나 검찰은 화재 발생을 치밀한 사전 계획에 의한 것으로 결론내렸다. 진압을 시도하는 경찰관들이 그 화재로 치명상을 입고 사망할 것을 이미 예측했으면서도 사전에 치밀한 모의에 의해 화재를 일으켰다는 것이다. 이미 결론을 내려두고 그에 맞춰 조사를 진행한 의혹도 짙다. 실제로 검찰심문 과정에서 고문에 의해 허위자백을 했다는 주장도 여럿 있었다.

그러나 문재인은 학생들이 대형화재나 경찰관들의 살상을 의도하지 않았다고 주장한다. 당시 언론보도와 검찰 측 주장처럼 의도적인 행위의 결과가 아니라는 말이다. 그럼에도 검찰은 학생들을 살인자로 몰아 세 명의 학생에게 사형을 구형했다. 모든 책임을 학생들에게로 돌리는 분노 어린 여론의 뭇매도 부담으로 작용했다. 문재인은 진압작전에 문제가 많았다는 점을 거론하며 경찰책임 문제를 지적했지만 역부족이었다. 사실 재판과정에서 명확히 드러난 사실도 경찰의 작전책임이었다.

> "사망한 일곱 명의 경찰관 중 네 명은 소사燒死가 아니고 추락사였다. 사고 장소는 7층이었다. 고층건물 진압작전은 투신이나 추락에 대비해 반드시 건물 주변에 매트리스와 안전그물을 설치하게 되어 있다. 특히 창문이 있는 쪽으론 더더욱 그렇다."

그런데 경찰은 이러한 진압 매뉴얼을 지키는 데 소홀했다. 매트리스와 안전그물을 준비해 가져오긴 했다. 그런데 건물입구에 쌓아만 두고 설치조차 하지 않은 채 바로 작전에 들어갔다. 뭐가 그리 급했던 걸까? 혹시 윗선의 지시에 따라 의도적으로 그런 건 아닐까? 재판과정에 나온 피의자 진술을 보면 이런 말도 안 되는 의문이 꼬리를 물 정도로 이해되지 않는 구석이 많다.

> "7층에서 화재가 발생하자 경찰관들은 불길을 피해 창틀에 매달렸다. 건물 아래에서는 꽤 시간이 지나도록 그 사실을 알지 못했다. 옥상으로 피신해 있던 학생들이 그 상황을 보고 아래에 있는 경찰들에게 '여기 사람들이 매달려 있다'고 소리쳤다."

"여기 사람들이 매달려 있다!"

이 외침, 왠지 기시감을 불러일으키는 절규로 들리지 않는가?

"여기 사람이 있다!"

용산참사 현장에서 터져 나온 이 목소리를 우리는 기억하고, 기억해야 한다. 그런데 20년의 시차를 두고 각기 다른 참사현장에서 터진 이 두 개의 외침이 하나의 목소리로 공명하는 느낌이 드는 건 왜일까?

문재인은 당시 진압경찰이 기본적인 안전수칙만 지켰어도 참사는 막을 수 있었을 거라고 말한다. 수칙에 따라 화염병 불꽃을 끈 다음 수색에 들어갔더라면 화재도, 인명피해도 없었을 거라고 판단한 것이다. 그래서 학생들의 책임과 별도로 허술했던 안전조치에 대해 지휘관 문책이 뒤따라야 한다고 생각했다. 그러나 당시 진압작전에 동원되었던 전경들까지 나서서 무모한 작전에 대해 항의했는데도 아무런 조치도 취해지지 않았다.

경찰의 그와 같은 무반성과 성찰 없음이 20년 뒤에 용산참사로 이어졌다고 문재인은 성토한다.

"용산참사 역시 고층 망루 안에 인화성 유류가 잔뜩 있음을 뻔히 알면서도 그에 대한 대비 없이 진압을 서두르다 경찰관까지 포함해 아까운 인명을 잃었다는 점이 동의대 사건과 똑같다.

경찰이 동의대 사건에서 안전소홀 책임을 제대로 반성하고 교훈으로 삼기만 했어도 용산참사는 발생하지 않았을 것이다. 동의대 사건 당시 내가 아는 경찰관들은 한결같이 고층작전의 기본 수칙을 무시한 무모한 작전임을 인정했다. 경찰도 스스로 알고 있는 것이다. 그럼에도 불구하고 학생들의 책임을 희석시키는 결과가 될까 봐 문책 없이 넘어갔다. 용산참사도 마찬가지라고 생각한다. 참으로 개탄스런 풍토가 아닐 수 없다."

당시 동의대 시위현장에서 대치했던 경찰과 학생들 사이에서 대체 무슨 일이 벌어졌던 걸까? 법정에서 드러난 사실을 토대로 그때 그곳으로 들어가 보자.

화재를 피해 7층 창문틀에 매달린 전경들, 그걸 본 학생들이 아래쪽에 있는 전경들을 향해 소리친다.

"매트리스를 가져오라고!"

"매트리스, 매트리스!"

그런데도 경찰들은 처음에 영문을 모르겠다는 듯 어리둥절해 했다. 자기들에게 욕하는 것으로 잘못 알고 욕설로 맞대응했다는 것이다. 코

믹 영화 〈황산벌〉의 한 장면처럼 비극적으로 웃기고 슬프고 부조리한 상황이다. 뒤늦게야 상황을 알아차린 경찰들이 학생들의 요구에 따르기 시작한다. 7층을 떠나 옥상으로 밀려난 학생들이 창틀에 매달린 경찰들을 격려한다.

"매트리스가 오고 있어요. 조금만 버티세요."

그러나 힘이 빠진 경찰들이 하나둘 추락하기 시작한다. 첫 번째 희생자가 맨땅으로 추락한다. 몇 분의 시차를 두고, 두 번째, 세 번째 희생자도 같은 운명으로 추락했다. 네 번째 희생자만 동료경찰들이 설치한 안전그물로 떨어졌다. 그러나 그 역시 죽음의 운명을 피하지 못했다. 그물 밑에 매트리스가 없어 안전그물은 별 소용이 없었던 탓이다.

매트리스와 그물이 설치된 이후 추락한 다른 경찰과 학생은 목숨을 건질 수 있었다. 간발의 차였을 것이다.

그런데 왜 경찰 측은 죽음의 위기에 몰린 동료경찰을 보고도 안전장비 설치를 미적거렸던 걸까? 재판기록에 나오는 진술을 보면 자연스레 의문이 솟는다. 재판정에 선 증인들의 진술서와 국회 속기록에도 당시 사건현장에서 보인 경찰 측 반응에 의혹이 짙게 깔려 있다. 다음은 동의대 철학과 4학년에 재학 중이던 한 학생의 법정 진술서 일부를 재구성해본 것이다.

변호사가 묻는다.

"학생들이 매트리스 가져오라고 소리쳤을 때 전경도 그랬나요?"

증인이 답한다.

"아니오. 전경들은 소리치지 않았습니다."

변호사가 묻는다.

"학생들이 소리치자 그물을 설치하던가요?"

"아닙니다. 그들은 오랫동안 그물과 매트리스를 가져오지 않고, 어정쩡하고 있었습니다. 세 명이 떨어질 때까지 그물도 설치하지 않았습니다."

증인의 말에 방청석에서 안타까움과 분노의 탄식이 터진다. 이때 변호사가 의혹의 심장부를 향해 날카로운 질문을 던진다.

"첫 번째 떨어진 전경과 세 번째 떨어진 전경의 시간차는 얼마나 되죠?"

그 악몽과도 같은 죽음의 카운트다운을 되새김이라도 한 듯 증인의 표정에 고통이 스민다. 증인이 입을 연다.

"전경들이 창틀에 매달린 뒤 3~4분 후에 한 명이 떨어지고, 5~7분 경과 후 두 번째, 다시 5~7분이 흐른 뒤에 세 번째 전경이 떨어졌습니다."

3분, 5분, 다시 5분, 13분여가 흐르는 동안 경찰은 왜 제대로 대처하지 않았을까? 상황 파악을 못 한 탓에 빠르게 대처하지 못했던 걸까? 변호사가 고개를 갸웃하며 묻는다.

"바로 위 8층에서 백골단이 내려다보고 있었는데, 그들이 커튼 같은 걸로 구출할 수도 있지 않았나요?"

"충분히 그럴 수 있었다고 생각합니다. 그런데……, 정말 모르겠습니다. 그 상황에서 그들은 창틀에 매달린 전경들을 보고만 있었습니다."

필수적인 장비를 설치하지 않고 바로 작전을 개시한 점, 그 절박한 상황에 장비 설치를 지체한 이유, 바로 아래층에서 벌어지고 있는 급박한 상황을 구경꾼처럼 내려다보는 백골단……. 상식의 거울에 비쳐 봐도 도무지 이해되지 않는 일이 연쇄로 벌어진 것이다. 진실이 말소된 페이지에서는 음모론의 연기가 피어오르는 법. 혹시 지휘라인에서 모종의 지시를 내렸던 것은 아닐까? 시위학생들에게 살인의 혐의를 덮어씌우기 위해 희생양을 만들었을지도 모른다는 음모론의 연기가 원인불명의 화재처럼 피어오른다.

당시 경찰의 '진압작전 계획안'에는 경찰이 2개 중대를 동원해 도서관 전면과 학생회관 측면 등에 투신을 대비해 매트 여덟 장과 그물 일곱 개를 설치했다는 내용이 나온다. 그러나 문재인을 중심으로 한 변호인단은 "이 정도로는 건물의 한쪽 면조차도 제대로 방비할 수 없는 양"이라고 지적했다. 경찰의 허술한 대처, 무모한 시도가 적나라하게 드러나는 대목이다.

경찰은 그나마 안전장비와 인력을 도서관 정문에 집중 배치했고, 전경 세 명이 건물 측면에서 연달아 추락한 뒤에야 그물을 펼쳤다. 도서관 밖에서 경비를 섰던 한 전경은 추락현장에 그물과 매트리스를 설치하지 않은 이유에 대해 "모른다"고 답했다. "네 번째 전경이 추락할 때 경황이 없어 (매트리스 없이) 그물만 가져갔느냐"는 변호인단의 물음에는 "그렇다"고 시인했다.

재판이 끝나자 문재인은 지휘관들을 업무상 과실치사상 혐의로 고발했다. 그러나 검찰은 그들에게 무혐의 처분을 내렸다. "경험칙상 점거농성 학생들은 건물로 병력이 진입해 들어가는 방향 등에서 투신하는 것이 상례였고, 경찰들이 화염병에 의한 화재로 질식 상태에서 추락할 것이라고는 전혀 예측할 수 없는 상황이었기 때문에 추락사고 지점에 그물과 매트리스를 설치하지 않았던 것은 죄가 될 수 없다"는 게 무혐의 처분의 이유였다. 학생들은 참사가 발생할 것을 알면서도 실내에서 화염병을 투척했으므로 벌을 받아 마땅하지만, 경찰은 화재로 인해 추락사하는 사람이 생길 것을 예측할 수 없었기 때문에 그물과 매트리스를 설치하지 않은 책임을 물을 수 없다는 논리였다.

결국 학생들에게는 가혹한 징벌이 내려졌고, 무모한 과잉진압을 시도했던 경찰은 면죄부를 받았다. 그런데 20년 뒤 터진 용산참사에서도 비슷한 과정이 반복되었다. 동의대 사건에서처럼 경찰의 무모한 과잉진압이 있었고, 참사가 뒤따랐다. 법정에는 피해자가 있는데 가해자는 없었다. 또 피해자가 가해자가 되는 일이 벌어졌다. 이는 법정에서 벌어진 또 한 번의 참사와 다름없었다. 경찰은 이번에도 면죄부를 받았고, 생존을 위해 망루에 올랐던 피해자들은 범죄자로 몰려 감옥에 갇혔다. 사실 진압에 동원된 경찰특공대나 망루에 오른 사람들 모두 희생자가 아닐까? 최근 개봉해 다큐멘터리로서는 드물게 흥행에 성공한 〈두 개의 문〉은 경찰의 시점을 빌려 이러한 문제의식을 돌올하게 새겨 넣은 영화다.

문재인은 동의대 사건 진압에 투입되어 목숨을 잃은 전경들이나 그 사건으로 구속되어 형을 살았던 학생들 모두 시대의 피해자임을 강조한다. 가해자가 있다면 그런 상황을 초래한 독재정권이라는 것! 이 말을 용산참사에 적용해도 전혀 어색하지 않다는 게 서글프다.

모두가 피해자일 수밖에 없는 참사. 20년의 시차를 두고 벌어진 두 사건은 이처럼 여러 모로 닮은꼴이다.

2. 용산 현장에서 우는 것 말고 내가 할 수 있는 일

'대한민국 개발 잔혹사, 철거민의 삶'이라는 부제가 말해주듯 이 책은 용산참사를 비롯해 이 땅의 '개발 잔혹사'에 억눌려온 철거민들의 투쟁기를 담은 증언집이다. 르포작가와 잡지기자, 직장인, 대학생 등 다양한 직종에서 일하는 15명의 필자들이 각기 한 사람씩 맡아 인터뷰를 진행, 철거민이 구술한 내용을 정리해 담았다. 그렇게 "용산참사의 희생자 가족과 여러 지역의 주거·상가 세입자, 철거민 단체 활동가 등 열다섯 개 삶의 이야기"가 세상에 나왔다. 머리글을 쓴 필자 연정은 첫머리에서 이 작업이 시작된 과정에 대해 밝혔다. 공동으로 진행된 이 '벽화' 작업은 전화 한 통으로 시작되었다.

설 연휴 첫날, 송경동 시인에게 전화 한 통을 받았다. 정부와 언론이 철거민들의 투쟁을 왜곡·탄압하고 있는데, 이에 대응할 수 있는 자료 수집을 함께하자는 것이었다. 단 일분일초의 망설임도 없었다. '용산 현장에서 우는 것 말고, 내가 할 수 있는 일이 무엇인가?' 고민스럽고 절망스러울 때, 뭐든 내가 작은 힘이라도 보탤 수 있는 일이 있다는 것에 감사하는 마음으로 함께하겠노라고 했다. 그리고 채 며칠이 지나지 않아 그런 마음을 가진 20명에 가까운 필자들이 모여 철거민들의 삶을 담은 구술집 만드는 일을 시작하게 되었다.

《여기 사람이 있다》는 희망버스를 기획, 우리 시대 뜨겁고 첨예한 화두였던 김진숙 민주노총부산본부 지도위원의 크레인 농성을 승리로 장식하는 데 밀알이 되었던 송경동 시인의 뜻에 공감한 필자들의 동참으로 일군 성과물이었던 것이다. 따라서 이 책은 철거민 문제가 '우리 이웃의 문제'이자 '시대의 문제'이며, 곧 '나의 문제'일 수 있다는 걸 자각한 필자들과 철거민들의 연대로 완성된 것이다. 사람과 사람의 연대, 그 연대의 힘이 지닌 가능성을 보여준 또 하나의 사례라 할 만하다.

어쩌면 이 작업을 다른 형태의 '촛불시위'라고 말할 수도 있겠다. 독자들의 가슴마다에 촛불 하나가 밝혀지기를 바라는 책의 촛불!

연정은 여러 필자를 대신하여 이 책의 성격을 이렇게 정의한다.

이들은 폭도도, 이익집단도, 테러리스트도, 브로커도 아니었다. 350만 원짜리 무허가 판잣집을 '내 궁전'이라 여기고, 12평짜리 전셋집에서 네 식구가 함께하는 행복이 무엇인지를 알고 있는 소박하고 맑은 영혼을 지닌 우리의 이웃이었다. 그런 이웃들의 목소리를 기록한 이번 작업은 타일을 한

장 한 장 직접 붙여가며 자신의 꿈을 일궈온 작은 민물장어 집을 지키고 싶었던 소박한 소망들에 관한 보고서다. 또한 우리 이웃이 인간의 권리를 지키기 위해 폭력적인 재개발에 대항하는 삶을 선택하고, 하다하다 결국 망루에까지 오르게 되는 과정을 담은 투쟁의 기록이며, 고단한 저항을 하던 이들이 무참히 짓밟히는 과정을 담은 증언이기도 하다.

3.《여기 사람이 있다―대한민국 개발 잔혹사, 철거민의 삶》
― 용산참사 희생자들에게 바치는 눈물의 보고서

그저 살기 위해 올라갔던 사람들

"이 책을 용산 철거민 참사 희생자들께 바칩니다."

책의 첫 장을 열면 위 문장이 헌사로 적혀 있다. 그렇다. 이 책은 그런 책이다. 특정 사람들에게 바쳐진, 그래야 마땅할 책!

그날 벌어진 사건은 골리앗과의 싸움이었다. 전쟁이었다. 사건 발생 하루 전인 2009년 1월 19일 새벽, 철거민 30여 명은 서울 용산구 한강로2가 남일당 5층 건물 옥상에 망루를 지었다. 다음 날 오전 6시 30분쯤 진압에 나선 경찰특공대원이 망루에 오르고, 고작 30여 분 만에 원인 불명의 불길이 검은 연기와 함께 치솟았다. 이 과정에서 농성 중이던 철거민 다섯 명과 경찰 한 명이 죽어 내려왔다. 많은 이들이 이날 사망한 철거민들을 "살기 위해 올라갔다가 죽어서야 내려온 사람들"이라고 말한다. 가슴을 울리는, 절묘한 수사학이다. 그러나 시신만 내려올 수 있었을 뿐 그들의 영혼과 외침은 여전히 무너진 망루 위 허공을 맴돌고 있진 않을까 싶다. 그 불타는 지옥의 망루에서 계속 "여기 사람이 있다!"고, 제발 그 현장을 주목해달라고, 잊지 말아달라고 부르짖고 있는 건 아닐까? 그래서 이 책은 그들에게 바쳐져야만 했는지도 모른다. 그들의 살아 있는 육성이 담긴 책이기 때문이다. 그런 의미에서 이 책은 그들 희생자를 이 땅에서 살아 있게 하는 책일 수도 있다.

《여기 사람이 있다》가 출간된 것은 용산참사가 발생한 지 두 달여가 지난 시점이었다. 그때나 지금이나 아무것도 해결된 게 없다. 검찰은 참사의 원인이 철거민들에게 있다며 경찰의 무모하기 짝이 없는 과잉진압에 따른 책임론은 외면해버렸다. 동의대 사건에서의 검찰 측 논리와 일치하는 대목이다. 그 결과 철거민 20명이 기소되었다. 그리고 구색 맞추기 하듯 용역 일곱 명을 불구속 기소했다.

그 뒤로도 사건이 발생했던 용산 4구역에선 아무 일 없었다는 듯 강제철거가 이뤄졌고, 그곳 상황과 다를 바 없는 폭력적인 재개발이 지금에도 이 땅 곳곳에서 진행 중이다.

용산 철거민 살인진압 범국민대책위 공동집행위원장을 맡고 있는 박래군 인권활동가는 그날 망루에 올랐던 "철거민들은 이 나라의 국민이 아니었다"고 울분을 토로한다.

"새벽 6시 30분부터 약 한 시간 동안 이 나라의 경찰은 30여 명의 철거민들이 벌이는 망루 농성을 진압하기 위해 용산 남일당 건물을 포위한 채 물대포 공격을 해댔고, 경찰특공대를 투입했고, 기중기로 컨테이너박스를 올려 공격했고, 철거 용역과 합동작전을 벌였고, 그리고 '완벽하게' 진압했다. 거기 올랐던 철거민들은 이 나라의 국민이 아니었으며, 단지 진압되어야 할 대한민국의 '적군'이었다. 적군 앞에서는 어떤 구호 조치도 필요치 않았다. '정당한 공무집행'이었기 때문이다."

박래군은 "그날 누군가 철거민들의 망루 농성을 정치적으로 이용하려 했다"며 의혹을 제기했다. 그 때문에 뻔히 대형 참사가 예상되는 상황에서도 무리하게 특공대 투입이라는 고강도 진압을 택했다는 주장이다. 이는 그뿐 아니라 당시 경찰 진압 과정을 냉철하게 분석했던 많은 이들이 제기한 의혹이기도 하다. 경찰이 1월 19일 상황을 한껏 과장해 보고한 점도 이러한 의혹을 뒷받침한다. 그 보고내용은 '급히 진압하지 않으면 서울 시내가 불바다로 변하는 참혹한 테러가 발생할 것'처럼 급박하다.

그리고 다음 날 새벽, 일이 터졌다. "저 안에 사람이 있어요! 저 안에 사람이 있어요!" 하는 울부짖음에도 아랑곳 않고 기습처럼 강행한 진압이었다.

그 뒤 27명의 검찰이 배치된 수사본부가 설치됐다. 그들은 수사를 시작하기도 전에 이미 '철거민 유죄, 경찰 무죄'라는 결론을 내린 듯 방향을 잡아나갔다. 2월 9일 발표된 수사결과는 그런 결론에 충실한 것이었다. 경찰특공대 한 명이 사망한 것은 철거민들의 화염병에 의한 화재 때문이므로 유죄라는 것! 그렇다면 철거민 다섯 명의 죽음에 대한 책임은 누구에게 물어야 할까? 부상당한 철거민들은?

검찰의 이런 폭력은 집권세력과 보수언론의 연합으로 세를 불리며 더욱 강도를 더해갔다.

"경찰, 검찰만이 아니라 각 부처 장관과 국무총리, 대통령에 이르기까지, 그리고 집권 여당인 한나라당과 보수 언론들까지……."

이는 그날 죽은 자와 살아남은 자 모두를 모독하는 것이라고 박래군은 말한다.

그 결과 1심 재판부는 구속 기소된 농성자 아홉 명 모두에게 유죄를 선고했다. 검찰의 공소사실은 모두 인정한 반면, 피고인들 주장은 모두 배척되었다. 법정에선 "이건 재판이 아니다"라는 비명이 터져 나왔다. 이는 공판 과정에서 제기된 의혹을 덮고 진실 해명을 외면해버린 판결이었다. 이는 법원의 의무와 존재이유를 부정해버린 것과 다를 바 없다.

공판에서 검찰의 공소사실과 전혀 다른 증언이 잇따랐음에도 재판부는 검찰 측에만 귀를 열어주었다. 핵심 쟁점이었던 발화 원인에 대한 주장, 과잉진압 논란에 있어서도 피고 측 입장에는 눈을 감아버렸다. 재판 절차의 공정성도 문제였다. 경찰의 과잉진압 및 직권남용 혐의가 담겨 있을 것으로 예상되는 수사기록 3천여 쪽을 공개하라는 법원 명령을 검찰이 거부했음에도 재판부는 이에 대해 적극적인 조처를 취하지 않았다. 이는 피고인들의 방어권 행사를 제한하는 중대한 절차상의 흠결이었다.

어떻게 이런 '재판 아닌 재판'이 나오게 된 걸까? 아마도 모종의 커넥션이 빚어낸 결과였을 것이다. 박래군도 "자본과 정치권력의 커넥션", 이게 핵심이라고 말한다. "언제나, 곳곳에서 이런 폭력의 구조가 작동하고 있다"는 것이다. 사실 용산참사의 배후에는 거대한 건설 자본이 버티고 있다. 야만적인 폭식이야말로 이들 세력의 본성이다. 그렇다. 핵심은 바로 여기에 있는 것이다. 문제는 모든 키를 그들이 쥐고 있다는 데 있다. 박래군이 철거민 투쟁을 "지독한 계급전쟁"이라고 말하는 이유도 그 때문이다.

"그들에 의해 재개발 조합이 구성되고, 그들에 의해서 정비 업체가 선정되고, 철거용역 업체가 손발을 맞춘다. 그리고 구청과 시청이 유착하고, 경찰조차도 수족처럼 철저하게 그들의 이익을 위해서 움직인다. 드러나 보이는 것은 겨우 경찰과 용역 깡패들이지만, 자본과 정치권력의 커넥션이 사실은 핵심이다. 용산참사는 철저하게 계급적인 배경 속에서 발생했다. 권력과 법과 정치는 오로지 건설 자본의 이익을 위해서 봉사한다. 철저하게. (……)

정부 없이는, 국회 없이는, 법원이 없이는, 검찰의 보호 없이는, 경찰의 철저한 공권력 행사 없이는 건설 자본은 작동할 수 없다. 이런 지독한 계급전쟁의 한복판에서 용산 철거민들은 죽어갔다."

다음은 그날 망루에서 가까스로 목숨을 건진 생존자 가운데 한 명인

박선영 씨의 구술 내용이다.

"그날 망루에서 내려오면서 미치는 줄 알았어요. 저는 애기 엄마고 있을 데가 없어서 망루에 있었던 거잖아요. 특공대가 망루를 부수고 진압할 때 저는 제 앞에 있는 아저씨가 정말 죽는 줄 알았어요. 경찰이 아주 사람을 발로 밟고 곤봉으로 때리는데, 저는 몇 대 맞고 끌려 내려왔어요. 너무 아파서 때리지 말라고 하니까 저는 안 때리더라고요.

근데 이런 일이 일어났으니……. 저도 10분만 더 있었으면 죽었던 거잖아요. 뉴스 보고 우리 애들이 너무 놀랐나 봐요. 망루에서 내려와서 얼른 가족들한테 전화했더니 그냥 전화 통화만 하고 살아만 있으면 된대요, 안 들어와도. 너무 많이 놀랐나 봐요. 애들이 '엄마, 제발 그만해'라고 그래요.

죽은 사람들 때문에 가슴이 너무 아파요. 내 눈앞에 있었으니까, 동지니까……. 가슴 아프지만, 터질 게 터진 거예요. 국민들이 깨어나야 되는데……. 우리나라 재개발 문제는 언젠가 터질 고름이었어요. 언젠가 터질 일이 이제 터진 거죠. 근데 더 큰 문제는 임기 안에 다 쓸어버리겠다는 거죠. 왕창 해먹어야 할 거 아녜요.

(……)

근데 끝이 아니에요. 감옥 가신 분들도 있으니까 그분들 풀려날 때까지 계속해야죠. 지금 여론이 잘 나가야 하는데 걱정이에요. 내일 또 촛불집회까지 있잖아요. 촛불집회에 사람들이 좀 움직여주면 좋겠어요. 민심이 천심이라고 사람들이 움직여주길, 그것만 기대하고 있어요. 애들 아빠한테 한 사람이라도 더 나와야 한다고 그랬어요."

모든 의혹이 해소되지 않는 한 용산참사는 아직 끝난 게 아니다. 이 사건은 다음 정권에서라도 원점에서 재조사가 이뤄져야 마땅하다. 화재 원인과 과잉진압의 배경에 대한 의혹도 밝혀져야 한다. 재판과정에서 검찰이 제출하지 수사기록과 경찰이 공개를 꺼려온 진압관련 증거자료들이 그 진실의 키를 쥐고 있을지도 모른다. 용산참사의 의혹을 밝히는 촛불이 횃불로 타올라야할 이유다.

또 하나의 진실, 영화 〈두 개의 문〉

2012년 6월 21 용산참사를 다룬 다큐멘터리 영화 〈두 개의 문〉이 개봉되었다. 용산참사 재판 법정에 모니터링 단으로 함께했던 김일란·홍지유 두 감독은 1심 판결 결과를 보고 이 문제를 다큐멘터리로 제작해야겠다고 결심했다. 판결도 절망적이었지만, 사건이 거의 잊혀가고 있다는 게 두 감독에게는 더 절망적으로 보였다. 영화라는 방식으로라도 이 사건을 다시 환기시키고 싶었다. 두 감독이 영화 제작에 나서게 된 동기다.

참사 당시 진압을 맡았던 경찰특공대의 법정 진술과 증거 동영상이 영화의 뼈대를 이루고 있다. 경찰의 증언과 증거를 토대로, 어떻게 과잉진압 피해자들이 과격시위 가해자로 둔갑하게 되는지, 그 과정을 복기하는 방식이다. 말하자면 용산참사 문제를 영화의 법정으로 불러들여 현실의 법정에서 가리지 못한 진실의 가능성을 탐색해본 영화라고 할 수 있다.

영화는 농성 철거민들이 뚝딱뚝딱 망루를 지어 올리는 장면으로 시작된다. 철거가 예정된 건물 옥상에 새로운 구조물이 우뚝 솟았다. 이는 철거민들이 배수진을 치고 최후까지 투쟁하겠다는 결의를 드러내는 성채다. 그런데 망루 농성자들과 대척점에 서 있는 누군가가 이를 조기에 진압해야 한다고 판단한 듯하다. 그 누군가가 경찰특공대에 전화를 걸었고, 그 전화 한 통으로 특공대의 망루 투입이 결정되었다.

날이 밝기 전에 급히 출동한 경찰특공대가 망루 아래 진을 친다. 진압 장면을 출근하는 시민들에게 보이기 싫었을 것이다. 1차 진입을 시도하는 특공대, 곧바로 2차 진입이 시작된다. 마지막 순간, 논란의 중심이 되었던 화재가 발생한다. 그 화재로 여섯 명이 죽었다.

경찰은 사고가 나자마자 철거민 사망자들의 시신을 가로채듯 빼내서 가족의 동의조차 받지 않고 부검해버렸다. 영화는 경찰이 불편해하는 진실이 여기에도 숨어 있는 게 아닐까, 의혹어린 시선을 들이댄다. 법정에서 공개를 거부한 3천 쪽의 검찰 수사기록, 교묘하게 삭제된 경찰의 채증 영상에서도 의혹의 시선이 번뜩인다.

영화 제목 '두 개의 문'은 망루가 있는 옥상으로 통하는 두 개의 문이 있었다는 의미다. 이 두 개의 문은 그날 경찰의 진압작전이 얼마나 허술했는지 보여주는 중요한 단서가 된다. 둘 중 하나는 막혀 있었고, 하나는 망루로 연결되어 있었다. 막혀 있는 문과 망루로 연결된 문. 그런데 경찰은 어떤 문이 망루로 통하는지조차 모른 채 작전에 투입되었다. 영화가 파고드는 질문도 이 부분이다. 도대체 왜? 작전에 필수적인 건물 구조 파악조차 이루어지기도 전에 그토록 서둘러야만 했던

가? 여기에 사건의 핵심이 있다고 영화는 말한다.

두 개의 문을 제시함으로써 영화는 우리가 몰랐던, 보지 못했던 용산참사를 새로운 관점에서 보도록 유도한다.

영화는 묻고 또 묻는다. 대체 왜? 그런데 질문을 하고 답을 찾아가는 방식이 독특하다. 경찰의 시점에서 질문과 답을 끌어냈다. 또한 경찰이 찍은 현장 화면과 법정에서 녹음된 경찰특공대의 육성 증언으로 진압 과정의 모순과 실체를 드러내는 방식이다.

그러면서 영화는 관객들에게 조용히 읊조린다. 용산참사를 다시 기억하자고, 같이 진실의 문을 열어보자고……

4. 재인 생각
— 재개발정책의 방향, 사회적 약자들을 위한 최소한의 예의

박래군 인권활동가는 자본의 탐욕이 재개발을 비롯한 토건 국책사업의 방향키를 쥐게 되면서 인간과 자연을 제물로 삼켜왔다고 질타한다. 그리고 그런 개발, 그런 국책사업은 중단되어야 한다고 말한다.

"소중한 생명이 여섯 명이나 죽어간 용산 4구역에서 폭력 없는 재개발, 인간이 중심이 되는 재개발, 원주민이 재정착하는 재개발, 세입자의 권리가 존중되는 재개발, 그래서 주거권이 보장되는 재개발의 모델을 만들어낼 때까지 철거와 재개발은 중단되어야 한다. 지금 광란적으로 진행되는 뉴

타운사업, 도시환경정비사업, 대운하사업으로 연결될 4대강 정비사업에까지 자본의 욕망 앞에 인간과 자연을 제물로 바치는 이런 어리석은 짓은 중단되어야 한다."

재개발정책을 원점에서 재검토하자는 것, 그 이전에 "주거권이 보장되는 재개발의 모델"을 마련하라는 것! 박래군은 그래야만 제2, 제3의 용산참사를 막을 수 있다고 외친다.

대선주자로 나서며 주택정책 마련에 고심해왔을 문재인도 국민의 주거권을 보장하는 정책수단이 필요하다는 걸 절감한 듯하다.

"모든 국민은 건강하고 쾌적한 환경에서 생활할 권리를 가진다."

헌법 제35조 1항에 나오는 내용이다. 문재인은 헌법 조항처럼 주거기본권이 보장된 주거를 '적절한 주거'라는 말로 정의한다.

" '적절한 주거'란 각 가구가 감당할 수 있는 가격 수준으로 주거가 제공해야 하는 기본적인 요건을 충족시키는 것을 말합니다. 곧 사생활을 보호하고, 적절한 생활공간을 제공하고, 바람직한 환경을 갖추는 것입니다. 주거복지를 실현하는 것을 주택정책의 핵심 목표의 하나로 설정하고 이를 보장하기 위한 법적 요건을 마련해야 합니다. 주거복지법과 같은 별도의 법률을 제정하거나 기존의 주택법을 개정하는 방법을 통해서 구현될 수 있습니다."

주거권은 헌법에도 보장되어 있는 국민의 기본권이었던 것이다. 그런데도 왜 이 기본적 권리를 주장하다 참사의 비극을 맞는 사건이 연이어 발생하는 걸까? 재건축, 재개발 관련 법안이 가진 자의 권리와 이익을 보장하는 데만 치우쳐 있기 때문 아닐까.

재개발 과정에서 세입자의 목소리는 무시당하거나 배척되고, 폭력으로 제압당하기 일쑤다. 이를 직시한 듯 문재인은 세입자 보호 차원에서 재개발정책을 되짚고 대안을 모색한다.

"재건축이나 재개발을 통해 주택을 공급하는 과정에서 세입자가 강제 퇴거를 당하거나 이주 과정에서 주거권이 침해되는 경우가 적지 않습니다. 이 때문에 많은 사회적 갈등이 생기고 세입자와 용역 사이의 폭력 사태와 같은 불상사들이 끊이지 않습니다. 관련된 정책이 세입자를 보호하는 방향으로 정비되어야 합니다."

용산참사는 주택정책, 재개발정책이 우리 모두의 공동 책임임을 신음으로 웅변하고 있다. 문재인이 생각하는 재개발정책 개정방안 또한 그 신음에 대한 공감에서 길러져 나왔을 것이다.

수령이 백성을 위해 있는 것이지
백성이 수령을 위해 있는 것은 아니다.
— 정약용

CHAPTER TWO

2장

시대를 읽고
미래를 꿈꾸다

세상의 균형을 찾아 떠난 라다크 트레킹 《오래된 미래-라다크로부터 배운다》

한국 경제, 알면서도 왜 그랬을까? 《한국 경제의 미필적 고의》

혼돈의 경제, 분노의 정치! 그래도 아직 희망이 있다 《위기는 왜 반복되는가》

백성을 위해 임금이 있고 목민관이 있는 것이다 《다산 정약용 유배지에서 만나다》

세상의 균형을 찾아 떠난
라다크 트레킹

《오래된 미래-라다크로부터 배운다》
Ancient Futures

왜 세상은 하나의 위기에서 또 하나의 위기로 비틀거리며 나아가고 있는가?
항상 이러했는가? 과거에는 더 나빴던가? 아니면 더 좋았던가?
헬레나 노르베리·호지, 《오래된 미래》 프롤로그에서

1. 라다크에서 확인한 가장 이상적인 세상

《오래된 미래》의 초판이 나온 것은 1996년 7월, 문재인이 이 책의
무대인 인도의 라다크로 트레킹을 떠난 것은 1997년의 일이었다. 문
재인이 근무하던 법무법인에는 안식휴가제가 있었는데, 10년 근속에
3개월, 20년 근속에 6개월 휴가를 활용할 수 있었다. 근속 10년이 되었
을 때는 바빠서 휴가를 갈 수 없었던 문재인은 변호사 생활 만 15년 되
던 1997년에야 비로소 3개월 휴가를 떠날 수 있었다.

"그때 스웨덴의 생태환경운동가 헬레나 노르베리-호지가 쓴 《오래된 미래》의 무대 라다크와 네팔의 에베레스트에서 트레킹 여행을 했다. 가이드나 포터 없이, 마침 안식년을 맞은 내 또래 목사님 한 분과 단둘이 지도를 보면서 다녔다. 너무 좋았다."

문재인은 세계 각국의 박물관이나 미술관, 널리 알려진 명소를 찾아다니는 코스 여행보다 아직 문명의 손길이 닿지 않은 곳, 전통적인 생활방식을 고수하며 소박하게 살아가는 사람들이 사는 곳을 직접 답사하듯 돌아보는 방식을 선호하는 것 같다. 여행은 다른 세계를 통해 자기 세계를 확장하는 특별한 경험이기도 하다. 그러나 떠들썩한 단체여행객들 틈에 끼여 가이드의 안내를 따라 지정된 코스를 돌아보는 여행은 교과서나 참고서를 들여다보는 것과 크게 다르지 않다. 물론 이런 여행도 나름대로 소중하고 의미 있는 경험일 테다. 그러나 능동적이라기보다는 수동적이고 유희적이고 소비적인 여행방식이다.

반면 트레킹은 여행지의 현실 속으로 들어가 그 현실을 살아가는 사람들과 직접 부딪치며 소통하고자 하는 모험적인 시도다. 이국의 전통과 문화, 그 전통과 문화를 일궈온 사람들과 나누는 대화와 소통의 여정일 수도 있다. 이 여정에는 이국異國이라는 '타자'의 거울에 자기 내면을 비춰보는 성찰이 뒤따른다.

그렇다면 문재인은 인도의 라다크 트레킹 여행에서 무엇을 보고 듣고 사유했을까?

문재인이 생각하는 가장 이상적인 세상은 '서로가 서로를 배려하는 세상'이다. 아마도 그는 라다크 트레킹에서 자신이 생각하는 이상적인 세상의 모습을 발견했을 것이다.

라다크는 인도에 속한 지방이지만 '작은 티베트'라고 불릴 정도로 문화적으로는 티베트에 가깝다. 서부 히말라야의 황량한 고원에 자리 잡은 아름다운 고장. 그러나 라다크의 '아름다움'은 고원지대의 풍광에서보다 천년 넘게 평화롭고 건강하게 유지해온 공동체적 전통에서 찾을 수 있다.

이 책에 소개된 라다크의 생활방식은 '검소'와 '협동'으로 특징지을 수 있다. 자원도 빈약한 데다 기후마저 혹심한 자연환경 속에서도 라다크 사람들은 생태적 지혜를 발휘하여 이상적인 공동체를 유지해왔다. 이들은 개인의 이익보다 공동체의 안전과 평화를 먼저 생각한다. 자연의 생태학과 함께 마음의 생태학이 일종의 관습법처럼 작용하는 고장, 이곳이 바로 라다크다. 이들은 물질적으로 풍족하지 않지만 그 누구도 자신이 가난하다고 생각하지 않는다. 문명사회에서 생각하는 일반적인 가난의 개념, 가난의 기준 자체를 모르는 것이다. 전통적으로 내면화된 긴밀한 가족적·공동체적 삶 속에서 정서적으로 안정을 누리며 살아올 수 있었던 것도 이 때문일 것이다. 또한 라다크에서는 여성과 아이들, 노인들이 저마다의 역할을 다하며 자기 존재에 대한 확신을 갖고 살아간다.

어딘지 모르게 아련한 향수를 불러일으키는 한 마을의 정경이다. 그런데 우리도 이런 마을에서 살았던 때가 있지 않았던가?

라다크에서 볼 수 있는 공동체적 미덕은 지나간 시대의 우리 농촌공

동체를 떠올리게 한다. 산업화의 물결에 휩쓸리기 이전, 공동체적 전통
이 살아 있던 우리의 농촌공동체 말이다. 너나없이 가난했던 시절이었
다. 그러나 어려운 이웃은 물론 외지인들까지 넉넉한 인심으로 품어주
었던 시대였다. 6·25 전쟁 때 고향인 함경남도 흥남에서 남쪽으로 피난
을 내려온 문재인의 가족도 이런 따뜻한 환대를 받은 적이 있었다.

문재인의 부모는 함경남도 흥남의 문씨 집성촌에서 대를 이어 살았
다. 소나무 숲으로 둘러싸인 마을에서 집성촌을 이루고 오순도순 모
여 살던 부모와 친척들의 행복은 전쟁으로 그만 막을 내리고 말았다.
1950년 12월 문재인의 부모는 흥남철수 때 고향을 등져야 했다. 아직
젖먹이였던 문재인의 누나를 업고 피난을 떠난 것이다.

미군의 LST 선박이 피난민들을 실어 날랐다. 병력이나 전차를 상륙
시키는 데 쓰이는 선박에 피난민을 가득 싣고 난민 수용소가 있는 곳
으로 항해한 것이다. 정작 난민들은 미군이 자신들을 어디로 데려가는
지도 몰랐다고 한다. 문재인은 자서전《문재인의 운명》에서 당시 선박
에 실린 난민들의 처지를 이렇게 묘사하고 있다.

"2박3일 동안 배 밑창에서 생활했다. 중간에 미군의 통제가 느슨해졌을 때
사다리를 타고 갑판 위로 올라가 볼 수 있었다. 그때 육지 쪽의 불빛이 가
깝게 보였는데, 포항이라고 했다. 그제야 행선지가 남해안 지역임을 짐작
할 수 있었다."

항해 도중 크리스마스라며 미군들이 사탕을 몇 알씩 나눠 주기도 했

다. 항해 끝에 선박이 정박한 곳은 경남 거제도였다. 그곳에 임시로 마련된 난민수용소가 있었던 것이다. 문재인의 어머니는 처음 가본 거제도의 풍경에서 강한 인상을 받았던 듯하다.

"어머니는 흥남을 떠날 때 어디 가나 하얀 눈 천지였는데, 거제에 도착하니 온통 초록빛인 것이 그렇게 신기했다고 한다. 상록수림에 푸른 보리밭이 고향의 풍경과 너무 달랐던 것이다. '여기는 정말 따뜻한 남쪽 나라구나'라는 것이 거제를 본 어머니의 첫인상이었다."

풍경에 대한 첫인상과 함께 문재인의 어머니에게 인상적인 기억으로 남아 있는 것은 외지인을 대하는 거제도 사람들의 넉넉한 인심이었다.

"겨울인데도 고향에 비해 무척 따뜻한 남도의 날씨와 더불어 거제도 사람들의 넉넉한 인심이 아무 준비 없이 내려온 피난민들을 품어줬다. 그들이 솥이나 냄비 같은 취사도구와 먹을거리를 나눠주며 피난생활 초기의 어려움을 넘길 수 있도록 도와줬다. 나중에 각지로 흩어진 집안사람들이 어쩌다 한데 모여 피난살이 시절의 추억담을 주고받는 것을 들어보면 그때 거제도 사람들의 따뜻한 인심을 고마워하는 얘기가 많았다. '거꾸로 남쪽 사람들이 흥남으로 피난 왔다면 우리가 그렇게 잘해줄 수 있었을까'라고 말하곤 했다. 거제도를 거쳐 간 흥남 피난민들은 그 고마움을 잊지 못해 보은報恩운동을 하기도 했다. 흥남시민회나 성공한 사람들이 개인적으로 거제

지역 학교에 장학금을 보내기도 했다."

그 흉흉하던 전쟁 통에 북에서 내려온 피난민들의 처지를 깊이 공감하고 이웃처럼 돌본 거제도 주민들의 행위는 눈물겨울 정도로 감동적이다. 그 은혜로움을 잊지 않고 기억했다가 보은으로 되갚은 흥남 피난민들의 미덕도 가슴을 훈훈하게 한다.

문재인의 부모는 그저 2~3주 정도의 피난기간을 예상하고 고향을 떠났다고 한다. 그야말로 아무런 준비 없이 빈털터리 신세로 거제도라는 낯선 땅에 정착한 셈이다. "아무 연고 없는 남쪽에서 제대로 생활할 수 있는 준비도 전혀 없이 낯선 땅의 삶을 시작했다. 뿌리 잃은 고단한 삶이었다"고 문재인은 말한다.

1952년 그 피난살이 중에 문재인이 태어났다.

"큰집에 아들이 없어서 큰집과 우리 집을 통틀어 첫 아들이었다. 모두들 기뻐하고 축복하는 가운데 태어났다."

문재인의 아버지는 포로수용소에서 노무 일을 했고, 어머니도 어린 아들을 업은 채 거제에서 계란을 싸게 사서 머리에 이고 부산에 나가 파는 행상 일로 가계를 도왔다. 그러다 문재인이 초등학교에 입학하기 직전에 부산 영도로 이사했다. 그 전부터 이사를 꿈꾸다가 아들의 초등학교 진학을 계기로 실행에 옮긴 것이다.

문재인은 어릴 때 떠나온 탓에 거제에 대한 기억이 별로 남아 있지 않다고 한다.

"함께 피난 온 집안들도 비슷한 시기에 모두 떠나서, 연고가 남아 있지도 않다. 그래도 나에게는 태어난 고향이고 부모님이 피난살이를 한 곳이어서 늘 애틋하게 생각되는 곳이다. 청와대에 있을 때, 그래도 거제 출신이라고 거제 지역 현안에 대해 도와달라는 요청이 오면 늘 신경을 쓰곤 했다."

문재인의 가족과 친척들이 겪은 피난민 시절은 아직 전통적인 공동체성이 살아 있었을 때였다. 그 시대를 살았던 사람이라면 누구나, 그 훈훈한 공동체의 미덕에 대한 향수를 간직하고 있을 것이다. 거제에서 유소년기를 보냈던 문재인 역시 당시에 대한 그리움과 향수를 기억 한 켠에 간직하고 있지 않을까. 그가 생각하는 가장 이상적인 세상, '서로가 서로를 배려하는 세상'에도 이때의 기억이 전설처럼 자리하고 있을지도 모른다.

문재인의 라다크 트레킹도 어쩌면 그 전설의 자취를 찾아가는 여행이 아니었을까 싶기도 하다. 실제로 노르베리-호지가 《오래된 미래》에서 묘사한 라다크를 보면 마치 설화 속에 등장하는 한 마을을 여행하는 기분이 든다. 이 세상에 존재하지 않는 이상향, 유토피아에 대한 묘사처럼 읽히기도 한다.

야생의 꽃들과 풀, 빙하가 녹아 흐르는 맑은 물이 가장자리를 두르고 있는 보리밭들이 나타난다. 밭 위편으로 하얗게 빛나는 3층짜리 집들이 정교하게 새겨진 발코니를 달고 모여 있다. 지붕 꼭대기에는 밝은 색깔의 기도깃발이 펄럭인다. 더 위쪽 산허리에 자리를 잡은 승원僧院이 마을을 지켜보고 있다.

밭 사이를 이리저리 돌아다니거나 집들 사이로 구부러진 좁은 길을 따라 걸으면 웃음 띤 얼굴들이 인사를 한다. 이렇게 황량한 곳에서 사람들이 잘 살 수 있다는 것이 불가능하게 보이는데, 그런데도 그들이 잘살고 있다는 온갖 표시가 있다. 모든 것이 세심하게 만들어져 있다. 밭은 산허리를 파내어 정교하게 계단식으로 층을 이루고 있다. 작물은 빽빽하고 건강하고 마치 예술가가 씨를 뿌린 듯이 보기 좋은 무늬를 이루고 있다.

따라서 문재인의 라다크 트레킹은 "밭 사이를 이리저리 돌아다니거나 집들 사이로 구부러진 좁을 길을 따라" 걸으며 라다크 주민들의 웃음 띤 얼굴과 만나 인사를 나누는 여행이었음을 짐작할 수 있다. 이 책 《오래된 미래》가 문재인의 가이드 역할을 해주었던 셈이다.

라다크에 동화된 노르베리-호지는 물질문명의 세계에서 멀리 떨어진 그들에게 결코 자본주의식의 잣대를 들이댈 수 없다는 걸 깨달았다고 전한다. 문명세계의 미디어가 저개발사회를 바라볼 때의 편견 어린 필터를 벗겨내고 보면 라다크인들은 가난하지 않았고, 문화적으로 뒤쳐져 있지도 않았다. 대부분 자신의 땅을 소유한 라다크인들은 자급자족에 가까운 생활을 하고 있었다. 그곳에선 문명사회의 병폐로 지적되는 빈부격차, 각종 스트레스는 물론 실업문제도 발견할 수 없었다. 대신 이웃들과의 따뜻한 교류와 긴밀한 유대감 속에서 자존을 지키며 검소한 행복을 추구하고 있었다. 세계 각국의 대도시에서는 얻기 힘든 정서적, 사회적, 정신적 풍요가 그곳에 있었던 것이다.

노르베리-호지는 라다크에서 상실해버린 '공동체의 꿈', '유토피아의 꿈'에 강하게 자극받았던 것 같다. 사실 이 책에 담긴 저자의 주장은 또 하나의 변형된 오리엔탈리즘으로 오해받을 수도 있다. 그러나 문명중심의 사회가 초래한 암담한 현실에 문제의식을 지니고 있는 독자라면 노르베리-호지의 문명 비판적 시각에 선뜻 머리를 끄덕이게 될 것이다.

2. 헬레나 노르베리-호지
— 나는 지역화의 개척자다

헬레나 노르베리-호지Helena Norberg—Hodge는 다섯 차례나 한국을 찾았던 작가이자 생태운동가다. 그녀 스스로는 운동가라는 호칭보다 '지역화의 개척자' 혹은 '경제 영향 애널리스트'라고 불리길 바란다고 한다.

스웨덴에서 태어난 노르베리-호지는 부모님을 따라 세계 각지에서 살 수 있는 기회를 얻었다. 여러 나라의 언어를 접해본 경험이 그를 언어학자의 길로 나아가게 했을 것이다. 그는 부탄에서도 살았고, 에스파냐의 오랜 전통이 남아 있는 지역에서 10년 이상 살기도 했다. 40여 년 전에는 오스트리아에서 공부했고, 미국에서도 시간을 보냈다고 한다. 언어학자가 되어 프랑스에 둥지를 틀었던 그는 우연히 라다크를 방문했다가 그곳의 문화와 사람들의 삶에 반해 16년 동안 머물게 된다. 그런데 그는 처음에 라다크 방문을 주저했다고 한다.

> "어떤 영화팀에서 라다크라는 지역에 갈 건데, 언어학자의 도움을 받고 싶다고 해서 내가 참여하게 된 거였죠. 사실, 딱히 끌리지 않았어요. 나는 스웨덴 출신이었지만 부모님을 따라 독일이나 프랑스 같은 곳을 여행하며 살아왔고, 이제 겨우 파리에서 자리를 잡고 6개월 정도 있었던 상황이었거든요. 하지만 그곳의 이야기가 꽤 재미있게 들려서 6주를 계획하게 됐는데, 16년을 살게 됐어요."

이 16년의 경험과 성찰은 고스란히 《오래된 미래》에 담겼고, 책이 출판되자 큰 반향을 불러일으켰다. 그는 이 책에서, 세계 각국에서 벌어지고 있는 무분별한 세계화 전략에 맞서 "과연 그것이 우리를 행복하게 해주는가?"라고 묻고 있다. 이 질문은 우리 시대 행복의 의미에 대해 전면적인 성찰을 요구하는 강력한 화두로 다가왔다.

그는 이제 자신을 언어학자라고 소개하지 않고, 지역화의 개척자라고 말한다. 그렇듯 라다크는 언어학자로서 경력을 쌓아가고 있던 한 여성을 16년 동안이나 사로잡아 그곳에 머무르게 했고, 1980년 라다크 프로젝트를 세우게 했고, 1991년에는 에콜로지 및 문화를 위한 국제협회의 창설자가 되도록 만들었다. 이 국제협회에서 그는 확산 일로를 걷고 있는 현재의 세계화에 균형을 요구하며 지역화운동을 주도해나갔다. 이 운동의 진정한 취지를 보다 많은 이들에게 알리고 이해시키기 위해 〈행복의 경제학The Economics of Happiness〉이라는 다큐멘터리를 제작하기도 했다. 노르베리-호지는 각국을 돌며 자신이 공동 연출한 〈행복의 경제학〉을 상영하고 환경문제에 대해 관객들과 대화를 나눴다. 국내에서도 지난 2011년 5월 개최된 환경영화제에서 상영되었다. 그는 어느 인터뷰 자리에서 이 영화를 제작, 연출하게 된 의도에 대해 이렇게 말한다.

"글로벌 비즈니스가 커지면 커질수록 우리는 점점 더 가난해지고 있어요. GDP는 올라갈지 모르지만, 정작 개개인인 우리들은 가난해지고 있지 않나요? 이로 인해 시간이 지날수록 훨씬 많은 시간을 일에 투자하고 더욱 많은 스트레스를 받고 있어요. 만약 사람들이 정부가 자신들의 세금을 가지고 아주 소수의 대기업에게만 많은 특혜를 주고 있다는 것을 안다면 이것에 대해 비판하게 될 거예요. 정부에 더 많은 작은 기업에게 정부 보조금을 주라고 요구할 수 있을 거고요. 사람들은 단지 지금의 경제가 어떻게 돌아가고 있는지 정확히 모르기 때문에 세계화가 옳다 혹은 어쩔 수 없다고 생각하고 있어요. 저희가 하려고 하는 건, 이러한 진실을 알지 못하는, 글로벌 기업의 음식과 제품을 사려는 평범한 사람들에게 진실을 바라볼 수 있는 기회를 주겠다는 것이고, 이 영화가 그 일환이 될 수 있을 거라 생각해요. 특히 우리는 이러한 경제적인 문제가 지구온난화와 같은 환경문제와 실업 문제에 얼마나 큰 영향을 미치고 있는지 함께 묶어서 얘기하려고 해요. 이 모든 비즈니스를 모조리 작게 만들어야 한다는 것이 아니라 큰 대기업들이 자신들의 세력을 키워 경제를 뒤흔드는 이 세상의 밸런스를 찾자는 말이에요. 더 많은 회사들이 생기고 더 많은 일자리가 주어질 수 있도록요."

영화는 세계 곳곳에서 벌어지고 있는 공동체 붕괴, 환경 파괴를 다루며, 지역 농업 활성화와 공동체 복원 등을 그 대안으로 내세우고 있다. 《오래된 미래》의 연작 성격을 띤 작품인 셈이다.

이 영화에서 노르베리-호지는 물질적으로는 풍요로워졌다지만 공해 등 환경문제가 늘어나고, 공동체 붕괴, 우울증, 자살, 실업, 폭력 등도 꾸준히 증가하고 있다는 점을 문제 삼으며, 지금 세계를 지배하는 경제학은 행복하지 않은 경제학이라고 진단한다. 그는 행복을 되찾기 위한 방법으로 《오래된 미래》에서처럼 '지역화'를 제안하고 있다. 생산자와 소비자의 거리를 줄이는 '작은 경제'가 더 행복한 경제학이라는 주장이다.

영화 매체로 활동영역을 확장하며 '오래된 미래'를 회복하기 위한 활동을 꾸준히 이어가고 있는 헬레나 노르베리-호지는 1986년 대안적인 노벨상이라 불리는 '바른생활상Right Livelihood Awards'을 수상하기도 했다.

3. 《오래된 미래-라다크로부터 배운다》
— 오래된 미래는 언제, 어떻게 올 것인가

이제 남아 있는 것은 무엇인가? 그것은 바로 아직도 끝나지 않은 앞으로 향하는 꿈이다.

— 에른스트 블로흐, 《희망의 원리The Principle of Hope》에서

이 책《오래된 미래Ancient Future》는 라다크에 대한 문화인류학적 보고서다. 라다크 예찬과 산업문명에 대한 비판적인 성찰을 통해 미래에 대한 대안을 짚어보는 책이기도 하다. 스웨덴 출신의 언어학자인 헬레나 노르베리-호지가 1992년에 펴낸 책으로, 오늘날 인류가 직면한 생태위기의 본질을 갈파한 이 분야의 고전으로 손꼽힌다.

본문 첫 장을 넘기면 티베트의 정신적 스승인 달라이 라마Dalai Lama의 목소리가 서문을 장식하고 있다. 그는 첫 문장에서 "헬레나 노르베리-호지는 오랫동안 라다크와 그곳 사람들의 벗으로 살아왔노라"고 말한다. 달라이 라마의 서문은 노르베리-호지의 견해에 공감하는 내용으로 채워져 있다.

나는 우리 행성의 위협받는 생태계에 대하여 저자가 갖는 우려를 공유하며, 그녀가 근대적 개발이 초래하는 많은 문제에 대하여 대안적인 해결을 모색하면서 행해온 일에 경의를 표한다.

프롤로그에서 노르베리-호지는 "티베트 고원 위의 오래된 문화의 지방 라다크에서 얻은 16년 이상의 경험"이 자신을 얼마나 변화시켰는지에 대해 말하고 있다. 그 16년 동안 저자는 오랜 전통을 유지하며 이

상적인 공동체를 일군 라다크를 목도했고, 그 '오래된 미래'가 서구문화의 영향을 받으며 파괴적으로 변하는 것까지 지켜봐야 했다.

나는 근본적으로 다른 원칙에 기초를 두고 있는 사회에서 살았고, 현대세계가 그 문화에 끼치는 충격을 목격했다. 내가 몇 십 년 만에 처음 온 외부인으로서 그곳에 도착했을 때 라다크는 아직 본질적으로 서구의 영향을 받지 않은 상태였다. 그러나 변화는 빠르게 왔다. 두 문화의 충돌은 특히 극적이었고, 강력하고 생생한 대조를 보여주었다.

노르베리-호지는 서구문화의 영향으로 인한 라다크의 파괴적인 변화에서 오늘날 제3세계에서 발견되는 많은 문제들이 "식민주의와 오도된 개발의 결과"라고 말한다. "서구인들이 전통적인 민족들보다 더욱 고도로 진화했다"는 믿음, 그 편협하고 단선적인 시각이 오늘날의 위기상황을 초래했다는 것, 이것이 노르베리-호지의 문제의식이다.

대부분의 서구인들은 무지와 질병과 끊임없는 노역이 산업화 이전 사회의 운명이었다고 믿게 되었다. 그리고 개발도상국들에서 우리가 보는 빈곤과 질병과 굶주림은 얼른 보아 그러한 가정을 입증하는 것으로 보인다. 그러나 실은, 오늘날 제3세계의 문제들은 그 대부분은 아닐지 몰라도 많은 경우에 식민주의와 오도된 개발의 결과다.

노르베리-호지는 티베트 고원의 '원시적인' 문화가 산업사회에 뼈아

푼 교훈을 던져주고 있다고 말한다. 그리고 "우리 자신과 지구를 치유하는 방법을 배우기 위해 보다 넓은 시각으로 지속가능한 균형의 방향으로 나아가야 한다"고 역설한다.

우리는 긴급히 지속가능한 균형(도시와 농촌, 남성과 여성, 문화와 자연 사이의 균형)을 향해 방향을 돌려야 한다. 라다크는 우리 사회를 형성하고 있는 상호관련된 힘들을 우리가 보다 깊이 이해할 수 있게 함으로써 우리의 나아갈 길을 보여줄 수 있다. 이러한 보다 넓은 시각은 우리 자신과 지구를 치유하는 방법을 배우는 데 필수적이라고 나는 믿는다.

라다크에 대한 본격적인 논의는 3부제1부 전통, 제2부 변화, 제3부 라다크로부터 배운다에 걸쳐 펼쳐진다.

1부에 나오는 라다크의 생활방식을 읽어가다 보면 자연스레 목가적인 이상향을 떠올리게 된다. 로마의 시인 베르길리우스가 찬미했던 목가적인 이상향 아르카디아의 전경이 화집의 한 페이지처럼 펼쳐지는 것 같기도 하다.

단순한 연장들밖에 없으므로 라다크 사람들은 일을 하는 데 오랜 시간을 보낸다. 의복용 털을 생산하는 일은 양들이 풀 뜯는 동안 돌보는 일에서 손으로 털을 깎고, 씻고, 물레질하고, 마침내 짜는 일에 이르는, 시간이 많이 걸리는 작업을 필요로 한다. 마찬가지로 음식을 만드는 일도 씨 뿌리기에서 음식이 상에 오를 때까지 노동집약적인 과정이다. 그런데도 라다크 사람들은 시간을 넉넉히 가지고 있다. 그들은 부드러운 속도로 일을 하고, 놀라울 만큼 많은 여가를 누린다.

라다크 사람들은 자연과 동화되어 살아간다. 자연의 시간, 자연의 흐름과 속도에 맞춰 살아가고 있는 것이다. 이들의 풍족한 시간적 여유는 바로 자연의 시간과 보조를 맞춰가며 걷는 일상의 걸음걸이에서 나온다. 라다크의 시간은 느슨하다. 속도전을 벌이듯 바삐 달려가는 근대성의 시간과 비교해보면 정지해 있는 것처럼 보일 수도 있다. 근대성의 시간이 직선적이고 남성적이라면 라다크의 시간은 선형적이고 순환적인 여성의 시간이다. 분·초 단위를 넘어 원자 단위로까지 쪼개지는 근대성의 시간개념으로는 도저히 측정할 수 없는 시간이다.

시간은 느슨하게 측정된다. 분을 셀 필요는 절대로 없다. 그들은 "내일 한 낮에 만나러 올게", "저녁 전에"라는 식으로 몇 시간이나 여유를 두고 말한다. 라다크 사람들에게는 시간을 나타내는 많은 아름다운 말들이 있다. '어두워진 다음 잘 때까지'라는 뜻의 '공그로트', '해가 산꼭대기에'라는 뜻의 '니체', '해뜨기 전 새들이 노래하는 아침시간'을 나타내는 '치페-치리트(새 노래)' 등 모두 너그러운 말들이다.

라다크의 시간은 자연의 흐름과 생체리듬이 맞물려 돌아간다. 이 시간의 운행은 느긋하고 여유로우며 평화롭고 아름답기까지 하다. 시간에 대한 강박 따위는 전혀 찾아볼 수 없다. 라다크 사람들은 자연적인 리듬에 시간을 맡겨둠으로써 역설적으로 시간을 지배하는 것처럼 보인다.

산업사회를 움직이는 시간의 동력은 인간을 지배하여 노예처럼 부리며 시간의 채찍을 휘두른다. 사실 우리는 그 절컥거리는 시간의 운행을 유지하는 일에 노예로 동원된 부역자나 다름없다.

제이 그리피스Jay Griffiths는 근대성의 시간개념을 반성적으로 통찰한 자신의 명저 《시계 밖의 시간Pip Pip: A Sideways Look at Time》에서 근대성의 강박적인 시간측정이 우리를 시간 그 자체로부터 소외시켰다고 말한다.

순간의 측정에 지배당한 인간은 결국 자신의 발명품에 좌지우지되면서 살고 있다. 기계가 괴물이 된 것이다. 자신이 들여다보고 있는 시계가 빨리 움직일수록, 그만큼 자신은 늦게 움직이는 것 같다. (……) 스톱워치는 마치 최면이라도 건 듯이 그것을 들여다보고 있는 사람을 옴짝달싹못하게 한다. 끈질기게 '어서 어서' 하며 째깍거리는 것이, 우리가 시간에게 말하고 있는 것인가, 시간이 우리에게 말하고 있는 것인가?
— 제이 그리피스, 《시계 밖의 시간》에서

시간의 강박에 시달리며 그 시간에 지배를 당하고 있는 한 인간을 그린 우화의 한 장면을 보는 듯하다. 라다크가 목가적인 이상향의 분위기를 띠는 것도 이러한 근대성의 시간 밖에서 고요하고 느리게 지속되는 시간의 걸음걸이 때문이 아닐까. 인간의 삶에 있어 시간과 공간은 분리될 수 없으며, 시간은 그 공간을 살아가는 사람들의 일상을 지배한다. 산업사회를 살아가는 현대인은 시간의 일정에 맞춰 움직이게 되어 있기 때문이다. 이 시간은 채찍질하듯 흐르며 사람들을 그 강박적인 시간의 리듬에 휩쓸려 헐떡이게 한다.

반면 라다크의 시간은 장시간 노동을 요하는 추수철에도 무심한 듯 느리게 흐른다. 그러므로 노동력이 부족한 여든 살 노인과 어린아이도 노동에 참여할 수 있다. 이 노동현장에는 웃음과 노래가 있다. 사람들은 열심히 일손을 놀리면서도 자기들의 속도로 웃음과 노래를 곁들인다. 라다크에서 일과 놀이는 엄격하게 구분되어 있지 않다고 한다.

놀라운 점은 느림의 미덕이 지배적인 라다크에서 사람들이 실제 일을 하는 시간은 1년에 4개월뿐이라는 사실이다.

놀랍게도 라다크 사람들이 실제로 일을 하는 것은 1년에 4개월뿐이다. 8개월간의 겨울 동안에도 요리를 하고 짐승들을 먹이고 물을 긷고 해야 되지만 일은 아주 적다. 겨울 대부분은 잔치와 파티로 보낸다. 여름 동안에도 거의 매주 이런저런 중요한 잔치나 축하행사가 있지만 겨울 동안에는 거의 연속되어 있다.

이렇듯 목가적인 전통생활을 유지해오던 라다크에 급작스런 변화의 폭풍이 몰아쳤다. 2부에서는 서구문명의 도입과 함께 파괴되어가는 공동체의 모습을 담담한 필치로, 그러나 아픔과 슬픔이 서린 목소리로 풀어내고 있다. 그래서인지 2부는 근대성의 시간에 휘말려 점차 몰락해가는 공동체의 모습을 안타까이 응시하며 연주하는 비탄의 교향곡처럼 장엄하면서도 서글픈 곡조로 흐른다.

변화는 1962년부터 시작되었다. 라다크를 파키스탄과 중국의 침략으로부터 보호하기 위해 와 있던 인도군대가 영향을 미쳤고, 인도정부가 라다크를 관광객들에게 개방한 1974년부터 본격적인 변화의 바람이 불어닥쳤다.

비슷한 시기에 이 지역을 개발하려는 일치된 노력이 시작되었다. 지금까지 개발은 주로 레와 그 인접한 주변에만 집중되어 왔다. 인구의 약 70퍼센트는 아직도 대체로 전통적으로 살고 있다. 그러나 현대화가 초래한 심리적인 충격은 전 지역에서 느낄 수 있다.

개발의 몸살을 앓고 있는 세계의 다른 어느 곳과 마찬가지로 라다크에서의 개발도 서구식의 개발을 의미한다. 이 과정은 도로와 에너지 생산 등 하부구조의 건설로 이루어졌다. 발전시설을 건설하는 데 들어가는 비용이 정부 지출의 가장 많은 부분을 차지하고 있다. 서구식의 의료와 교육 관련 시스템을 구축하는 것도 주요한 개발과정의 하나였다.

개발 바람은 모든 분야에 걸쳐 빠르게 번져나갔다. 개발에 따른 혜택도 물론 있었다. 서구식 의료와 교육시스템이 도입되면서 영아사망률이 줄었고, 마을마다 전기가 들어왔으며, 많은 기술이 유입되어 사람들에게 새로운 희망을 불어넣어 주었다. 라다크 사람들에게 그것은 마술과도 같았을 것이다. 폭죽놀이처럼 보였을지도 모른다.

개발의 폭죽놀이는 라다크 사람들의 마음속 깊은 곳까지 속속 파고들며 심성의 변화를 불러왔다. 사람들은 이제 이전과는 전혀 다른 시각으로 세상을 바라보게 되었다. 개발의 과학이 새로운 눈을 개발해 라다크 사람들에게 이식해준 꼴이었다. 공동체의 안전과 평화를 우선시하던 사람들이 개인적인 물욕에 물들기 시작했다. 전통에 대한 자부심은 사라졌고, 전통적인 습속을 부끄럽게 여기게 되었다.

자부심과 자신의 가치에 대한 인식이 흔들리기 이전에는 자신들이 문명화되어 있다는 것을 증명해 보이기 위해 굳이 전기 같은 것을 설치할 필요가 없었다. 그러나 개발의 영향력은 짧은 기간 중 사람들의 자존심을 침식해버렸고, 그 결과 전기는 말할 것도 없이 펀자브 지방에서 생산된 쌀이나 플라스틱 제품들까지도 그들의 생활필수품이 되어버렸다. 시계를 볼 줄 모르는 사람들이 그 소용없는 손목시계를 자랑이라도 하듯 손목에 두른 모습을 보기도 했다. 사람들 사이에 자신이 현대화된 것으로 보이고 싶어 하는 분위기가 높아지면서 고유문화를 부정하려는 경향이 더욱 두드러지고 있다. 전통 음식을 먹는다는 것도 이제는 더 이상 자부심을 가질 만한 일이 아닌 상황이 되어버렸다. 마을 사람들의 집에 초대되었을 때 그들은 즉석 라면이 없어 전통 음식인 보리빵을 내놓을 수밖에 없다는 것에 미안해하기도 했다.

함께 경작했던 마을의 농지는 땅 주인과 임금을 받고 일하는 이들로 나뉘었고, 그에 따라 빈부의 격차가 생겼다. 가난을 모르던 농부들은 자신이 가난하다는 자각과 함께 소유욕을 불태우게 되었다. 어느새 돈의 논리가 이들을 지배하기 시작한 것이다. 이제 사람들은 돈을 갈망하며 돈에 목말라하는, 너무도 가난해서 서글픈 존재로 변해버렸다.

디킨스Charles Dickens 소설에 나옴직한 초라한 어린아이들이 외국인들에게 빈손을 내밀며 인사를 한다. 그들은 이제 라다크 아이들에게 새로운 주문처럼 된 "한 닢만, 한 닢만"이라는 말을 하며 졸라댄다.

노르베리-호지는 서구인들의 시각이 라다크에 문제를 불러왔다고 진단한다. 서구인들은 라다크 사람들의 심리적, 사회적, 정신적인 풍요를 보지 못했다. 산업문명의 잣대인 GDP의 수치를 들먹이며 라타크를 낙후된 지역으로 낙인찍었다. 물질주의에 침윤된 이런 서구식 논리가 라다크 사람들의 마음속 깊이 파고들며 지배적인 이데올로기로 자리를 잡아갔다.

그리스 신화에 나오는 '프로크루스테스의 침대'는 자기가 세운 일방적인 기준에 다른 사람들의 생각을 억지로 맞추는 아집과 편견을 지적할 때 쓰이는 텍스트다. 서구의 일방적인 기준에 맞춰 개발 중인 라다크는 프로크루스테스의 침대에 누운 희생자를 연상케 한다.

개발과 함께 삶의 속도가 빨라지면서 라다크 사람들도 시간에 쫓기는 일상을 살아야 했다. 항상 여유롭던 사람들이 점점 분주해졌다. 서구의 놀라운 기계들이 들어오자 사람들은 가축과 함께했던 일을 기계에게 넘겼다. 그런데도 어찌된 일인지 시간이 부족했다. 이 점이 "가장 충격적인 교훈의 하나였다"고 노르베리-호지는 말한다.

마르카 계곡에서 온 한 친구가 한 말이 모든 것을 요약하고 있다.
"나는 이해할 수가 없어요. 수도에서 살고 있는 나의 언니는 일을 더 빨리 해주는 온갖 것을 가지고 있어요. 옷은 상점에서 사기만 하면 되고, 지프 차, 전화, 가스쿠커를 가지고 있어요. 이 모든 것이 그토록 시간을 절약해 주는데도 언니를 만나러 가면 나하고 이야기할 시간도 없대요."
(……) 현대세계의 도구와 기계들이 그 자체는 시간을 절약하는 것들이지 만, 새로운 삶의 방식이 전체적으로 시간을 빼앗아간다는 것이다. 개발의 결과로 현대화된 부문의 라다크 사람들은 기술의 속도로 경쟁해야 하는 경제체제의 일부가 되었다.

라다크 사람들 역시 근대적 시간에 포획된 채 속도의 노예, 시간의 노예가 되어버린 것이다. 바로 이 점이 라다크의 변화가 불러온 문제 의 핵심이다.

노르베리-호지는 3부에서 세계가 지나치게 한쪽으로 치닫지 않고 균형을 유지하며 미래로 나갈 수 있는 방법을 라다크에서 배울 수 있 다고 말한다. 그러면서 라다크에서의 교훈을 통해 자기 세계에 갇힌 획일적인 사고가 아니라 폭넓은 시각으로 현재의 문제를 해결할 수 있 는 방법을 찾아야 한다고 호소한다. 그리고 에필로그에서는 라다크의 교훈에서 얻은 지혜와 통찰로 대안을 모색하며 '오래된 미래'를 기획하고 있다.

노르베리-호지의 '오래된 미래' 기획은 정치적·경제적 구조의 탈중심화와 공동체의 미덕을 되살리는 데 초점을 맞추고 있다. 중앙 집중화에 편중된 산업사회의 경제적 패러다임에서 한 걸음 물러나 지역경제를 활성화하고 다양화하며 공동체를 강화하는 방법을 모색하는 것, 이것이 노르베리-호지가 내세운 대안의 핵심 내용이다.

4. 재인 생각
— 노르베리-호지와 문재인이 말하는 균형,
상생발전과 공동번영의 새로운 시대로

헬레나 노르베리-호지는 무조건적인 개발 반대론자는 아니다. 그는 《오래된 미래》에서 라다크에도 개선의 여지가 있었다고 토로한다. 그러나 파괴를 동반하는 개발에는 단호한 반대 입장을 표한다. 그는 "사회적, 생태적 균형을 희생하지 않고도 생활수준을 높일 수 있다"고 확신한다. 그가 〈행복의 경제학〉에서 주장하는 것도 "세상의 밸런스를 찾자"는 것이다. 그가 말하는 '행복의 경제학'은 곧 지역화Localization로 요약할 수 있다. 두 개의 주장을 종합하자면 '지역화를 통해 세상의 밸런스를 찾자'는 선언적인 표현으로 요약할 수 있겠다.

문재인은 참여정부에서 주도했던 지방분권과 국가균형발전 정책의 중심에 있었던 인물이다. 18대 대선후보로서 정책을 발표하는 자리에서 "두 정책의 수준을 한 단계 더 끌어올리는 것을 확고한 정책 목표로 설정하고자" 한다고 선언했다. 양극화와 지역 간 불균형에 대한 문제의식에서 출발한 정책 선언이라고 볼 수 있다.

"(……) 성장의 이면에는 사회적 양극화와 지역 간 불균형이라는 두 가지 거대 모순이 감춰져 있습니다. 양극화는 이제 우리의 미래를 위협하는 가장 심각한 문제로까지 대두되었습니다. 지역 간 불균형 역시 수도권과 지방을 분열시키고, 지방의 자존감과 잠재력을 심대하게 훼손하고 있습니다. 더구나 저출산, 고령화가 지방에서 더욱 빠르고 광범하게 진행됨으로써, 이러한 불균형은 통제 불가능한 수준으로 확대되고 있는 중입니다.
(……) 우리는 '더 평등한 세상', '함께 잘사는 역동적 세상'을 건설하기 위해 사회적 양극화와 지역 간 불균형의 파국적 결과를 극복해야 합니다. 이를 위해 박정희 정권과 이명박 정권이 추구해온 국가주도 성장론, 선성장-후분배론, 불균형 성장론, 개발위주 성장론, 경쟁위주 성장론 등의 낡은 패러다임을 폐기해야 합니다. 그 대신 지역주도 성장론, 성장-분배 병행론, 균형 성장론, 친환경 성장론, 협력적 성장론과 같은 새로운 패러다임으로 시대교체를 이루어내야 합니다."

문재인은 "분권, 균형, 창조, 생태, 협동의 대안적 원리에 따라 상생 발전과 공동번영의 새로운 시대로 시대교체를 이루어내겠다"고 결의를 다졌다. 그가 말하는 '대안적 원리'는 노르베리-호지가 거듭 제시해온 대안과도 상당 부분 일치한다.

《오래된 미래》에서 얻은 영감, 지역화를 통한 공동체성 회복을 줄기차게 주장해온 헬레나 노르베리-호지의 메시지, 라다크 트레킹 여행에서의 경험적 성찰 등이 이러한 정책 구상을 하는 데 있어 윤리적이고 정의로운 이론적 토대가 되어주었음을 미루어 짐작할 수 있겠다.

한국 경제,
알면서도 왜 그랬을까?

《한국 경제의 미필적 고의》

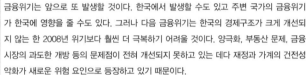

금융위기는 앞으로 또 발생할 것이다. 한국에서 발생할 수도 있고 주변 국가의 금융위기가 한국에 영향을 줄 수도 있다. 그러나 다음 금융위기는 한국의 경제구조가 크게 개선되지 않는 한 2008년 위기보다 훨씬 더 극복하기 어려울 것이다. 양극화, 부동산 문제, 금융시장의 과도한 개방 등의 문제점이 전혀 개선되지 못하고 있는 데다 재정과 가계의 건전성 악화가 새로운 위험 요인으로 등장하고 있기 때문이다.

정대영, 《한국 경제의 미필적 고의》에서

1. 2012년 대선의 희망을 찾아서

다음은 한 시사주간지에 실린 《한국 경제의 미필적 고의》라는 책에 대한 문재인의 추천 글 일부다.

이 책은 이명박 정부의 대표 경제정책 실패로 지적되는 수출 증대를 위한 고환율정책에 대해서도 통렬하게 비판한다. 우리 삶에 가장 큰 영향을 끼치는 대표적인 경제현상과 경제정책에 대한 이해와 관점을 갖게 해주는 좋은 책이어서 일독을 권해마지 않는다.

문재인이 노무현재단 이사장직을 맡고 있을 때 나온 추천 글이다. 그때도 문재인은 심각한 위기감과 우려 속에서 이명박 정권의 심각한 퇴행을 지켜보고 있었다. 그 때문에 더욱, 참여정부는 물론 현 정부의 정책 실패를 매섭게 질타한 이 책이 가슴에 와 닿았을 터였다.

문재인은 노무현재단 이사장직을 맡게 된 것도 운명으로 받아들였다. 사실 어쩔 수 없이 이어받은 자리였다. 초대 이사장이었던 한명숙 전 총리가 서울시장에 출마하면서 사퇴했기 때문이었다. 문재인은 한 전 총리에게 "굳이 사퇴할 필요가 없고 오히려 재단 이사장 직책을 가지고 출마하는 게 도움이 될 것"이라고 제안했다. 하지만 한 전 총리는 행여 재단에 부담을 줄지 모른다고 우려를 표하며 사퇴만류를 받아들이지 않았다. 문재인이 이어받을 수밖에 없는 상황이었다. 그는 담담한 어조로 이렇게 말한다.

"어떤 직책으로든 노무현재단에 관여하는 것은 나로서는 피할 수 없는 운명처럼 느껴진다."

재단 일을 하면서 문재인은 "노 대통령과 우리는 실패한 대통령, 실패한 정부라는 손가락질을 받으며 청와대를 떠났다"는 점을 상기한다. 한때는 그 회한 때문에 '우리가 바쳤던 노력이 과연 무엇을 위한 것이었는지, 모든 게 허망하다'는 생각마저 들었다.

"무엇이 문제였을까?"

"우리에게 부족한 것이 무엇이었을까?"

그는 차분하게 참여정부 5년을 성찰하고 복기하는 시간을 가졌다. 거기서 새로운 교훈을 찾아야 한다는 생각에서였다.

"휩쓸림이나 감정으로가 아니라, 냉정한 마음으로 성공과 좌절의 교훈을 얻어내야 한다. 그렇게 하지 않으면 참여정부 5년을 포함한 민주정부 10년은 그야말로 '잃어버린 10년'으로 전락하고 만다. 그럴 수는 없는 일이다."

2012년 대선의 희망을 말하기 전에 먼저 "우리 현주소를 살펴봐야 한다"는 게 문재인의 입장이었다. 그는 "참여정부 5년, 더 나아가 민주정부 10년의 좌절과 성공에서 우리의 역량과 한계를 따져보고 거기서 출발해야 한다"고 마음을 다졌다.

문재인은 이 책을 무릎을 치며 읽었다고 토로한다. 참여정부 시절을 돌아보고 현 정부의 역사적 퇴행을 직시하는 데 있어 이 책이 좋은 참고서가 되어주었음을 짐작하게 하는 대목이다.

2. 정대영
― 독일에서 보낸 네 번의 겨울

한국 경제의 미필적 고의? 제목이 좀 어렵다. '미필적 고의'의 사전적 정의는 이렇다.

행위자가 범죄 사실의 발생을 적극적으로 의도하지는 않았지만 자기의 행위가 어떤 범죄 결과의 발생 가능성이 있음을 알면서도 그 행위를 하는 의식.

법률 용어인 셈이다. 그래서 제목만 놓고 보면 행위자인 '한국 경제'에게 '미필적 고의'의 죄를 묻는 것으로 읽힐 수도 있다. 한국 경제가 무슨 잘못이라도 했단 말인가? 경제를 움직이는 세력에게 책임을 물어야 하지 않을까? 맞는 말이다. 저자 정대영도 그렇다고 말한다.

이토록 도발적이고 대담한 내용으로 정책당국자들을 매섭게 질타한 저자의 이력이 궁금할 법도 하다.

저자 정대영은 1955년생이다. 서울대 무역학과를 졸업하고, 1978년부터 한국은행에서 30년 넘게 근무했다. 은행들을 감독하고 기준금리를 조정하는 곳, 한국 경제에 가장 큰 영향을 미치는 정부기관이 바로 한국은행이다. 한국 경제의 최전선이라고 할 만한 기관이다. 저자는 이곳에서 30년 넘게 일했고, 독일 프랑크푸르트에서의 근무 경험도 있다.

독일은 현재 가장 뛰어난 경제적 성과를 자랑하는 국가 중 하나다. 그곳에서 저자는 세계 경제의 흐름을 두루 파악하는 기회를 가졌고, 그때의 다양한 경험은 이 책의 집필에 대한 의욕으로 이어졌다.

저자는 2007년 9월부터 독일에서 네 번의 겨울을 보내며 이 책을 집필하는 귀중한 시간을 가졌다고 전한다.

해외 근무는 국내에서 일할 때와는 달리 한국 경제를 한 발 떨어져 다른 나라 경제와 비교하면서 다양한 시각으로 볼 수 있는 기회가 되었다. 그리고 근무지였던 프랑크푸르트는 독일연방은행과 유럽중앙은행의 소재지일 뿐 아니라 국제결제은행BIS이 위치한 스위스 바젤과 멀지 않아 다양한 국제금융계 인사와 접촉할 기회가 많았고, 이를 통해 세계 경제에 관한 값진 정보와 경험을 얻을 수 있었다. 또한 2008년 세계 금융위기를 겪으며 시장의 평가가 극적으로 바뀐 독일 경제를 좀 더 많이 알 수 있는 기회이기도 했다.

정대영은 한국금융연수원 교수, 한국은행 금융안정분석국장, 한국은행 프랑크푸르트 사무소장 등을 역임했고, 현재 한국은행 인재개발원 주임교수로 재직 중이다. 이쯤 되면 실물과 이론을 두루 겸비한 경제전문가임을 자처해도 다들 고개를 끄덕일 법하다.

전문적 식견을 두루 갖췄으면서도 저자는 이념적 주장이나 이론에 의지하지 않고, 일반적 상식과 다양한 국내외 사례들, 간단한 통계를 들어 되도록 쉽게 읽힐 수 있는 글쓰기를 시도했다. 이 책이 지닌 가장 큰 미덕이기도 하다.

3.《한국 경제의 미필적 고의》
― 정책당국자들과 정치권의 잘못이 크다

《한국 경제의 미필적 고의》는 잘못된 방향으로 흘러온 한국 경제의 전반적인 상황에 대한 저자의 문제의식에서 출발했다. 저자는 우리나라 경제의 구조적인 문제가 계속 나빠지고 있다고 진단한다. 2008년 금융위기 이후 물가 상승 요인이 겹치면서 중산층과 저소득층의 경제적 고통이 가중되었다. 왜 이런 문제가 생긴 걸까? 저자의 고민이 깊어졌고 의문부호가 늘어갔다.

이른바 성장론자라고 불리는 이들의 주장대로 금리를 인하하고 환율을 인상하면 한국 경제가 지속적으로 성장해 선진국의 반열에 오를 수 있을까? 수출이 잘되고 기업의 수익성도 좋다는데, 괜찮은 일자리를 찾기는 왜 이리 어려운가? 한국의 금융기관은 겉으로 대단해 보이는데, 무엇 때문에 금융산업이 낙후되었다는 말이 나올까? 한국은 두 번의 금융위기를 성공적으로 극복했다고 하는데, 국민 대다수 삶이 더 어려워진 이유는 무엇일까? 집값, 전셋값 등 부동산 문제는 그 누구도 해결할 수 없는 것일까?

저자는 계속되는 의문에 대한 답을 찾아가면서 마침내 결론에 도달한다. "많은 잘못된 원인이 복합적으로 나타나는 거지만 가장 큰 것은 정책당국자나 정치권에서 쉽고 반짝 효과만 있거나 기득권의 이익을 지키는 정책을 주로 선택하고 추진했기 때문"이라는 것. 따라서 저자는 이 책에서 정책당국자들과 정치권의 미필적 고의를 문제 삼고 있는 것이다. 그러므로 미필적 고의로 한국 경제에 위해를 가한 정책당국자들과 정치권 인사들은 이 책을 읽을 때 '양심의 감옥'에 들어갈 준비를 단단히 하시는 게 좋겠다.

《한국 경제의 미필적 고의》가 말하는 다섯 가지 테마는 성장과 안정, 일자리, 금융산업, 금융위기, 부동산이다. 특히 '누가 진정한 성장론자인가?'를 따져 묻는다.

누가 진정한 성장론자인가?

제1장에서는 국민 경제의 3대 축인 성장, 분배, 안정 중에서 성장과 안정의 문제를 다루는데, 정대영은 성장론자를 자처하는 자들이 추구하는 정책은 실제 성장정책과 완전히 다르다고 말한다. 그런 정책들로는 성장을 유인하기가 힘들다는 지적이다.

> 성장론자는 국내 생산, 즉 국민소득의 증가를 정책 목표로 한다는 점에서 경제성장을 지향한다고 볼 수 있다. 그러나 통상 선호하는 정책 수단인 금리 인하, 감세, 재정지출 확대, 환율 인상 등으로 자본, 노동, 기술 수준을 바꾼다는 것은 상식적으로 생각해도 쉽지 않아 보인다. 만약 금리 인하, 재정 적자 지속, 환율 인상 등의 정책 수단으로 자본 축적이 빨라지고 노동인구가 늘어나며 근로자의 숙련도가 개선되거나 기술 향상이 촉진되어 지속적인 경제성장이 가능하다면 아마 세계에서 저개발국으로 남아 있을 나라는 없을 것이다. 이러한 정책 수단은 약간의 거시경제학 지식만 있어도 큰 어려움 없이 사용할 수 있기 때문이다.

경제성장은 자본, 노동, 기술에 따라 결정된다는 게 일반적인 상식이다. 자본 총량이 늘어나고 노동이 늘어야 하며, 가용노동력도 증가하고 자본·노동과 결합된 기술력까지 함께 발전해야 비로소 성장의 길로 나아갈 수 있다. 저자도 이 점에 주목하고 있다.

아주 대표적인 주류경제학 교과서인 맨큐의 경제학 교과서를 보면 맨 뒤에 "이 세 가지를 증가시키지 않고 성장할 수 있는 길은 없다", 이렇게 얘기하고 있다. 성장정책은 이 세 가지와 관련된 모든 정책이다. 그러니까 국가의 모든 정책을 총괄하는 개념이어야 한다. 조세, 금융, 노동, 복지, 농업정책 등 거의 모든 정책이 다 성장정책에 속한다. 따라서 진정한 성장론자는 금리 인하, 환율 인상 같은 손쉬운 정책에 매달리는 사람이 아니라 이러한 정책 추진에 심혈을 기울이는 사람, 이들이야말로 진정한 성장론자다.

성장론자라 불리는 이들이 추구하는 정책으로는 경제 성장 목표를 이루기 힘들고, 잘못하면 오히려 국민경제에 부작용만을 남길 수 있다고 저자는 말한다. 그는 당신이 '진정한' 성장론자라면 금리, 환율, 재정 등의 거시정책에만 매달리지 말라고 주문한다. "성장의 결정 요인인 자본 총량과 가용 노동량 확대, 기술혁신을 위한 법과 제도, 관행 개선에 심혈을 기울이라는 것". 그러면서 이른바 성장론자들에게 보다 구체적인 대안을 제시해준다.

성장론자는 생산적인 투자를 촉진하기 위해 세제를 개혁하고, 국내 저축률을 높이고 외자를 유치하기 위한 제도를 개선하며, 여성 인력의 활용도를 높여 전체 가용 노동 인력을 확대하고, 과학기술을 육성하기 위해 교육 개혁을 시행하며, 농업과 금융산업 등의 경쟁력을 높이기 위한 정책 등을 적극적으로 추진하는 사람이어야 하는 것이다.

일자리 부족은 투자 부진 때문인가?

제2장에서는 '일자리 부족은 투자 부진 때문인가?'라는 의문에 대한 답과 대안을 찾아 나선다. 결론부터 말하면 일자리 부족 현상은 결코 투자 부족 때문이 아니라는 게 저자의 진단이다.

한국은 투자 규모가 다른 나라보다 장기간 높은 수준을 지속하고 있어 부문 간 불균형은 있을지 몰라도 전체적으로 투자가 부족한 상황은 아니다. 특히 건설투자는 여러 분야에서 과다 투자의 징후가 나타나고 있다. 이는 한국에서 실업 문제의 가장 큰 원인을 투자 부진에서 찾아서는 안 된다는 사실을 보여준다. 이제는 그동안의 고정관념에서 벗어나 다른 답을 찾아 야 할 시점이다.

저자는 취업난의 원인을 한국 경제의 구조적인 변화에서 찾고 있다. 경제 규모가 커지면서 산업구조가 고도화되고 기업경쟁력을 강화하는 과정에서 일자리 창출력이 저하되었다는 것이다. 그럼에도 역대 정부에서는 '일자리 부족이 투자 부진 때문'이라는 잘못된 판단으로 투자 확대 정책에 올인함으로써 오히려 취업난을 가중시켰다며 정부의 실책을 질타한다.

강도의 차이만 있을 뿐 역대 정부에서는 대부분 일자리를 창출하기 위해 투기 조장에 가까운 주택 경기 부양책을 쓰거나 환경 파괴를 무릅쓰고 대규모 토목공사를 시행했으며, 기업의 불법과 탈법 행위를 용인하면서까지 기업의 투자 확대를 요청하기도 했다. 그런데도 고용 상황은 국민 모두가 느끼듯이 계속 나빠지고 있다.

저자는 "일자리 부족과 함께 비정규직 문제와 같은 고용의 질이 문제가 되고 있는 상황에서 단순한 투자 확대는 실업 문제의 근본적인 해결 방안이 될 수 없다"며 나름의 대안을 제시한다. 그의 대안은 다음 세 가지로 요약된다.

첫째는 경제정책의 제1목표를 일자리 창출로 전환하고, 주요 정책에 대한 일자리 영향 평가를 해야 한다는 것이다.

일자리 창출을 가장 중요한 목표로 설정하고, 경제정책 추진 역량을 여기에 집중해야 한다는 충고다. 또 이러한 정책 목표가 말이나 구호에 그치지 않고 실제 정책 추진 결과에 제대로 반영되는지 점검하는 노력도 뒷받침되어야 한다고 강조한다.

둘째로는 일자리 창출을 저해하는 법과 제도를 개선하는 것이다.

정상적인 경제라면 경제 발전과 사회의 필요에 따라 새로운 일자리가 꾸준히 창출되어야 한다. 그런데 어떤 일자리는 사회적 수요가 충분한데도 법과 제도의 미비, 기득권자의 로비 등으로 막혀버리는 경우가 있다는 것이다. 또 선진국이나 주변 국가들에는 괜찮은 일자리로 자리 잡고 있으나 한국에는 없는 새로운 일자리에 대한 폭넓은 조사가 이뤄져야 하며, 아직 한국에 이런 일자리가 없는 이유가 수요 부족 때문인지 법과 제도의 문제인지 연구와 대응이 필요하다는 점도 빼놓지 않고 지적한다.

셋째는 사회안전망을 확충하고 노동시장 구조를 개선하는 것이다.

저자는 실업급여를 중심으로 한 사회안전망 확충을 모든 과제 해결에 도움이 되는 정책 대안으로 앞세운다. "실업급여 재원과 관련하여 기업과 근로자 부담뿐 아니라 재정 지원까지 고려해야 할 때"라며 정책 마련의 시급함을 강조하고 있는 것이다. 그는 "실업급여 등 사회안전망 확충은 단순한 사회복지 차원만이 아니라 성장과 일자리 창출을 위한 정책으로서 중요한 의미가 있으며, 웬만한 사회간접자본 투자보다 정책 효과도 훨씬 클 것"이라며 정책의 우선순위를 넌지시 암시한다.

한국 금융은 제 역할을 못 하고 있다

이 책《한국 경제의 미필적 고의》의 진가는 국내외의 실물 경제 흐름을 정확히 파악하고 있는 원숙한 경제금융전문가가 내놓은 정책 대안들에서 발휘된다. 특히 금융산업의 문제점을 짚고 있는 제3장에서 저자는 한국 금융의 전반적인 문제점들을 훑어가며 정책 진단과 평가, 대안을 풀어놓는다.

한국 금융은 제 역할을 못 하고 있다.

저자가 내린 단적인 평가다. 가장 중요한 금융위부터 제 기능을 발휘하지 못하고 있다고 질타한다.

금융위의 기능은 그리 어려운 게 아니다. 자금이 필요한 사람, 돈이 절실한 사람에게 자금 융통을 해주는 것이다. 그런데 우리나라에서는 신용등급이 나쁜 사람, 담보가 없는 영세한 중소기업, 담보 없는 신설 기업이 대출받기가 굉장히 힘들다. 금융위가 제 역할을 못 하기 때문이다.

저자는 한국 금융산업에는 세계에서 의미 있는 역할을 하는 기관이 없다며 탄식한다.

"굉장히 낙후된 거다. 창피할 정도다."

그렇다면 한국 금융이 낙후성을 벗어나지 못하고 있는 원인은 뭘까? 3장은 이 의문에 대한 답과 함께 대안을 모색하는 데 중점을 두고 있다.

금융산업 발전을 위해 정부에서 추진해온 방안은 대형화, 주인 만들기, 동북아 금융허브 전략, 국제적인 투자은행 육성 등 네 가지로 정리

된다. 저자는 이 정책들이 모두 잘못되었다며 조목조목 비판한다. 특히 합병을 통한 은행 대형화는 세계 금융위기 같은 재앙으로 이어질 수 있다며 경계의 시선을 보낸다.

합병 등으로 대형화된 금융기관이 위험관리 실패, 외부 충격 등으로 도산할 경우에는 한국 경제가 감당하기 어려운 재앙이 닥칠 수 있다. KB금융지주, 우리지주, 신한지주 등 국내 대형 금융기관의 자산 규모는 2010년에 이미 한국의 1년 예산 규모인 300조 원을 넘었다. 또한 이러한 금융기관이 합병 등으로 덩치가 더 커지면 한국의 1년 GDP(1,100조 원) 절반, 또 그 이상에 이를 수 있다. (……) 언젠가 한국의 대형 금융기관도 도산할 수 있다. 그리고 이때 한국 대형 금융기관의 도산이 국내에 주는 피해는 (……) 국제화된 대형 은행이 해당국에 주는 피해보다 훨씬 클 수 있다. 한국의 대형 금융기관은 영업의 95퍼센트 이상이 국내에 집중되어 있어 도산의 피해가 고스란히 국내에 남기 때문이다.

잘못된 정책에도 원인이 있지만, 한국 금융산업이 낙후한 '진짜 이유'가 있다고 저자는 말한다. 한국 금융산업이 경쟁력도 없고 국제화도 제대로 이루어지지 않은 진짜 이유. 그것은 한마디로 '금융산업의 과보호'다. 국내 시장, 그것도 부동산 담보대출 등 땅 짚고 헤엄치기 식의 영업에 안주하면서도 좋은 실적을 낼 수 있도록 정부가 신규 설립 제한 등으로 금융산업을 과보호했기 때문이라는 것이다.

실제로 정부는 은행, 증권, 보험뿐 아니라 상호저축은행 등에도 신규 진입을 엄격히 통제해왔다. 그 결과 한국에는 1997년 이후 새로 설립된 은행이나 상호저축은행이 없다. 그 때문에 순자산 가치가 마이너스로 떨어진 지방의 상호저축은행 가격이 2000년대 중반 100억 원 이상 호가하는 이상 현상이 벌어지기도 했다.

선진국에서는 법규에 따라 정해진 설립 요건을 갖춰 신청만 하면 특별한 이유가 없는 한 은행 설립을 허용해준다. 국민, 신한, 우리 등 국내의 대표적인 은행들도 이런 과정을 거쳐 미국, 유럽, 중국, 홍콩 등지에 현지 법인을 설립해 영업을 하고 있다. 저자는 이 점을 사례로 들며, 한국처럼 금융기관 설립 기준이 불투명할 뿐 아니라 정책 당국이 자의적으로 금융기관 신규 설립을 금지하는 나라는 후진국 아니면 찾아보기 어렵다고 일갈한다.

책을 출간한 뒤 한 포럼에 초대된 저자는 "왜 신규 은행 설립을 허용하지 않는지 도무지 이해할 수 없다"며 혀를 내두른다. 그가 보기에 국내 은행들은 경쟁 없는 경쟁 속에서 아주 편한 영업을 하고 있다. 국민은행, 신한은행, 하나은행 등이 서로를 견제하며 경쟁을 벌이고 있는 것 같지만, 그건 경쟁이 아니라며 은행들에도 비판의 시선을 날린다. 포럼 현장에서 저자는 단언하듯 말한다.

"그것은 진정한 경쟁이 아니다. 신규 진입의 자유가 없다면 경쟁도 없는 것이다."

저자가 제시하는 대안도 이 부분에 초점을 맞추고 있다. 금융기관

신규 설립을 단계적으로 자유화하라는 것이다. 너무도 당연한 거지만 추진하게 되면 엄청난 반대에 부딪칠 거라는 예상도 덧붙인다. 그가 포럼 현장에서 말한 내용을 정리해 옮겨본다.

은행들은 길길이 반대할 것이다. 당연하다. 몇 명이 잘 먹고 있는데 누군가 막 숟가락 들고 쫓아오면 싫은 거 아니겠나. 길길이 반대할 게 뻔하고, 금융당국도 귀찮아 할 거다. 얼마나 귀찮겠는가? 지금 상호저축은행도 귀찮은데, 은행들이 막 생기면 신경 쓸 일이 얼마나 많겠나? 국민들도 마땅찮아 할 것이다. 은행이 많이 생기면 분명 망하는 곳이 나오기 때문이다. 그건 당연한 거다. 시장 진입이 있으면 퇴출도 있어야 한다. 그게 없다면 자본주의는 썩게 마련이다. 특히 금융기관들은 망할 수 있다는 생각을 갖고 있어야 위험관리를 잘한다. 우리 외환위기가 왜 왔나? 그때까진 우리 은행들이 망할 수 있다는 생각을 하지 못했다. 아마 그게 가장 큰 원인 중 하나일 거다. 위험관리를 안 해서 그런 거다.

두 번의 금융위기와 한국의 부동산

제4장에서는 1997년과 2008년에 발생한 두 번의 금융위기를 다룬다. 먼저 외환위기, 은행위기 등 금융위기에 대한 이해를 넓히고, 왜 금융위기가 계속 발생하는지 원인을 짚어준다. 저자는 1997년 금융위기 이후 한국 경제의 달라진 면모를 긍정적인 면과 부정적인 면으로 나눠 분석한다. 가장 부정적인 면은 무엇보다 양극화다. 그중 기업 부

문과 가계 부문의 성장 및 소득 격차가 구조적이고 심각한 상태라는 점을 부각시킨다.

제5장에서는 부동산이 한국 경제에 미친 해악과 부동산 정책의 실패 원인을 짚고, 위기에 처한 부동산 시장을 정상화하기 위한 방안 네 가지를 제시한다. 먼저 부동산 정책의 근본적 전환이 필요하다고 주장한다. 그리고 보유세와 양도소득세의 합리화, 세입자 보호와 임대 소득에 대한 과세 강화, 부동산 관련 통계 확충과 신뢰성 제고 등의 정책을 통해 부동산 시장을 안정화시켜야 한다고 말한다.

4. 재인 생각

— 금융산업에 대한 문재인의 정책 비전,
금융 자본과 산업 자본은 분리되어야 한다

문재인이 펴낸 《사람이 먼저다》에 제시된 정책 비전을 보면 《한국 경제의 미필적 고의》에 나온 정대영의 대안들에서 많은 힌트를 얻고 있음을 발견할 수 있다. 특히 한국 금융산업에 대한 문재인의 문제의식과 정책 대안은 정대영의 의견과 대부분 일치한다.

문재인은 글로벌 장기 불황이 현실화되면 우리나라는 다른 나라들에 비해 충격파가 클 것으로 우려한다. 그 이유로 가계부채 부담이 늘고 있는 점을 지적한다. "2008년 이후로 미국과 영국의 가계부채는 줄어드는 추세인데 우리나라는 반대로 늘어나고 있다"는 것이다. 또 금융산업에 재벌이 대거 진출해 독과점이 심각해지면서 공정한 경쟁 질서를 해치고 있는 것도 큰 문제점으로 지적한다. "이러한 추세가 이어진다면 건전한 시장 질서를 저해하는 것은 물론이고 경제력 집중에 따른 폐해도 생길 거"라는 우려다.

문재인은 또 대기업과 금융기관의 책임 문제도 거론한다.

"우리 금융산업이 가진 또 한 가지의 문제점은, 경제 상황이 좋을 때는 그 과실의 대부분을 대기업과 금융기관이 차지하는 반면에 경제 상황이 나쁠 때는 그 피해가 중산층과 서민에게 전가된다는 것입니다. 부실 저축은행의 퇴출과 위험 수위에 이른 가계부채로 가장 큰 어려움을 겪고 있는 것은 개인입니다. 대형 금융기관들이 부실해질 경우에는 국민의 세금으로 조성한 막대한 공적자금을 투입했지만, 이렇게 해서 살아난 금융기관들은 서민금융 서비스는 외면하고 수익성만을 쫓아서 대기업과 부자 위주의 금융 서비스에만 몰두하고 있습니다."

문재인도 정대영이 말한 '금융위의 역할 부재'에 대한 문제의식을 공유하고 있음을 말해주는 지적이다. 그는 또 금융기관이 사회적인 공공성을 확보하고, 이를 위해 감독 기관이 사회적 책임을 갖고 감독 기능을 더욱 엄정하게 수행하게 할 제도적 장치 마련을 서둘러야 한다고 주장한다. "대형 금융기관이 시장지배력을 이용해서 담합과 같은 불공정 행위로 소비자에게 피해를 끼치지 못하도록 감독기관을 통한 단속과 처벌을 강화해야" 한다고 말하는 문재인의 어조에서 단호한 의지가 엿보인다.

"지금까지는 금융 감독 기관의 기능이 건전성에 맞춰져 있었죠. 이제는 금융 소비자의 보호 역시도 주요한 업무에 포함시켜야 합니다. 많은 사람들이 높은 대출금리와 연체금리 때문에 빚의 늪에서 헤어나지 못하고 있습니다. 불법 추심이나 살인적인 고금리 때문에 극단적인 선택을 하는 사람들도 있습니다. 이제는 금융의 횡포로부터 소비자를 보호하기 위한 더욱 적극적인 장치가 필요합니다. 금융소비자를 보호하기 위한 별도의 기구를 만들어서 현재의 감독기관을 견제하고 균형을 맞추는 방안도 고려할 수 있습니다."

문재인은 금산분리와 은행 대형화 문제에 대해서도 자신의 입장을 명확하게 정리해 보인다. 그는 금융기관의 건전성과 공정성을 위해 금융 자본과 산업 자본이 분리되어야 한다는 점을 분명히 한다. 이명박 정부에서 추진한 '금산분리 완화'와는 완전히 다른 입장을 보이고 있는 것이다. 정부의 은행 대형화 정책에도 반대의사를 밝히고 있다.

"이른바 '메가뱅크'론을 앞세워서 이명박 정부의 낙하산 인사들이 경영진으로 포진한 산업은행지주와 우리금융지주 역시도 민영화 추진을 전면적으로 재검토해야 합니다. 성급한 은행의 대형화는 앞서 발생했던 미국과 유럽의 금융위기와 같은 사태를 몰고 올 수 있기 때문입니다. 이들 두 금융기관을 중소기업들에게 특화된 금융 그룹으로 육성하는 방안도 진지하게 검토해봐야 할 것입니다."

혼돈의 경제, 분노의 정치!
그래도 아직 희망이 있다

《위기는 왜 반복되는가》
After Shock

수십 년 전, 한 거인 정령이 미국 상공에 나타나 이 나라를 끔찍한 양자택일의 기로에 세워두었다고 상상해보자.

"지금의 경제 상태를 유지하면서 그대로 밀고 나가는 거야……. 아니면 이런 추측을 해볼 수도 있겠군! 다음 세기가 시작되면 당신네들 가운데 몇몇은 엄청난 부자가 될 거야. 대다수는 구매력이 늘어나고, 경제도 팽창되겠지. 하지만 그게 다는 아닐걸. (정령은 낄낄대며 웃는다.) 그 이면이 있을 테니 말이야. 고용 안정은 빈말이 되고, 수입도 예측할 수 없게 되며, 빈부의 차가 더 벌어지고, (……) 당신네 사회는 박살이 나고 말 거야. 전보다 훨씬 많이 일하면서 남는 시간은 점점 줄어들 거야. (……) 선택은 당신네들이 하시길!"

로버트 라이시, 《완전한 미래》에서

1. 행동하는 지성 로버트 라이시의 변화

로버트 라이시Robert B. Reich는 미국의 대표적인 정치경제 지도자이자 사회 사상가다. '미국의 저력', '행동하는 지성', '비판적 지성' 등 그를 말할 때 따라붙는 존경 어린 수식어가 진보적인 경치경제학자로 명망 높은 라이시의 존재감을 단적으로 말해준다.

라이시는 영국 옥스퍼드대학에서 정치학과 경제학을 전공하고 미국 예일 법대에서 박사 학위를 받았다. 그 뒤 하버드대학 정치경제학 교수를 역임했으며, 현재 UC버클리대학 공공정책 대학원 교수로 재직

중이다. 클린턴 행정부에서 노동부 장관을 지냈으며 오바마 대통령의 경제자문위원을 맡기도 했다.

미국적인 주류 엘리트 코스를 밟아온 라이시는 미국 사회를 분석한 여러 가지 책들을 펴내며 신경제의 주창자로 이름을 날렸다. 미국의 중산층 몰락, 빈익빈 부익부 심화, 전반적인 삶의 불안정화를 지적한 《국가의 일The Work of Nations》, 《부유한 노예The Future of Success》, 《슈퍼 자본주의Supercapitalism》 등의 책들은 한국의 독자들에게도 널리 알려진 명저다.

진보적인 학자로 세계적인 유명세를 타고 있지만, 라이시는 자신이 저술한 책들에서 사회·경제적 병폐의 근본 원인을 기술 결정론 또는 세계화 운명론의 관점에서 기술함으로써 한계를 드러내곤 했다. 날로 심각해지는 소득 불평등과 삶의 불안정성의 원인을 그는 정보 기술 확산과 결합된 글로벌 아웃소싱에서 찾았다. 이른바 기술 결정론적 시각이다. 월마트 자본주의와 주주 자본주의를 '난공불락'의 '슈퍼' 자본주의라고 규정한 그의 책 《슈퍼 자본주의》에도 무기력한 운명론의 유령이 그늘져 있다. 그래서 그는 월마트 자본주의와 주주 자본주의를 날카롭게 비판하면서도 그 모든 게 정보 기술과 세계화라는 불가항력의 흐름에 의해 발생한 까닭에 어쩔 수 없지 않느냐는 투의 소극적 대안을 제시해온 게 사실이다.

그러던 로버트 라이시가 보다 과감하고 혁신적인 주장과 대안으로 무장한 《위기는 왜 반복되는가》를 들고 나와 '비판적 지성'으로서의 정체성을 우뚝 세웠다. 이 책에선 라이시의 이전 저작들에서 엿보이던 결정론과 운명론의 그늘이 말끔히 사라졌다. 소득 불평등과 삶의 불안 정성의 원인을 짚어내는 지점도 기존과는 확연히 다르다.

2. 번영이냐 쇠락이냐, 여기 9가지 길이 있다

오늘날 중산층 몰락과 빈부 격차 심화를 불러온 근본적인 원인은 어디에 있을까? 라이시는 레이건에서 부시에 이르는 공화당 정부가 취한 '자유 시장' 이념과 정책, 즉 공기업 민영화, 노동조합 파괴, 최저임금제 하락, 사회보장 축소, 노동시장 보호 규제와 금융시장 규제 폐지 등과 같은 정치경제적 변화에 그 원인이 있다고 지적한다. 2008년 서브프라임 금융위기가 발생한 것도 이러한 변화 때문이었다고 그는 말한다.

라이시의 새로운 관점은 1947년에서 1975년에 이르는 약 30년간의 '대번영'의 시기가 어떻게 도래했는지 설명하는 방식에서도 분명하게 드러난다. 라이시는 루스벨트 시기에 시작되어 아이젠하워, 케네디, 존슨, 그리고 닉슨 정부에 이르기까지 민주, 공화당을 막론하고 지속된 '뉴딜 동맹', 즉 케인스 경제학과 결합된 정부 개입의 복지국가야말로 대번영을 가능케 했던 정치경제적 토대였음을 역설한다.

이 시기에 미국 연방정부는 노동조합의 권리와 협상력을 크게 강화시켰다. 사회보장제도와 사회안전망도 확보하여 사회불안 요소를 걷어냈다. 정부의 교육 관련 투자도 적극적이었다. 이 시기에 공립대학

주립대학 숫자와 정원이 늘었고, 낮게 규제한 등록금 정책에 의해 대학 입학생도 크게 늘었다. 그 결과 중산층이 두텁게 형성되면서 소득 불평등이 크게 완화되었고, 노동 생산성도 눈에 띄게 성장했다. 생산성 향상과 소득 증가는 고스란히 구매력 증가로 이어지며 장기간에 걸친 경제 성장과 번영을 이끄는 동력으로 작용했다.

그런데 정부는 여기에 들어가는 비용을 어떻게 마련했을까? 정부가 지출한 비용의 상당 부분은 상류층으로부터 징수한 세금으로 충당되었다. 당시 고소득층에 부과된 소득세율을 현 수준과 비교해보면 그 격차에 입이 딱 벌어질 정도다.

당시 미국 상류층에게 적용되는 소득세율은 제2차 세계대전 기간과 비슷한 수준으로 유지되었다. 전쟁 기간 소득 상위층에 대한 한계세율은 79~94퍼센트였다. 그 누구에게도 급진파라고 불리지 않을 법한 아이젠하워 대통령의 임기였던 1950년대에 이 한계세율은 91퍼센트였다. 1964년 이 수치는 77퍼센트로 떨어졌다가 조금 올랐고, 닉슨이 대통령에 취임한 1969년 다시 77퍼센트가 되었다.

이처럼 대번영 시기의 고소득자들은 모든 가능한 공제액을 적용하고도 소득의 반이 훌쩍 넘는 금액을 연방세로 납부해야 했다. 보수주의자들은 이런 고율의 세금이 경제 성장을 저해했다고 주장한다. 라이시는 그렇지 않다고 반박한다. 오히려 고세율이 경제 성장의 견인차였다는 주장이다. 그의 말대로, 당시 정부는 이 세금을 더 많은 중산층이

번영을 누리도록 하는 데 투자했고, 이는 다시 미국 사회의 경제 성장의 기본 토대가 되었다. 고율의 세금을 통해 경제 성장의 선순환을 이끌어낸 것이다.

전후 30년간 대번영을 가능케 했던 이러한 경제 구조는 1929년 닥친 공황 이전에 존재하던 것과는 근본적으로 달랐다. 그런데 흥미로운 점은, 이런 경제 구조 속에서도 상류층을 포함하여 국민들 거의 모두가 이익을 얻었다는 사실이다. 그런데 어떻게 이런 혁명적 수준의 고세율 징수가 가능했던 걸까? 전반적인 국민적 지지는 물론, 무엇보다 상류층의 자발적 동참이 없었다면 그저 유토피아적 공상 수준에 그치고 말았을 것이다. 라이시도 정부의 새로운 역할에 대한 국민적인 지지 없이는 불가능했을 거라고 말한다. 이러한 국민적 공감대가 형성될 수 있었던 배경에는 대공황과 제2차 세계대전이라는 세계사적 비극이 자리하고 있다.

이들 사건 이후에 미국인들은 보다 커다란 공동의 목표의식을 공유하게 되었기 때문이다. '우리 모두가 한배를 타고 있으므로 흥망의 운명을 함께 할 수밖에 없으며 모두가 서로 연결되어 있다'는 의식이 생겨난 것이다. 번영이 폭넓게 공유되지 않으면 어느 누구도 풍요로워질 수 없다는 의식 말이다.

대번영의 시계추를 움직인 것은 "우리 모두 한배를 타고 있다"는 공동체적 공감대였던 셈이다.

그러나 30년간 유지되던 이 번영의 시계추는 쇠락의 방향으로 기울고 만다. 클린턴 정부 시절 노동부 장관으로 재임하던 라이시는 미국의 많은 지역을 돌아다니며 불황과 쇠락의 징후를 도처에서 목격했다. 예전보다 더 열심히 일하는데도 경제적으로 더 불안정해진 수많은 가정의 모습이 자주 눈에 띄었다. 번영의 시계추가 대공황 직전과 유사한 상황으로 방향을 돌려버린 것이다. 라이시는 사실상 이러한 방향 전환은 1970년대 말부터 시작되었고, 1980년대와 1990년, 그리고 2000년대로 오면서 한층 가속화되었다고 진단한다.

경제는 계속 발전하고 일자리는 차고 넘치는데도 중산층의 소득은 더 이상 증가하지 않았다. 반면 경제 성장의 달콤한 열매는 대부분 다시 상류층으로 집중되기 시작했다.

라이시는 경제 성장에 따른 혜택과 보상이 균형을 잃어버렸기 때문이라고 지적한다.

대번영 시기에는 기본 합의가 견고하게 유지되었기에 근로자들의 소득은 그들이 생산해내는 양과 보조를 맞추었다. 실질적으로 중산층에게 돌아가는 경제 성장의 혜택과 보상도 점점 증가했다. 그러나 어느 시점에서부턴가 균형은 무너지고 두 수레바퀴는 어긋나면서 돌아가기 시작했다. 시간당 생산량은 계속 증가했지만, 시간당 실질소득은 그 속도에 맞춰 증가하지 못하고 뒤로 처진 것이다.

라이시는 이 점에 의문을 품었다.

"경제 성장이 가져온 결과물의 많은 부분이 상위의 소수 그룹에게 돌아가고 나머지 대부분의 국민은 그 혜택을 누리지 못하는 이런 상황에 대해 왜 제대로 된 조치가 취해지지 못했을까?"

라이시는 정부가 대번영 시기처럼 다양한 정책을 시행하여 기본 합의를 강제했어야 했다고 주장한다. 하지만 정부는 그의 주장과는 반대 방향으로 나아갔다.

1970년대 말부터 30여 년간 정부는 각종 규제를 해제하고 많은 사업을 민영화했다. 공립 고등교육 기관의 교육비를 인상했고, 취업교육 프로그램을 축소했고, 대중교통 수단 확충에 소홀했고, 교각과 항만과 고속도로가 무너지게 놔두었고, 사회안전망을 약화시켰다. 자녀를 둔 실직 가정에 대한 지원을 축소하고, 실업수당의 혜택을 받을 수 있는 자격을 엄격하게 강화했다.

정부는 또 상류층의 소득세율을 현저하게 낮췄다. 대번영 시기 70~90퍼센트였던 상류층 소득세율은 미국 공화당의 레이건 및 부시 행정부 시절에 30퍼센트대로 떨어졌다. 이들 정부는 사회안전망과 노동조합, 최저임금제를 파괴하고, 금융시장 규제를 대폭 완화하여 상류층 금융 자산가들에게 엄청난 투자 수익의 기회를 안겨주었다. 그렇게 대번영의 시대는 막을 내리고 말았다.

대번영의 시대가 끝나고 뉴딜 동맹이 해체된 것은, 라이시가 전에 말했던 것처럼 정보기술 또는 세계화에 따른 결과가 아니었던 것이다. 1980~1990년대에도 경제는 계속 발전했다. 정보기술과 세계화가 성장의 동력이었다. 그러나 그 성장의 열매는 대부분 상류층으로 집중되었다.

그렇다면 빈부 격차 심화 및 중산층 몰락의 근원적 원인은 어디에 있을까? 라이시는 그것은 결국 권력과 관련이 있다고 꼬집는다. 큰 정부를 배격하고 작은 정부와 큰 시장이라는 논리를 주장한 레이건과 마거릿 대처, 밀턴 프리드먼과 앨런 그린스펀의 자유시장주의자들이 정치권력을 장악한 것이 대번영 시대의 종식을 불러왔다고 본 것이다.

라이시가 노동부 장관을 지냈던 클린턴 정부마저도 뉴딜 동맹 시대의 복지국가를 복원하려는 노력을 기울이지 않았다. 라이시는 자유시장주의자인 앨런 그린스펀과 유사한 인물들이 클린턴 정부의 핵심 경제정책을 이끌었음을 강하게 비판한다. 그러면서 이른바 68세대의 책임론도 제기하고 나선다. 1950~1960년대 대번영의 시대에 태어나 베이비붐 세대68세대가 부모 세대의 거대한 자유시장 실패대공황와 공동체적 고난전쟁의 뼈저린 교훈을 잊은 채 개인주의 성향에 빠져든 것이 결국 정치권력 변화에 도움을 준 꼴이 되고 말았다고 비판한 것이다.

한편 2008년 여름, 투자은행 리먼 브라더스의 파산과 함께 본격화된 미국발 금융위기가 전 세계 경제를 연쇄적인 충격으로 몰아갔다. 특히 미국 경제는 1930년대 이래 최악의 금융시장 패닉과 신용 경색으로 파국적 시장 상황을 맞았다. 이는 어쩌면 다시 시계추를 번영의 방향으로 돌려놓을 수 있는 절호의 기회였을지도 모른다. 그러나 이 시계추를 쥐고 있는 자들은 파국을 불러온 금융세력에 지원을 집중함으로써 절호의 기회를 날려버렸다.

부시는 "툭하면 정부에 의존하려 드는 도덕적 해이 문제를 일으킬 수 있으므로, 도움을 필요로 하는 가난한 저소득층을 정부가 도와줘선 안 된다"며 정부의 개입과 지원을 강력히 반대해온 신자유주의자다. 그러던 부시가 세계 최대 투자은행과 상업은행, 보험회사 들을 향한 구제금융 지원에는 전도사 역할을 자임했다. 부시는 "이런 구제책을 실시하지 않으면 우리 경제는 끔찍한 대가와 희생을 치러야 할지도 모른다"며 국민의 이해를 구했다. 위기를 설파하는 부시의 얼굴에는 노련한 연기자처럼 두려움과 불안이 가득했다. 그 불안의 기운이 기이한 설득력을 발휘했을 게 뻔하다. 어찌 됐든, 그 결과는?

다행인지 불행인지, 구제금융이 실시되고 1년도 채 되지 않은 2009년 가을부터 월스트리트는 회복 기미를 보였다. 미국 최대 은행 여섯 곳이 성장세로 돌아섰고, 각 은행의 중역과 트레이더는 과거와 비슷하거나 더 많은 보너스를 두둑하게 챙겼다. 위기론을 앞세워 구제금융을 주장하며 결국 뜻한 바를 얻어냈던 자들의 목표가 무엇이었는지 비로소 명확해진 셈이다.

자본주의사회에 돈을 주어보라. 그러면 세상의 종말마저도 막으려 할 것이다. 자본주의사회에 돈, 돈, 돈을 주어보라. 그러면 인간의 피를 모조리 짜낼 것이다.

영국의 소설가 D.H 로렌스David Herbert Lawrence의 한탄이다. 어쩌면 가장 효과적인 자본주의의 위기 탈출 방법은 그 위기를 초래한 자본주의에 먹이를 제공해주는 것일지도 모른다. 지독한 역설이다. 부시와 그 영악한 수하들은 이를 누구보다 잘 알고 있었을 테다. 이들은 로렌스의 역설적이고 비판적인 한탄마저 지혜로운 충고로 받아들일 수 있는 자들이다.

"미국은 '월스트리트'에 사는 사람들과 '메인스트리트'에 사는 사람들로 뚜렷이 구분된다"는 말이 있다. 전자는 후자의 주머니를 불려주고, 후자는 전자의 이익에 봉사한다. 이처럼 두 세력은 공생과 기생의 괴이한 커넥션으로 '저들만의 번영'을 위해 전력을 다한다. 왜 위기가 반복되는가에 대한 근원적 원인도 여기에서 찾을 수 있을 테다.

'돈'이 '신'의 지위에 올라섰다는 말은 이제 식상한 레토릭이다. 우리는 그 신도들이고 돈자본을 굴리는 자들은 노예에 불과하다. 그렇다. 주인이 아니라 노예들이다. 탐욕이 지배하는 자본의 의식과 무의식에 양심의 뇌 부위가 퇴화되어 버린 게 가장 큰 문제다. 거기에는 양심의 도덕률이 들어설 자리가 없다. 하여 자본의 노예들은 아무런 생각 없이 탐욕의 눈덩이를 끝없이 굴린다. 본능처럼. 부시 역시 자본의 요구에 따라 움직이는 꼭두각시 노예에 불과했을 것이다. 이 자본의 눈덩이는 흙탕물로 다져지며 덩치를 키워간다. 게다가 혼돈의 세계에 잠식된 금융자본은 한계 자체를 모른다. 따라서 금융위기는 금융자본의 '눈덩이 굴리기'가 제 하중을 못 이겨 주저앉은 것일 수 있다. 눈앞의 먹이를 맘껏 포식한 뒤 다른 먹잇감을 찾기 위해 잠시 숨 돌리는 차원의 주저앉기일 수도 있다. 구제금융 이후 전개된 흐름을 보면 이게 맞는 것 같다.

2010년 초부터 미국을 비롯한 전 세계 주식시장과 채권시장은 언제 그랬냐는 듯 활기를 되찾았다. 그리고 언론은 대불황은 끝났다고 성급한 단정을 쏟아내기 시작했다. 자본과 언론의 조합에 의해, 경제적 정의의 활로는 다시금 차단되었다. 적어도 '비판적 지성'이라면 여기에 의문을 제기하고 '탐욕의 커넥션'에 타격을 가하는 펀치 하나쯤 날릴 줄 알아야 한다.

라이시는 이 책《위기는 왜 반복되는가After Shock》에서 자본권력에 휘둘린 정치권력의 잘못된 경제정책에 '비판적 지성'의 펀치를 날린다. 가벼운 잽이 아니라 스트레이트 강펀치다. 그는 먼저 위기가 지나갔다고 말하는 목소리에 의문을 제기한다. 월스트리트의 금융자본과 금융자산가, 그리고 대기업 들이 수익성과 활력을 회복하고 있다는데, 대다수 미국인의 삶과 일상은 왜 아직까지도 그 대불황의 상처와 혼란에서 벗어나지 못하고 있는가? 금융기업과 대기업의 수익성이 회복되고 경기가 좋아졌다고 해서 과연 경제위기를 완전히 벗어났다고 볼 수 있는가? 위기 전에도 그랬고, 그 이후에도 미국의 상류층은 더 부유해지는데 반해 중산층과 저소득층은 더 가난해지고 있지 않은가?

라이시가 이 책에서 집중적으로 파고드는 것도 이 문제다.

토인비는 "역사는 되풀이 된다"고 말했다. 라이시는 "역사는 되풀이되지 않지만 간혹 서로 운율이 맞는 경우가 있다"고 한 마크 트웨인의 말을 인용하며 독자들을 1930년대 대공황 시대로 데려간다. 대공황에서 대번영으로 나아갈 수 있었던 배경을 짚어보기 위해서다.

라이시는 이 책 첫 장에서 매리너 에클스Marriner Eccles라는 흥미로운 인물을 소개한다. 에클스는 1934년부터 1948년까지 미 중앙은행^{연방준}^{비제도이사회} 의장을 지냈던 인물로, 자본주의 역사상 최악이었던 대공황과 최악의 대전쟁이 벌어졌던 시기에 미국 경제와 금융시장의 구조 재편을 이끌었던 경제 지도자였다.

흥미로운 점은 에클스라는 인물 중심으로 펼쳐지는 대공황 시기의 여러 논쟁과 일화가 최근 글로벌 금융위기 이래 전 세계에서 벌어지고 있는 것과 매우 유사하다는 것이다. 이는 우리가 1997년 겪었던 외환위기 때의 상황과도 상당히 유사하다.

1930년대 초반까지만 해도 자유시장의 균형 회복력을 신봉했던 월스트리트의 금융 자본가와 주류 고전파 경제학자들은 "시장은 곧 자동적으로 정화되어 균형을 되찾을 것이므로 정부의 유일한 임무는 연방예산의 균형을 맞추는 것"이라고 주장해왔다. 그러나 성공한 기업가이자 은행가였던 에클스의 입장은 정반대였다. 그는 경제가 그토록 심각하게 무력화된 대공황의 불확실성 속에서 과연 어느 기업가가 선뜻 투자에 나설 수 있을지 의문이었다.

당시 많은 경제계 지도자와 고전파 경제학자들은 불황을 청교도적 도덕률을 위반한 죄에 대한 하늘의 처벌이라고 생각하기까지 했다. 대공황 발생 이유가 1920년대 미국의 기업과 소비자들이 게으른 낭비자가 되어 돈을 헤프게 썼기 때문이라는 설명이다. 이는 한국 등 동아시아 국가들의 외환위기를 두고 "샴페인을 너무 일찍 터뜨렸기 때문"이라고 질타했던 서구 언론의 시각과도 일치한다. 그러나 에클스는 이러한 도덕률을 단호하게 배격한다.

> 1929년 대붕괴 이후 후버 정부의 재무부 장관이자 백만장자 기업가인 앤드류 멜론은 정부는 아무런 조치도 취하지 말라고 경고했다. 임금과 물가가 떨어지게 놔둬야 하며 그렇게 하면 경제 시스템에서 낭비와 무기력을 몰아낼 수 있다고 주장했다.
> "직원들을 정리하고, 주식을 정리하고, 농장 관리인들을 정리하고, 부동산을 정리하게 놔둬야 한다. 그래야 시스템의 잘못된 부분을 바로잡을 수 있다. (……) 그러면 사람들은 전보다 더 열심히 일하고 더 도덕적인 삶을 영위할 것이다."
> 이것이 바로, 에클스가 대립각을 세운 개소리이자 그로 하여금 권력자들이 의심스런 도덕성을 들먹이며 현상을 정당화하기 위해 애쓰고 있다는 결론을 내리게 만든 헛소리였다.

라이시는 오바마 정부의 핵심 경제 관료인 재무장관 티머시 가이트너Timothy Geithner의 주장에 대해서도 날카롭게 꼬집는다. 그의 발언에서도 대공황과 같은 경제 위기를 도덕적 요인으로 설명하는 의심스런 관점이 발견된다는 지적이다.

> 2008년에 대형 은행들과 대형 보험회사AIG가 구제금융의 수혜를 받았다. 그러나 실물경제가 계속 악화되는 동안에 정책 입안자들은 엉뚱한 곳만

바라보았다. 정부 관리들은 2008년 금융 붕괴가 일어난 까닭은 (······) 국민들이 리스크가 과도하게 높은 대출을 이용했기 때문이라고 주장했다. (······) 재무장관 가이트너의 말대로 정부 관리들은 국민들이 그동안 지나치게 소비했다고, 즉 저축은 너무 적게 하면서 과소비 행각을 벌였다고 생각했다. (······) 중국인은 저축을 많이 하고 소비를 적게 하는데 미국인은 그 반대라고 주장했다.

오바마 정부는 그들 집권에 가장 큰 도움을 준 미국 중산층과 저소득층의 소비행태를 비난하며 금융위기의 주범으로 몰아간 셈이다. 따라서 오바마 정부는 점점 빈곤의 나락으로 떨어지는 중산층과 저소득층의 소득 문제를 개선하는 데는 별 관심이 없었다.

사실 가이트너의 관점은 오늘날 경제학 교과서에 기술된 내용이기도 하다. 그러나 라이시는 가이트너와 경제학 교과서가 틀렸다고 말한다. 그는 오히려 소득이 상류층에 집중되고 이들이 저축은 늘리면서 소비는 별로 하지 않는 것이야말로 2008년 대불황의 원인이라고 보는 입장이다.

따라서 라이시는 경제 성장의 혜택과 보상이 제대로 돌아가는, 강력한 소득 재분배 정책을 제안한다. 오바마 정부가 현재의 대불황에서 벗어나려면 1930년대에 루스벨트가 에클스의 도움을 받아 실시한 뉴딜 동맹 정책, 즉 강력한 부자 증세와 사회안전망 구축, 노동조합 권리 강화, 기업에 대한 최저임금제 강제, 대규모 공공사업 등의 정책을 실시해야 한다는 것이다. 2008년 이후 일자리와 주택 상실, 노후보장 상실 위기에 직면한 중산층과 저소득층에게 저축과 검약을 강조하며 허리띠를 졸라매라고 요구하는 것은 경제 위기 극복은커녕 경제 위기를 더욱 심화시킬 뿐이라는 지적도 뒤따른다.

라이시는 에클스의 입을 빌려, 대공황 또는 대불황의 시기에 소비자와 기업들이 줄인 소비와 투자 지출을 상쇄하려면 정부가 더 많이 소비하고 투자해야 한다고 말한다. 이를 위해서라면 적자 재정 편성과 국가 채무 증가도 무릅써야 한다는 주장이다.

3. 하느님, 이웃집 암소를 죽여주세요

라이시는 현재 오바마 정부 앞에 놓인 가장 시급하고 근본적인 경제 과제는 부자 증세와 함께 중산층 및 저소득층의 소득 향상을 위한 뉴딜 동맹 체제를 재건하는 것이라고 말한다. 그러나 오바마가 중용하는 가이트너와 서머즈, 폴 볼커 같은 이들은 여전히 "미국인들이 소득에 비해 너무 많이 소비한 것이 근본적인 문제"라고 말한다. 라이시는 뉴딜 동맹 재건의지를 갖지 않은 오바마 정부의 앞날에 부정적인 전망을 내비친다. 배신당한 유권자들로부터 외면 받고 말 거라는 것.

지난 중간선거에서 패한 충격으로 오바마는 벌써부터 부자 감세 철회 공약을 내던지고 공화당과 포괄적으로 협력하는 전략을 추진하고 있다. 이 책 2부에서는 이처럼 민주당이 미국 사회의 '기본 합의누구나 중산층이 될 수 있다는 아메리칸 드림'를 외면하는 방향으로 시계추를 돌릴 경우 미국 정치가 어떻게 변할 것인가에 대한 우려를 토로한다. 라이시는 앞으로 9년 뒤인 2020년 미 대통령선거에서 배타적 애국주의 및 고립주의, 복지국가적 평등 지향성을 동시에 주창하는 정치 세력일명 독립당이 집권할 것이라는 팩션Faction에 가까운 정치 시나리오를 펼쳐 보인다.

2020년 11월 3일, 새로 창당된 독립당의 대선 후보 마거릿 존스는 민주당과 공화당 양쪽 모두에서 지지층을 골고루 빼앗아 오는 데 성공했다. 그녀는 과반수 득표를 확보하고 선거인단에서 승리를 거둠으로써 마침내 미합중국 대통령에 당선되었다. 그리고 상당한 숫자의 독립당원들 역시 의회에서 기존 양당이 차지하고 있던 의석을 가져왔다.

독립당의 기조는 그들이 보내는 메시지와 마찬가지로 명확하고 단호했다. 불법이민자들에 대한 엄중한 조치, 라틴아메리카와 아프리카, 아시아의 합법이민 동경, 모든 종류의 수입관세 인상, 미국 기업의 타 국가에의 이전 또는 아웃소싱 금지, 외국 '국부펀드'의 미국투자 금지.

이뿐만이 아니었다. 그들에 따르면 향후 미국은 UN과 WTO를 탈퇴하고 외국에 대한 모든 개입을 중단하며, 중국에 진 부채에 대한 이자지급을 거부함으로써 실질적으로 디폴트를 선언하고, 중국이 변동환율제를 선택하지 않는 한 중국과의 무역을 중단한다는 방침이었다.

수익을 창출하는 기업들은 직원을 해고하거나 임금을 삭감하는 행위가 금지될 것이다. 연방정부의 예산안은 언제나 균형예산을 유지할 것이며, 연준은 폐지될 것이다.

(……)

마지막으로 정부 예산안의 균형을 맞추고, 국방을 유지하고, 국경을 감시하고, 국가채무를 지불하기 위해 국민들 개개인의 소득은 최고 50만 달러로 제한된다. 그 이상의 소득은 100퍼센트 과세로 징수될 것이다. 25만 달러 이상의 소득에 대해서는 80퍼센트의 과세율이 적용되며, 10만 달러 이상의 모든 순자산에는 연간 2퍼센트의 재산세가 부과될 것이다. 세금을 내기 싫어 외국의 세금회피 수단을 활용하는 미국인이 있다면 미국시민권을 박탈한다.

정말이지 어떻게 이런 반동적인 정부가 탄생할 수 있을까? 충격적인 탄식이 절로 나오는 시나리오다. 라이시는 "특정한 경제 상황과 맞물린 유권자들의 가중된 좌절감 및 억압된 분노"가 축적되면 이런 괴물 정부가 출현할 수 있다고 경고한다. 배타적 애국주의와 배타적 복지국가 지향성이 결합된 유사 나치즘의 출현 가능성을 암시하는 듯해서 섬뜩한 기분마저 든다. 실제로 날로 성장하고 있는 미국의 '세금 반대 티파티' 운동에서 그 징후를 엿볼 수 있다. 이 운동의 기저에는 몰락하는 백인 중산층의 분노, 특히 상류층에 대한 분노와 반연방정부 사상, 그리고 인종주의와 애국주의가 교묘하게 맞물려 있다. 나치즘의 사상적 요소들이 분노와 좌절을 먹고 자라나고 있는 것이다.

하여 라이시는 이 책 2부에서 미국의 우울한 미래를 전망하는 단계로 나아간다.

중산층 미국인이 가장 받아들이기 힘들어 하는 무서운 사실은, '지금은 아니더라도 미래에는 물질적으로 더 나은 삶을 영위하리라'는 기대감을 포기하는 것이다. 미국인들은 끊임없이 위로 올라가고 자기 자신을 극복하고 더 나은 것을 쟁취하는 일에 익숙한 사람들이다. 오랫동안 미국의 중산층은 열심히 일하고 노력하면 그들을 위해, 그리고 그들의 자녀를 위해 더 나은 미래가 기다리고 있다고 믿어왔다.

이러한 믿음의 탑이 완전히 무너지기 전에 정부가 뉴딜 동맹 재건이라는 대안을 내놓지 못한다면 결국 독립당이나 그와 비슷한 정당이 출현해 국수주의와 고립주의, 편견과 불신으로 세상을 물들이게 될 거라는 라이시의 우울한 전망이다. 그 근거로 라이시는 흥미로운 러시아 민담을 소개한다.

부잣집 옆에 살고 있는 한 농부가 있었다. 부자에게는 암소가 한 마리 있었는데, 가난한 농부는 평생 뼈 빠지게 일해도 갖지 못할 가축이었다. 농부는 하느님께 도와달라고 기도했다. 마침내 하느님이 농부에게 무엇을 원하느냐고 묻자, 농부는 이렇게 대답했다.
"이웃집 암소를 죽여주세요."

사회심리학의 눈으로 들여다보면 우리는 이 민담에서 섬뜩한 진실의 그림자를 확인할 수 있다. 사람들은 자신의 몫을 챙기는 것만큼이나 부정한 방법으로 축재한 자들의 몫을 빼앗는 데서 만족감을 얻는다는 무서운 진실. 이는 괴물 정당인 독립당의 집권 시나리오의 개연성을 말해주는 충분한 근거가 된다.

라이시는 한국인 독자를 위한 서문에서 이렇게 말한다.

경제적 스트레스가 오랫동안 지속되면 국민들은 분노하고 좌절하며 두려워하게 된다. 이런 격렬한 감정들은 좌익이든 우익이든 사람들의 적의와 분노를 부추기는 선동가들의 이용도구가 될 수 있고, 그 결과 극단적인 국가주의와 전체주의, 외국인 혐오, 불관용, 또는 그보다 더한 현상이 나타날지도 모른다. 민주주의 제도 그 자체가 희생자로 전락하는 것이다.

이처럼 라이시는 혼돈의 경제가 정치적 불안정과 양 날개를 이뤄 추락하는 과정을 풍부한 정치적 상상력으로 펼쳐 보여준다. 거기서 멈추지 않고 라이시는 이를 해결하기 위한 대안으로 다음 아홉 가지를 제시한다.

1. 역소득세 정책을 실시한다.
2. 탄소세를 부과한다.
3. 부자들의 한계세율을 인상한다.
4. 실업 대책이 아닌 재고용 대책을 세운다.
5. 소득수준에 따른 학교 바우처 제도를 실시한다.
6. 학자금 대출과 향후 소득을 연결시킨다.
7. 전 국민 메디케어 정책을 실시한다.
8. 공공재를 활용한다.

9. 정경유착을 지양하고 깨끗한 정치풍토를 마련한다.

이 아홉 가지 대안은 라이시 나름대로 위기에 처한 시대의 활로를 모색해본 하나의 방향타다. 이를 통해 라이시는 마지막 희망을 제시하고 있는 셈이다. 대중의 분노와 좌절이 공멸의 파국을 불러오기 전에 경제체제의 근간을 이루는 기본 합의를 얼른 회복하자고 말하는 라이시의 절박한 호소문이기도 하다. 따라서 이 책은 '시계추'를 쥐고 흔들 독점적 지위를 점하고 있는 정치권과 기득권 세력이 '죽비'처럼 깨쳐 읽어야 할 책이다.

4. 재인 생각
― 신경제를 말하다,
경제에도 통합적 사고가 필요하다

문재인이 자신의 정책 비전을 대담 형식으로 정리한 책《사람이 먼저다》에는 로버트 라이시의 문제의식을 공유하고 그가 제시한 대안을 정책적 방향타로 활용했을 법한 내용이 두루 발견된다. 특히 경제민주화의 한 부분으로 제시한 조세정의 문제에서 라이시의 주장과 상당 부분 일치한다. 문재인은 이명박 정부에서 단행한 부자감세에 반대하며 철회 입장을 분명히 한다.

"부자감세를 철회하는 것조차 증세라고 한다면 저는 당연히 '그런 증세'에는 동의한다고 말해야겠군요. 여기서 더 나가 조세정의의 확립과 능력에 따른 부담원칙에 따라, 이른바 슈퍼부자라고 할 수 있는 초고소득자에 추가적인 과세도 가능하다고 봅니다. 특히 소득세 최고세율구간 신설, 금융소득 종합과세 강화, 상장주식에 대한 세금 부과 확대 등이 그 방법이며, 방만하게 운영되는 조세감면에 대한 일제정비도 필요합니다. 선진국에서도 이런 것들이 이른바 버핏세 또는 부자증세라고 불리고 있습니다. 지금 민주통합당은 이명박 정부 들어 부자감세 등으로 내려간 조세부담률을 참여정부 마지막 수준으로 회복하는 것이 공약이기도 합니다."

2008년 경제위기에 대한 문재인의 원인 분석도 로버트 라이시의 문제의식과 궤를 같이 한다.

"자본주의의 맹주라고 할 수 있는 미국에서 박근혜식 줄푸세'세금을 줄이고, 규제는 풀고, 법질서는 바로 세운다라는 뜻 정책, 곧 부자감세와 규제 완화, 친기업 반노조 정책이 가장 애용되던 때가 1920년대 미국 공화당 집권 시기입니다. 이러한 정책의 결과는 결국 1929년 대공황이라는 파국으로 나타났습니다. 대공황의 반성 이후에 성장과 분배를 함께 사고하는 경제정책이 자리를 잡으면서 미국 경제는 30년간의 황금기를 맞이했습니다. 그러나 레이건 대통령 시대에 다시 한 번 줄푸세식 경제철학이 등장했고, 이것이 아버지와 아들 부시 대통령으로 답습되면서 2008년 금융위기를 불러왔습니다. 부자를 위한 경제정책과 성장에 집착하는 경제철학은, 결국 낙수효과는커

넝 경제를 파탄내고 전 세계 사람들에게 고통을 안겨준다는 것이 입증된 셈입니다."

《위기는 왜 반복되는가》에 드러난 라이시의 문제의식을 우리 현실에 맞게 적용시켜 이해하고 있는 점이 눈에 띈다. 문재인은 또 성장과 분배, 환경이 맞물려 돌아가는 신경제 이론을 역설한다. 문재인식 경제정책의 지향점과 목표가 어디에 있는지 엿볼 수 있는 대목이다.

"이제는 경제에서도 통합적 사고가 필요합니다. 성장과 분배, 그리고 환경까지 세 가지 축이 함께 발전되어 나갈 수 있는 경제체제를 구축해야 합니다. 예전에는 성장을 하면 고용도 자연스럽게 늘어난다고 생각했지만 이제는 고용 없는 성장이 더 이상 낯선 말이 아닙니다. 지구온난화와 기후변화도 전 세계의 중요한 문제로 떠오르고 있습니다. 예전이 성장과 개발을 위해서 환경을 파괴하던 시대였다면 이제는 환경이 곧 경제가 되는 시대입니다. 세 가지 문제를 따로 떨어뜨려 놓고, 어느 하나를 키우려면 다른 것을 억제해야 한다는 사고방식으로는 저성장, 일자리 부족, 분배 불평등, 환경 악화와 같이 복잡하게 얽혀 있는 문제를 절대로 풀 수 없습니다. 성장과 분배, 환경이 함께 해결되게 만드는 사고의 전환이 필요합니다."

백성을 위해 임금이 있고
목민관이 있는 것이다

《다산 정약용 유배지에서 만나다》

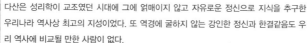

다산은 성리학이 교조였던 시대에 그에 얽매이지 않고 자유로운 정신으로 지식을 추구한 우리나라 역사상 최고의 지성이었다. 또 역경에 굴하지 않는 강인한 정신과 한결같음도 우리 역사에 비교될 만한 사람이 없다.

문재인

1. 다산의 가르침을 실천하다

조선 최고의 실학자 다산 정약용. 500여 권의 방대한 저술로 후세에 '다산학'이라는 새로운 학문 형성의 토대가 된 인물, 문재인이 가장 존경하고 이상적인 인간형으로 꼽는 인물이다. 문재인이 정약용을 존경하는 이유는 학문적 업적보다 다산의 정신세계와 모범적인 삶의 태도에서 찾을 수 있다. 그는 시류와 대세에 순응하지 않고 정신적 자유를 추구하며 독자적인 학문세계를 일군 다산에게서 이상적 인간의 모습을 발견했던 듯싶다.

"존경하는 사람으로 이상형을 말한다면 다산 정약용 같은 분이다. 정신적으로 자유로운 삶을 추구하지만, 그렇다고 선승처럼 삶을 초탈한 자유까지는 바라지 않고, 삶에 뿌리박은 자유가 나의 이상이다."

다산은 원리원칙에 얽매여 현실을 돌보지 못하는 갑갑한 학문적 틀에서 벗어나 적극적으로 현실의 문제를 돌파하는 실용적, 개혁적 학문의 세계로 나아갔던 학자다. 다산이 추구했던 학문적 자유는 곧 냉철한 현실인식에서 나온 학문적 의지의 산물이었던 셈이다. 성리학의 교조주의에 갇히지 않고 학문의 지평을 넓히며 자기갱신을 모색했던 다산의 삶에선 실천적 지식인의 면모도 엿보인다. 문재인이 다산의 삶에 매혹된 것도 자유로이 학문적 실천의 길을 걸어 나간 다산의 이런 면모 때문이었다.

다산의 지혜와 가르침은 문재인에게 삶의 지침서와도 같았다. 특히 청와대 공무원 시절의 문재인을 보면 다산의 《목민심서牧民心書》에 나오는 목민관의 지침을 실천하기 위해 애쓴 흔적이 역력하다.

《목민심서》는 목민관이 한 지방에 부임해서 이임할 때까지 어떻게 백성들을 섬겨야 하는지 목민의 제반사항을 기록한 다산의 대표적인 저서다. 베트남의 혁명지도자 호치민이 부패척결을 위해 공무원의 필독서로 장려한 책이기도 하다. 조선의 대사상가인 다산을 흠모했던 호치민의 머리맡에는 항상 《목민심서》가 놓여 있었다고 한다.

《목민심서》에는 다산이 평생 추구했던 실학정신의 핵심인 민본주의, 애민정신, 실사구시 사상이 그대로 드러난다. 다산은 이 책에서 대쪽 같은 목민관의 72가지 지침을 밝혔다. 그 바탕에는 애민愛民의 정서가 흐르고 있다. 다산에게 백성은 섬김의 대상이었다. '섬김'을 위해 목민관에게는 가혹하다 싶을 정도로 엄격한 원칙과 절제를 요구했다. 다산이 내세운 목민관의 기본 자질은 검소와 청렴이다.

"사사로운 청탁은 들어줘선 안 된다. 이익에 유혹되어서도, 위세에 굴복해서도 안 되는 것이 수령의 도리다."

공무원의 정언명령定言命令이라고 말해도 지나치지 않을 다산의 지침이다. 이는 곧 청와대 시절 문재인의 원칙이기도 했다. 그는 공사 구분을 확실히 하여 업무 외에는 비서진과 기자들을 따로 만나지 않았다. 사적인 관계가 혹시라도 업무에 영향을 미칠까 싶어 동창회에는 아예 얼굴도 비치지 않았다. 고교 동기인 고위 공직자가 그를 찾아왔다가 얼굴도 보지 못하고 쫓겨난 일화도 있다.

청와대에 들어가서도 문재인의 검소한 생활은 변함이 없었다. 이전 생활과 아무런 차이가 없었고, 달라질 이유가 없었다고 문재인은 말한다.

"그런데 많은 사람들은 그런 걸 신기하게 받아들였다. 업무 외 시간에 내 차를 직접 운전하는 것, 방이 따로 없는 대중음식점에 가서 음식을 먹는 것, 다른 사람들처럼 줄 서서 기다리는 것, 비행기나 기차의 일반좌석을 이용하는 것 등의 모습이 오히려 특별한 것인 양 신기해 했다. 조그만 연립주택에 사는 것도, 수행원 없이 혼자 다니는 것도, 심지어 휴일에 등산 가서 시민들과 맞닥뜨리는 것조차 특별한 일인 양 여겼다. 그동안 고위 공직자들에 대해 갖고 있었던 이미지와 너무 다르다는 것이었다."

실제로 문재인은 평창동의 조그만 연립주택에 세를 얻어 살았다. 외제차가 즐비한 동네에 살면서 중고 렉스턴을 직접 운전했고, 일반 구내식당에서 식사를 하고, 비행기나 기차를 탈 때도 일반석을 이용했다. 청와대를 나와서도 검소와 청렴의 원칙은 계속 이어졌다.

"양산에 새 둥지를 틀었지만 집은 말이 아니었다. 주거용으로 충분히 준비를 못 한 상태에서 들어갔기 때문에 본채에서 먹고 잘 상황이 아니었다. 거의 한 달 반가량을 계곡 옆에 있는 별채의 작은 단칸방에서 지냈다. 여전히 겨울인데 아궁이에 나무를 때며 살았다. 세면실이나 화장실도 없어서 세수는 계곡에서 하고 볼일도 밖에서 해결했다."

그가 자서전 《문재인의 운명》에 묘사한 양산에서의 생활 모습이다. 변호사이자 전직 고위 공무원이었던 사람의 일상이라고는 생각되지 않을 만큼 옹색하다. 그런데도 정작 문재인은 그런 궁색함을 은근히 즐기는 것 같기도 하다. 어쩌면 문재인은 강진에서 유배생활을 하는 다산을 떠올렸을지도 모른다. 주어진 조건 속에서 최선을 다하고 지식인으로서 사회적 책무를 다하며, 그런 가운데서도 인간적 풍류를 잃지 않았던 다산 정약용. 어떤 의미에서 다산은 삶의 예술가이기도 했다.

2. 박석무
— 다산 연구에 일생을 바치다

저자 박석무는 독보적인 '다산학' 연구자로 유명하다. 그는 《유배지에서 보낸 편지》, 〈애절양哀絶陽〉, 《흠흠신서欽欽新書》 등 다산의 대표적 저서들을 꾸준히 번역해왔고, 《다산기행》, 《풀어쓰는 다산이야기》, 《다산시정선》상·하 등의 저술을 통해 다산의 삶과 학문에 대한 전문적연구를 축적해왔다. 수십 년을 다산과 함께 살았고, 살고 있으며, 앞으로도 그러할 사람이다. 한 인물의 세계를 밝히는 데 자기 삶을 온전히바친다는 것, 우리 삶의 가능성에 내재된 오묘한 운명의 작용이라고말할 수밖에 없겠다.

현재 다산연구소 이사장을 맡고 있는 박석무는 전남 무안의 한학자집안에서 태어났다. 초등학교에 들어가기 전 서당을 하던 할아버지 덕분에 한글보다 한자를 먼저 깨쳤다. 이런 연유로 전남대에 진학해 법학을 전공하던 그는 지도교수로부터 우리나라 법제사 연구의 적임자로 지목받았다. 법학 전공자들 중 《조선왕조실록朝鮮王朝實錄》이나 《경국대전經國大典》 등의 한문 원전을 읽고 해석할 수 있는 사람이 거의 없었기 때문이다. 지도교수의 조언에 따라 박석무도 법제사를 연구하는학자의 길을 가고자 했다. 그러나 당시의 시대 상황이 그의 꿈과 목표를 뒤흔들어 놓았다.

박석무는 1964년 전남대에서 벌어진 5·27 한일회담반대 시위, 이듬해 있었던 8·23 한일협정비준무효화 및 월남파병반대 시위 주동자로 몰려 두 차례 구속된 뒤 강제징집되어 군에 입대했다. 바로 그 과거 전력 때문에 1968년 복학해 대학과 대학원까지 졸업했음에도 교수 임용이 거부되었다.

학자의 길이 좌절되자 박석무는 교사로서의 길을 모색했다. 학부 시절에 취득해놓은 영어과 교원 자격증 덕분이었다. 이후 그는 18년 동안 광주에서 중·고교 영어교사로 근무했다. 하지만 그 기간에도 그는 두 차례 더 구속, 해직되는 화를 당했다. 1973년 유신반대 유인물인 전남대 〈함성〉지 사건에 연루되어 수감되었고, 1980년에는 광주민주화운동 관련 주모자로 몰려 1년 3개월여를 복역했던 것이다.

대학원 시절 법제사 연구를 위해 《경세유표經世遺表》 등의 책을 접하며 박석무는 다산사상에 깊이 빠져들었다. 그러다 〈함성〉지 사건으로 1년 동안 복역하면서 본격적으로 다산 저술에 대한 연구에 몰입했다. 이때의 결실이 바로 1979년 번역, 출간된 《유배지에서 보낸 편지》다. 이 책으로 인해 그는 일약 다산 전문가로 알려지기 시작했다.

1988년에는 정치에 입문하여 13, 14대 국회의원을 지내기도 했다. '정치인 박석무'는 8년 동안 문공위에서 활동하며 문화·교육 관련 입법에 전념했다. 평민당 재야 입당파로서 이른바 '개혁그룹'과 행동을 같이하며 정치권에 참신한 바람을 일으켰고, 의정활동에서도 높은 평가를 받았다. 14대 의원 시절에는 국회다산사상연구회를 조직, 간사를 맡아 활동하기도 했다. 정치인 시절에도 늘 다산과 함께하는 삶을 살았던 것이다.

이후 한국학술진흥재단 이사장, 명지대 객원교수, 연세대 초빙교수,

전남대 초빙교수, 단국대 이사장을 지냈다. 현재 성균관대 석좌초빙교수이자 다산연구소 이사장, 한국고전번역원 원장을 겸하고 있다.

다산연구소가 정식으로 발족한 것은 2004년이다. 이때부터 박석무는 일주일에 한 번꼴로 〈풀어쓰는 다산이야기〉라는 칼럼을 연구소 홈페이지에 연재했다. 2004년 6월 1일 연재를 시작하며 밝힌 소회가 자못 비장하다.

다산은 자기가 살던 세상은 온통 썩었다고 탄식했습니다. 지금도 썩었습니다. 더 지능적이고 간교하게 썩어가고 있습니다. 지위가 높을수록 더 썩었고 부패의 양률과 뇌물의 단위가 더 큽니다. 요즘 벌어지고 있는 어느 전직 대통령 일가가 연루된 천문학적인 뇌물사건과 추징금 횡령사건을 다산이 보았다면 뭐라고 했을까요.

부패한 나라는 절대로 일류국가가 될 수 없습니다. 도덕성이 회복되고 인간의 양심이 살아 있지 않는 한 살맛 나는 세상은 도래하지 않습니다. 청렴하고 깨끗한 공직자들이 대접받는 세상을 만들고, 양심적이고 도덕적인 백성이 큰소리치는 세상을 만들기 위해 다산의 생각을 이야기로 풀어쓰려 합니다. 격려와 채찍을 함께 기다리겠습니다.

유배지에서의 다산은 문자에 중독된 삶을 살았다. 끝없이 읽고 쓰며, 지식과 사상의 탑을 쌓았다. 박석무는 그런 다산의 삶에 오늘의 어지러운 현실을 혁파할 수 있는 지혜가 있다고 믿는다. 하여 그는 다산의 길을 좇으며 다산의 말씀을 전하는 전도사 역할을 자임한다. 다산의 가슴으로 아픈 시대의 현실을 어루더듬고, 다산의 정신과 철학을 전하는 일을 소명처럼 수행하고 있다.

3.《다산 정약용 유배지에서 만나다》
— 다산에게서 길을 찾고 답을 구하다

다산 탄생 250주년인 2012년에 유네스코는 다산을 세계 기념인물로 선정, 발표했다. 루소, 드뷔시, 헤르만 헤세와 함께, 다산이 세계 기념인물 네 명 중 한 명으로 당당히 이름을 올린 것이다. 조선시대 인물로는 최초다.

사실 다산을 비롯하여 퇴계나 율곡, 혜강 같은 학자는 세계에 견줘도 결코 뒤떨어지지 않는 사유의 수준과 지평을 보인다. 그럼에도 이들 선조로부터 오늘의 문제를 해결할 실마리를 찾으려 하는 사람은 아주 드물다. 학문적 사대주의 탓도 있을 테고, 전통에 대한 경시풍조, 우리 고전에 대한 무지에서 비롯된 면도 있을 것이다.

박석무가 다산 연구에 평생을 걸고 매진해온 데는 '다산학'의 가치가 외면당하고 있다는 안타까움도 크게 작용했던 것 같다. 그는 확신 어린 어조로 말한다. 다산학에 오늘의 어둠을 밝혀줄 지혜의 빛이 있다고, "다산의 실학사상과 개혁사상에서 오늘 우리가 나아갈 길을 찾아"보자고.

박석무는 "세상을 온통 썩고 부패한 시대라고 규정했"던 다산의 시대인식을 공유한다.

200년이 지난 오늘의 세상은 어떤가. 썩고 병들지 않은 분야를 어디서 찾을 수 있는가. 정치권을 위시해서 재계, 금융계, 심지어 교육계에 이르기까지 어느 분야에 더러운 소리와 고약한 냄새가 들리지 않고 풍기지 않는 곳이 있는가. 어떻게 해야 이 세상을 새롭게 개혁하여 온전하게 할 수 있을까.

그때나 지금이나 썩은 건 마찬가지라는 통절한 현실인식이다. 하여 저자는 "길이 막히면 돌아가야 한다"고 말한다. "앞이 막히면 뒤에 길이 있는지 찾아야 한다"는 것. "당대의 시대정신으로 세상을 구제할 길이 없다면 옛 정신을 돌아보고 성현의 말씀을 다시 생각해내야 한다"는 것. 그가 다산의 전도사 역을 자임하게 된 이유이자 이 책 다산의 일대기를 쓰게 된 동기다.

국가의 행정제도를 비롯해 문물제도를 통째로 바꾸고 고치자는《경세유표》에서 오늘의 개혁논리를 찾아야 하고, 고관대작은 물론 하급관료에 이르기까지 모든 관리들이 청렴한 공직윤리를 회복하고 철저하게 준법함으로써 바르게 고쳐진다는《목민심서》에서 오늘의 부패와 타락을 방지할 논리를 찾아내야 한다.

저자는 또 다산의 방대한 저작이 '뜨거운 인간애'의 산물이었음을 강조한다. 다산의 '말씀'이 오늘에도 깊은 울림을 전해주는 것도 다산 사상의 토대를 이루는 '애민'의 정서 때문이라는 점을 넌지시 지적하고 있는 것이다.

참으로 인간다운 다산이었다. 귀양지에서 어린 막내의 죽음을 듣고 한없이 눈물을 흘리며 목메어 울던 아버지 다산. 자신보다 더 훌륭한 학식과 인물을 지니고도 더 외롭고 쓸쓸하게 유배살이를 하다 세상을 떠난 둘째형 정약전의 부음에 통곡하며 형님이 그리워서 애태우던 다산. 병들고 굶어 죽어가는 백성들의 참담한 모습에 살고 싶은 의욕마저 상실한 지경이라고 애태우던 다산. 그의 뜨거운 인간애에 대해서 한 번쯤은 마음을 기울여야 한다.

다산의 삶 전반기는 18년 단위로 나뉜다. 스물두 살에 진사시험에 합격한 다산은 학문을 사랑했던 정조의 총애를 한 몸에 받으며 여러 관직을 두루 거쳤다. 정조는 다산에 대한 모든 공격을 막아주는 자애로운 군부君父와도 같았다. 정조의 총애에 보답하듯, 다산은 수원성을 쌓으며 유형거와 거중기 사용을 건의하여 많은 경비를 절약하는 공을 세웠고, 전국적으로 천연두가 창궐하자 치료법을 적은 《마과회통麻科會通》 12권을 지어 올렸다. 또한 암행어사로 활약할 때는 가난하고 핍박받는 백성들의 고통을 직시하며 관리들의 횡포를 바로잡고자 했다. 스물셋에 천주교를 처음 접하고 한때 천주교에 심취했지만, 성균관에서 학업에 정진하면서 자연스레 멀어졌다. 천주교와 함께 들어온 서양

과학을 통해 새로운 경험을 쌓았지만, 이는 후일에 배교자로 낙인찍히면서 그의 앞날에 시련과 좌절을 안겨주는 요인이 되었다.

정조의 총애를 받으며 18년 동안 고락을 함께했던 다산은 1800년 6월 정조가 비명횡사하면서 생애 최대의 전환기를 맞았다. 정조가 죽자 다산은 세상에 나아가지 않겠다는 뜻으로 고향집 당호를 여유당與猶堂이라 지었다. 이는《노자老子》에 나오는 "망설이면서[與] 겨울에 냇물을 건너는 것같이 주저하면서[猶] 사방의 이웃을 두려워한다"는 구절에서 따온 말이다.

내가《노자》를 보니, '망설이면서 겨울에 냇물을 건너는 것같이 주저하면서 사방의 이웃을 두려워한다'고 하였다. 아! 이 두 말이 내 병에 약이 되는 것이 아니겠는가. 저 겨울에 냇물을 건너는 것은 차갑다 못해 따끔따끔하며 뼈를 끊는 듯하니, 부득이하지 않으면 건너지 않는 것이다. 사방의 이웃을 두려워하는 것은 몸 가까운 데서 지켜보기 때문이니 비록 매우 부득이하더라도 하지 않는 것이다.

— 다산,《여유당기與猶堂記》에서

다산이 정조 없는 세상을 얼마나 두려워했는지 말해주는 구절이다. 다산은 사방의 이웃이 자신을 감시라도 하는 것처럼 매사에 조심했지만, 당쟁의 화를 피해갈 수 없었다.

당시 소론과 남인 사이에 벌어진 당쟁이 '신유사옥辛酉邪獄'이라는 천주교 탄압사건으로 비화되었는데, 이때 다산은 천주교인으로 지목되어 유배형을 받게 되었다. 게다가 셋째형 정약종은 옥사하고, 둘째형 정약전도 유배형을 받았다.

1801년 다산은 출옥과 동시에 유배지로 떠났다. 18년 동안 이어진 강진 유배생활의 시작이었다. 고통의 세월이었다. 그러나 다산은 오히려 유배지에서 피안의 세계를 열어갔다. 그것은 곧 학문의 길이었다. 학문 연구에서 피안을 찾고 학문을 통해 구원받은 셈이다. 오직 학문에만 매진할 수밖에 없는, 절박한 상황이었다. 그는 아예 문을 닫아걸고 죄수처럼 머리도 빗지 않은 채 깊고 넓은 학문의 세계를 파고들었다. 그런 치열함으로 500여 권에 달하는 저서 대부분을 유배지에서 써냈다.

유배지에서 다산은 관리들의 수탈로 고통당하는 농민의 삶을 통감했다. 그는 농민들의 삶을 객체가 아닌 주체로 받아들이게 되었고, 아무리 열심히 일해도 가난을 벗지 못하는 이유를 관과 지배층의 수탈 때문이라고 생각했다. 다산의 절창 중 절창으로 꼽히는 〈애절양〉에 나오는 한 농민의 일화는 지옥을 방불케 할 정도로 충격적이다.

갈밭마을 젊은 아낙네 그칠 줄 모르고 통곡하네
고을 문을 향해 울부짖다 하늘 우러러 호곡하네
전쟁터에 간 지아비가 못 돌아오는 경우는 있었으나
남자가 남근을 자른 것은 예로부터 들어본 일이 없다오
시아버지 초상의 상복을 막 벗고, 갓난아기는 탯물도 마르지 않았는데

할아버지 손자 삼대의 이름이 다 군보*에 올라 있다니

관아를 찾아 짧은 언변으로 호소해도 호랑이 같은 문지기 지켜 막고

이정은 성내고 고함치며 외양간 소를 끌어갔다오

조정에선 모두 태평의 즐거움을 하례하는데

누구를 보내 위태로운 말로 포의*로 내쫓는가

칼을 갈아 방에 들어가더니 자리에는 피가 가득

아들을 낳아 군액을 당한 것이 스스로 한스러워 그랬다네

무슨 죄가 있어서 잠실음형*을 당했던가

민 땅의 자식들을 거세한 것만으로도 참으로 슬픈 일인데

자식 낳고 또 낳으며 사는 것은 하늘이 준 이치일세

하늘 닮아 아들 되고 땅 닮아 딸이 되지

불알 깐 말 불알 깐 돼지 그도 서럽다 할 것인데

하물며 대를 이어갈 사람에 있어서야 말을 더해 무엇하리요

부자들은 일 년 내내 풍류소리 요란해도

낟알 한 톨 비단 한 치 바치는 일이 없구나

모두 같은 백성이건만 어찌 이리도 불공평한고

객창에서 거듭거듭 시구편을 읊노라

* 군보軍保: 군대를 안 가는 대신 쌀이나 벼를 세금으로 내도록 한 제도.
* 포의布衣: 벼슬하지 않은 구차하고 변변치 못한 선비.
* 잠실蠶室: 누에치는 방, 여기서는 궁형을 행하는 방을 의미한다.
* 음형淫刑: 궁형. 남자의 생식기를 자르는 형벌.

〈애절양〉에 대해 다산은《목민심서》에서 이렇게 후술했다.

이것은 가경嘉慶 계해년1803 가을 내가 강진에 있을 때 지은 시다. 갈밭마을에 사는 한 백성이 아이를 낳은 지 사흘 만에 군보軍保에 등록되고 이정里正:리의 책임자이 소를 빼앗아 가니 그 사람이 칼을 뽑아 자기의 생식기를 자르면서 "내가 이것 때문에 곤액을 당한다"라고 말했다. 그 아내가 생식기를 관가에 가지고 가니 피가 뚝뚝 떨어지는데, 울며 하소연했으나 문지기가 막아버렸다. 내가 듣고 이 시를 지었다.

자기 생식기를 직접 잘라버렸다는 내용도 충격적이지만, 그렇게밖에 할 수 없는 현실의 끔찍함이 더욱 충격으로 다가온다. 중앙의 벼슬아치들은 백성들의 안위는 아랑곳없이 당파싸움에만 골몰했던 시기였다. 다산은 이 시를 통해 무위도식하는 부유층을 날카롭게 꼬집고, 국가의 선정을 촉구한 것이다. 음풍농월의 시풍이 주류이던 때에 이처럼 직설적인 어조로 현실을 고발한 다산의 집념 어린 뚝심 또한 만만치 않다.

다산에게 시 쓰기는 사상을 실천하는 한 방법이었다. 그는 백성을 위해 임금이 있고 목민관이 있을 뿐, 그 역의 관계는 성립하지 않는다고 믿었다. 권력의 원천인 천명天命을 백성의 마음으로 여겼고, 천명이 떠나면 그 왕조도 쇠락의 운명을 피할 수 없다고 생각했다.

쉰일곱이 되어서야 비로소 귀양살이에서 풀려난 다산은 이후 고향인 경기도 양주에서 후학을 가르치며 여생을 보냈다.

다산의 사상을 떠받치는 두 기둥은 공맹과 서학이라고 저자는 말한다. 다산은 당대의 지배이데올로기였던 성리학에서 공자와 맹자의 근본 원리를 되살렸으며, 여기에 서양학문의 실용성과 현실성을 주입했다. 유교사상을 혁신하고 실학사상을 주창했던 다산학은 이런 경로를 거치며 형성되었다.

다산의 학문 연구는 곧 '실용'과 '실천'의 두 갈래 길이었다. 다산이 직접 설계하고 감독한 수원 화성은 그의 실용주의를 잘 보여주는 사례다. 정조의 명으로 화성 축조에 나서면서 다산은 노동력을 획기적으로 줄여주는 거중기를 발명했다. 도르래의 원리를 원용하여 백성들을 노역에서 해방시키고 막대한 비용까지 절감할 수 있었다. 천연두로부터 백성을 구제하기 위해 《마과회통》을 저술하고, 《촌병혹치村病或治》와 같은 방대한 의서를 남긴 것도 그의 실용주의를 말해주는 단면이다.

또 한 가지 저자가 주목하는 사실은 다산이 '실천' 또는 '행위'라는 개념으로 성리학의 '관념'을 돌파했다는 점이다. 다산은 인간의 선한 본성만 지키면 만 가지 일이 모두 해결된다는 주자의 성리학적 사고를 거부하고, 아무리 훌륭한 성품을 갖췄더라도 그것만으로는 아무것도 할 수 없으며 선한 성품을 행동으로 옮겨야만 덕이 될 수 있다고 주장했다. 일종의 '실천철학'이다. 그런 사상적 바탕이 있었기에 다산은 백성들의 고통에 감응하는 사회비판적 시편을 쓸 수 있었고, 그 고통의 근원인 사회구조 자체를 혁파하는 변혁사상으로 나아갈 수 있었던 것이다. 따라서 변혁을 논한 경세서는 다산 학문이 지향하는 궁극의 결론과도 같았다.

썩어 문드러진 세상을 어떻게 해야 바로 세울 수 있고, 가난과 외세에 시달리는 나라를 어떻게 해야 부국강병의 나라로 바꿀 것인가.

다산이 연구한 학문의 목표는 바로 거기에 있었다. '조선이라는 오래된 나라를 통째로 바꾸어버리자'는 목표로 《경세유표》를 저작했고, '현재의 법의 테두리 안에서라도 우리 백성들을 살려내 보자'는 계획을 세워놓고 《목민심서》를 저작했노라고 스스로 밝히고 있다. 공부하던 젊은 시절부터 한창 벼슬하던 30대, 긴긴 유배생활의 40~50대의 저술기에 갈고닦은 온갖 학문의 종합으로 유배 말기에 저작한 경세철학의 저서들이야말로 다산 학문의 결론이었음은 두말할 필요가 없다.

다수 민중을 변혁의 주체로 보지 않고 현명한 군주 한 사람에 의한 변혁을 꿈꿨다는 점에서 다산이 지닌 한계도 분명하다. 그럼에도 핍박받는 백성들이 정당한 삶을 살아갈 수 있도록 공정한 세상을 만들자고 주장한 다산의 꿈은 오늘날에도 여전한 울림을 지니고 있다고 저자는 거듭 강조한다.

저자는 이 책에서 다산의 생애를 총체적으로 조망한다. 다산의 고통과 절망, 거기서 잉태된 변혁에 대한 열망까지 두루 아우르며 다산의 삶 전체를 머리뿐만 아니라 몸과 마음으로 소화하기 위해 전력한 점이 돋보인다. 다산에 대한 헌신적 애정 없이는 포착하기 어려운 다산 문학의 숨의 의미까지 짚어낸 점이 이 책의 가치를 한층 돋보이게 한다. 저자는 다산과 관련된 유적지를 직접 현장답사하며 기록한 기행문 요소를 도입해 읽는 재미를 더했다. 다산의 흔적이 남아 있는 곳이라면 어느 곳 하나 소홀히 하지 않고 '그때 그곳'에서 다산의 심경을 추체험하려 한 노력이 역력하다. 그러면서도 다산의 삶이 오늘날 우리에게 던지는 현대적 메시지를 곳곳에 인장처럼 새겨놓았다. 그런 점에서 이 책은 저자 박석무가 다산을 징검다리 삼아 우리 사회에 던지는 사회적 발언처럼 읽히기도 한다. 그는 다산의 "생각이나 사상을 현실에서 직접 실천으로 옮기는 일이 우리의 과제"라고 주장하며 다산으로 돌아가자고 외친다. 저자는 전통과 현실개혁의 문제를 동일한 궤도에 올려놓고 현실을 진단한다. 전통을 통한 쇄신을 꾀하며, 다산의 학문에서 길을 찾고 답을 구한다. 그러면서 강단 있는 어조로 독자들에게도 그 길을 함께 가보자며 손을 내민다.

> 다산이 지금 우리 곁에 살아 있어야 한다. 다산이 외쳤던 구호는 200년 전에도 절실했지만, 21세기를 살아가는 오늘의 우리에게도 너무나 절실하다. 그래서 다산이 무덤 밖으로 나와 활동하는 모습을 보여드리고 싶다. 그가 고뇌했던 유배지에 가서 그를 만나보자. 그의 일대기를 통해서.

다산 연구에 평생을 걸고, 다산과 한 몸이 되어 스스로 다산의 길을 걷고 있는 저자의 말이기에 그 울림이 깊고도 넓다. 올해는 다산 탄생 250주년이 되는 해다. 또한 유네스코는 다산을 세계 기념인물로 선정했다. 다산을 '기념'하는 최선의 방법은 뭘까? 그것은 다산의 지혜와 가르침을 '실천'하는 게 아닐까.

4. 재인 생각
─ 다산의 정신,
희망을 주는 정치를 하고 싶다

다산학문의 정신적 토대는 바로 '애민'이다. 다산은 백성이 겪는 고통에서 비극적 절망을 보고 그 절망을 온몸으로 신음했던 학자였다. 다산의 학문적 지향점이 '경세서'에 방점을 찍게 된 이유도 어쩌면 당연하다.

18대 대선 당시 문재인의 출마선언문에는 백성의 소리를 천명으로 받아들였던 다산의 정서가 깊이 배어 있다. 선언문에 불과하지만, 이 땅의 유력 대선주자의 정치적 출발점에 '애민'의 정서가 담겨 있는 점은 일말의 기대와 희망을 갖게 한다. 당시의 선언문 일부를 옮겨본다.

"제가 높이 날고 크게 울겠다고 결심한 이유는 보통사람들의 삶이 너무 고달프고, 우리가 처한 현실이 너무도 엄중하기 때문입니다. 근본적인 혁신, 거대한 전환 없이는 나라가 무너지겠구나, 하는 절박함 때문입니다.

지금 우리의 삶은 어떻습니까? 우리 사회는 더 이상 경제성장의 과실을 나눠 갖지 않습니다. 소수의 부유층과 대기업의 창고는 황금으로 가득 차지만, 대부분 보통사람들은 취업불안, 주거불안, 고용불안, 건강불안, 노후불안 등 불안을 이불처럼 덮고 매일 잠자리에 들어야 합니다.

국민 한 사람 한 사람이 모두 아픕니다. 빚 갚기 힘들어서, 아이 키우기 힘들어서, 일자리가 보이지 않아서 아픕니다. 입시부담과 성적스트레스, 그리고 학교폭력에 상처받은 어린 영혼들은 그 아픔을 견디지 못하고 하나 둘 우리 곁을 떠나고 있습니다. 어르신들도 삶이 힘겨워서 스스로 세상을 버리는 분이 많습니다.

왜 이렇게 아픈 일들이 계속 일어날까요? 약자의 고통에 관심 없는 정부, 부자와 강자의 기득권 지켜주기에 급급한 정치가 사람들에게서 희망을 앗아가 버렸기 때문입니다. 지금 길거리는 표정 없는 사람들로 넘쳐납니다. 국민들에게 희망을 주는 정치가 절실하게 필요합니다."

우리는 경쟁이라는 이름 아래에서 서로를 지나치게 적대시해 왔습니다.
정치, 경제, 사회, 문화 등 전 분야 곳곳에 퍼져 있는 적대적 경쟁의 문화를
이제는 하나하나 상생과 통합의 문화로 바꾸어 나가야 합니다.
— 문재인

CHAPTER
THREE

3장

역사 속에서
민중의 희망을
읽다

문재인이 그려갈 상생과 통합의 풍속화 《조선 풍속사》

옛 그림에서 발견한 위대한 자연, 참사람의 모습 《오주석의 옛 그림 읽기의 즐거움》

이제 혁명이 아니라 개혁의 시대다, 단 혁명적으로 《책 한 권 들고 파리를 가다》

개방과 관용, 새 시대로 들어가는 문 《로마인 이야기》

문재인이 그려갈
상생과 통합의 풍속화

《조선 풍속사》

조선시대 풍속화는 생각보다 훨씬 다양하고 풍부한 정보를 담고 있다. 회화사 방면의 연구는 풍속화의 미학적 성취에만 주목하고 그림이 담고 있는 정보에는 큰 관심을 기울이지 않는다. 물론 그림은 미학적, 미술사적 관점에서 해독되어야 마땅하다. 하지만 풍속화는 이미 사라진 사회와 인간의 삶을 담고 있다는 점에서 달리 볼 소지가 적지 않다. 즉, 사라진 한국 사회, 혹은 한국인의 과거가 담겨 있으므로 우리는 그 과거에 주목할 수 있는 것이다.

강명관, 《조선 풍속사》에서

1. 문재인의 젊은 날의 풍속화

2011년 7월 노무현재단 이사장이던 문재인은 《오주석의 옛 그림 읽기의 즐거움》 1권, 《나의 문화유산답사기》 6권과 함께 이 책 《조선 풍속사》 1~3를 휴가철 추천도서로 올렸다.

"조선의 풍속화를 통해 조선 풍속을 분석한 역사서다. 역사서가 이렇게 재미있을 수 있다는 사실을 느끼게 해주는 책이다. 책을 읽다 보면 마치 박물관 큐레이터 강명관 교수 안내로 풍속화 속에 함께 들어가 조선시대를 노니는 기분이 들 만큼 재미가 넘친다."

문재인이 밝힌 《조선 풍속사》 추천 이유다. 문재인은 이처럼 대중적으로 읽힐 만한 역사서들을 두루 읽고 기회 있을 때마다 추천해왔다. 그가 지닌 역사에 대한 관심이 남다르다는 점을 말해주는 징표다.

사실 문재인은 청소년 시절부터 역사학자가 되겠다는 꿈을 키워왔다. 아들이 경제학이나 법학 분야로 진출하기를 원했던 부모님의 뜻에 따라 진로를 바꿨지만, 역사에 대한 관심과 역사서 읽기는 포기할 수 없는 즐거움이었다. 그가 변호사가 되고 나서 처음 떠올린 생각도 '나중에 돈 버는 일에서 해방되면 아마추어 역사학자가 되겠다'는 것이었다.

역사에 대한 인식은 곧 사회의식에의 눈뜸으로 나아가는 정신적 토대가 되어준다. 청년기의 문재인이 냉철한 사회인식을 바탕으로 독재 체제에 저항하고 법률가가 되어 인권변호사의 길을 걷게 된 데도 역사의식이 영향을 미쳤을 것이다. 이 시절, 청년 문재인이 헤쳐 나온 시대의 창을 열어보면, 음화陰畫처럼 펼쳐진 두 편의 풍속화와 만나게 된다. 하나는 그가 경희대에 재학할 당시의 하숙생활 풍속화, 다른 하나는 시위를 주도하다 감옥에 갇혔을 때의 교도소 풍속화다.

그 시절 나의 사회의식을 키운 것은 하숙생활이었다. 일상생활에 아무 통제가 없는 자유에다 대학생들끼리 모여 있으니 밤늦게까지 시국담론을 나누기 일쑤였다. 나는 고등학교 선배들과 함께 하숙을 했다. 여러 대학이 섞여 있어서 다른 대학의 학내저항운동 소식을 들을 수 있었다. 현실비판적인 사회과학 서클 또는 농촌운동 서클들의 소식, 지하신문들, 학내시위 소식과 시위 때 뿌려진 선언문 같은 것도 접했다.

1980년대 대학가에서 자주 마주쳤던 운동권 학생들의 풍속화다. 문재인도 운동권의 정신적 세례를 받으며 시대상황과 직면하고, 현실참여에 뛰어들게 된다. 1975년 4월 초, 직선제 총학생회장 선거를 통해 유신반대 시위가 이뤄졌고, 문재인은 주동자 세 명의 명단에 올라 구속되기에 이른다. 구치소에 수감된 문재인은 구치소의 풍속을 접하고, 곧이어 교도소 안 풍속까지 경험하게 된다.

'필요는 발명의 어머니'라는 말을 절감한 것도 그곳이다. 구치소 감방이란 게 마룻바닥에 벽만 있는 곳이다. 그런데 그 작은 공간에서 못 만드는 게 없었다. 빵 봉지에 들어 있는 작은 상표지紙 뒷면을 모아 벽지를 바르고, 비닐 빵 봉지로 빨래 끈을 만들어 달았다. 칫솔대를 갈아서 칼도 만들어 썼다. 바둑판과 바둑알, 장기판과 장기알도 만들어 바둑이나 장기도 뒀다. 밥알을 짓이겨 바둑돌을 만들었는데, 먹지의 먹물을 입히면 검은 돌이 됐다. 그렇게 만든 바둑알과 장기알이 어찌나 단단한지 놀랄 정도였다.

위의 장면을 회화나 판화로 표현하면 어떤 그림이 나올까? 감방에 갇힌 현실을 잊으려는 듯 수인囚人들이 벌이는 몸부림이 희비극의 한 장면처럼 서글픈 웃음을 자아낸다.

문재인의 학생시위 주도와 인권변호사 활동은 그의 역사인식이 실천궁행實踐躬行으로 진전된 결과다. 지난 역사가 주는 교훈은 문재인에게 현실참여 의지를 일깨워줬을 것이다. 아무리 학문이 높아도 실천궁행 없이는 사상누각에 불과하다는 자각, 인식만으로는 현실의 어둠을 몰아낼 수 없다는 자각이 실천으로 나아가게 했을 것이다.

2. 강명관
— 풍속화 속으로 들어간 만담꾼

강명관은 조선시대의 풍속화를 하나의 그림으로만 보지 않았다. 한때 드라마가 되면서 열풍을 일으켰던 혜원 신윤복과 단원 김홍도를 풍속화로 보여주면서 그와 관련한 광범위한 자료를 만담으로 술술 풀어간다. 강명관은 풍속화를 역사의 한 장면이자 유산이라고 믿었던 것이다.

나는 여기서 풍속화의 역사에 대해 길게 이야기할 만한 능력도, 풍속화에 대해 엄밀한 학문적 논의를 펼 만큼 전문적인 식견도 갖고 있지 않다. 다만한 가지 확실하게 말할 수 있는 것은, 풍속화는 인간의 모습을 화폭 전면에채우는 그림이라는 사실이다. 달리 말하면 풍속화는 인간을 그림의 중심에 놓는다는 말이다.

강명관은 조선시대의 개인 문집은 물론《조선왕조실록》,《백범일지白凡逸志》,《별곤건別乾坤》등의 광범위한 역사서와 인용 자료를 연구하고 고증하며 왕성한 저술 활동을 펼치고 있다. 1997년 출간된《조선후기 여항문학 연구》를 시작으로 15년 남짓한 세월 동안 대중적인 역사 인문서 18종 22권을 펴냈다. 경이롭기까지 한 저술 역량이다. 저자의 열정과 집념의 무게를 감히 짐작하게 한다.

강명관은 역사학과가 아닌 한문학과 교수로 부산대에 재직하고 있다. 정통 역사학자가 아니라는 점이 오히려 그의 저술 활동에 장점으로 작용했던 듯하다. 그는 역사 연구의 마이너리그라고 할 수 있는 민중의 풍속을 집중적으로 파고들었다. 기방, 도박, 놀이, 섹스 등 기존 역사 연구 무대에서 소외된 지점을 탐방하며 득의의 영역을 열어젖힌 셈이다. 강명관의 저술은 조선시대로 날아가 당시 터부시되었던 민중의 풍속을 우리 시대의 화폭에 펼쳐 보여준 작업이라고 정리할 수 있겠다. 터부시되었지만 인간의 원초적 욕망을 드러내주는 것이기에 존중되어야 마땅한 것들이었다.

강명관은 2001년《조선 사람들, 혜원의 그림 밖으로 걸어 나오다》를 출간하며 풍속 연구의 기틀을 마련했다. 이 책은 8년 뒤 나온《조선풍속사》의 2권과 3권을 집필하게 한 원동력이 되었다.

이 책을 낸 것이 2001년 12월이었으니, 벌써 8년의 세월이 흘렀다. 스스로 생각하건대 부끄러운 책이지만, 혜원 신윤복에 대한 저작이 워낙 드문 탓인지 그동안 찾는 분들이 종종 있었다. 또 2008년에는 뜻밖에도 신윤복 바람이 불어 신윤복을 주인공으로 삼은 소설이 출간되는가 하면 텔레비전 드라마와 영화도 나와 세간의 이목을 끌었다. 이 책을 낼 때만 해도 신윤복은 이름만 겨우 알려졌을 뿐 거의 잊힌 사람이었는데 이렇게 관심을 끌 줄은 몰랐다.

기녀와 여속女俗으로 에로티시즘을 말한 화가 정도로 인식되면서 소외되어 있었던 신윤복을 재조명하는 데 공헌한 것도 강명관의 저작이었던 것이다.

문화는 다양성을 인정받을 때만 제대로 기능할 수 있고 보존될 수 있다. 그런 의미에서 강명관은 우리 문화의 다양성을 발굴하면서 동시에 서사의 지평을 넓혔고, 대중의 역사 입문을 도와준 충실한 가이드였다. 한국간행물윤리위원회는 자긍심을 충족시키면서 다양한 연구와 창작의 근간을 마련해준 저자의 공로를 인정하여《조선 풍속사》에 간행물문화대상을 수여했다. 위원회는 "기존 역사 서적들이 지배층의 정치적 측면만을 기술했던 한계를 벗어나 역사 시각의 다양화에 기여하고 조선시대를 바라보는 대중의 이해 폭을 넓혔다"며 선정 사유를 밝혔다.

역사 시각의 다양화에 기여한 강명관의 대표작으로는 2003년 발간된《조선의 뒷골목 풍경》을 꼽을 수 있다. 얼마 전까지만 해도 역사가 대중에 군림하는 양 여겨지고 있었다. 그간 사극이나 영화가 왕이나 양반 같은 신분을 다루는 데 국한되어 있었기 때문이다. 아무리 조선이 왕조시대였다고 하더라도 권력 찬탈을 위한 암투 등의 모티브로서

만 극을 다루기에는 한계가 역력했다. 역사를 소재로 하는 드라마와 영화, 소설 같은 창작예술은 새로운 소재를 찾는 데 갈급해 있었다. 그리고 그것을 해소해준 것이 바로 민중이었다. 하지만 어느 시대에나 대다수였던 상놈, 종놈, 여성, 중인 등의 이야기를 소재로 극화하고 싶어도 정보가 제한되어 있었다.

강명관은 《조선의 뒷골목 풍경》에서 소외되고 배제되어 있었던 상놈, 종놈, 여성을 이야기했다. 짓밟히고 움츠러든 민중을 이야기했다. 그렇게 서민의 삶과 문화가 강명관의 입담을 통해 되살아나면서 10만 부가 넘게 팔리는 스테디셀러가 되었다. 어쩌면 이 책은 일종의 기폭제였을지도 모른다. 《조선의 뒷골목 풍경》의 성공이 이 책 제목을 연상케 하는 많은 사극과 영화, 소설을 쏟아내게 한 시대적인 분기점이었으니까 말이다. 창작자의 인식 변화가 소재의 다양성과 탈권위를 요구하는 대중의 코드와 절묘하게 맞아떨어지면서 창작의 풍속도까지 변화시켰던 것이다.

나는 이런 방면의 시시한 주제는 누구나 다 아는 줄로만 알았다. 하지만 쑥스러워 물어볼 수가 없었다. 뭔가 거창하고 큰 이야기를 논하는 근엄한 역사가들에게 깡패며 기생이며 도박, 술집 따위에 대해 물어볼 엄두가 나지 않았던 것이다. 그러나 얼마 전부터 쑥스러움을 무릅쓰고 이곳저곳에 물어보기 시작했다. 그런데 어인 일인가. 뜻밖에도 내가 묻는 한심한 주제에 대해 아는 분들이 별로 없었다. 목마른 자가 우물을 판다고 했다. 나는 스스로의 궁금증 때문에 문헌을 보다가 필요한 자료가 있으면 눈여겨보고 챙겨두곤 하였다. 지난해 병으로 얻은 휴가 아닌 휴가에 한 편의 글이 될 만한 것들을 수습하여 엮은 결과가 이 책이다.

강명관이 밝힌 《조선의 뒷골목 풍경》의 저술 배경이다. 강명관은 어느 날, 싸구려 술집에서 쓴 소주를 삼키다 가슴을 뜨겁게 달구던 체증을 느꼈다. 그것은 호기심이었다. 참을 수 없는 호기심은 감당할 수 없을 정도로 가슴을 방망이질해댔다. 조선시대에도 이런 시내 한복판에 술집이 있었을까? 자질구레하게까지 느껴지는 그 호기심에 강명관은 결의에 찼다. 아무도 관심을 기울이지 않는, 그러나 우리에게 분명히 실재했을 뒷골목의 풍경, 서민의 일상을 그려보자!

그때 강면관이 앉아 있던 술집에서는 성매매와 사기도박 뉴스가 흘러나오고 있었다. 강명관은 우연히 그 뉴스를 들여다보고 있는 자신을 발견하게 된다. 조선시대의 성의식과 성적 행동 등에 대한 호기심과 조선시대에 횡행했던 투전의 역사가 계속되고 있다는 놀라움을 동시에 느꼈다. 그는 조선시대의 시시하고 자질구레한 풍속을 캐고 싶다는 의욕에 사로잡혔다.

저자의 그런 호기심과 열정이 없었다면 조선시대의 뒷골목은 여전히 시대의 뒷골목에 머물고 있을지도 모른다. 그런 호기심을 자질구레하고 잡다하다고 여기지 않을 사람은 많지 않을 것이다. 따라서 호기심을 행동으로 옮기는 데에도 용기와 열정이 필요했을 테고, 그에 힘입어 방대하고 광범위한 지적 편력으로 나아갔을 것이다.

그러나 저자는 저술 과정에서 안타까움을 금치 못했다고 토로한다.

조선 전기의 학자들이 남녀의 사랑을 읊은 노래가 많다고 해서 고려가요高麗歌謠를 '남녀상열지사男女相悅之詞'로 낮춰 부른 것도 그 이유 중하나다. 사실적이고 직설적인 표현 때문에 국시國是와 유교사상에 길들여져 있던 조선의 지식인들은 이를 아주 못마땅하게 여겼다. 그 때문에 고려가요는 거의 망실되고 말았다. 그나마 전해지고 있는 〈쌍화점雙花店〉, 〈이상곡履霜曲〉 등도 내용이 많이 수정되었을 것으로 추측될 정도다. 그로 인해 민중의 일상이 유실되고 극히 제한된 역사만이 기록으로 남게 된 것이다. 〈만전춘滿殿春〉, 〈가시리〉, 〈서경별곡西京別曲〉, 〈청산별곡靑山別曲〉 등으로 고려가요의 맥이 이어져오고 있다지만, 그것이 역사를 오롯이 이야기하는 것은 아니다. 강명관은 그런 울분에 사로잡혀 지식인으로서의 사명감으로 역사의 뒷골목을 계속 세상 밖으로 끄집어내는 작업에 몰두하게 된다.

강명관은 "역사학은 바로 변화하는 인간을 해명하는 학문"이라고 주장한다. 서민의 생활상을 들여다보면서 변화하는 인간의 흔적, 그것이 풍속이라고 역설하면서 말이다.

단원의 풍속화가 무엇을, 어떤 풍속을, 어떤 사회를 그렸는지 아는 것은 조선시대를 시각적으로 아는 것이다. 백문이 불여일견이라고 백 번 듣는 것보다 한 번 보는 게 낫다. 풍속화를 대충 보아 넘기지 말고 꼼꼼히 살피면 조선시대 사람들의 삶의 모습을 생생하게 확인할 수 있다. 풍속화, 그것도 단원의 풍속화는 조선시대를 감각할 수 있는 좋은 길인 것이다.

강명관의 문장은 힘이 있다. 그뿐만 아니라 단원과 혜원의 풍속화를 보는 듯한 해학과 재치가 가득하다. 그냥 조선시대를 직선으로 나열하거나 고루하게 품격에 집착하지 않는다. 《조선 풍속사》에 소개된 사당패를 보듯 경쾌하고 흥겹다. 북이나 징 등을 연주하면서 춤추고 유랑하면서 일반 민중에게 불교를 전파하려 했던 것으로 추측되는 사당패처럼 강명관의 문장은 전파력이 있다. 《조선후기 여항문학 연구》로 박사 학위를 받은 문학인이기도 하기 때문이다.

한 인터뷰에서 강명관은 "학문은 정직해야 한다. 사태를 왜곡하면서까지 민족을 위한다는 것은 있을 수 없는 일"이라고 말했다. 그 말은 민족주의 담론이 무조건적인 애국심에 기인하여 국학을 말살하고 있다는 역설이다. 그는 대안적 비판조차 허용하지 않는 학계의 부조리와 모순에도 저항한다. 이에 저항하는 강명관의 방식은 바로 저술이다. 그는 "어떡하든지 조선 후기 문학에서 근대적 맹아를 발견해 우리 스스로 근대로 걸어갔다는 것을 증명하려고 한 데서 문제가 시작된 것"이라고 말하며 자신의 저술행위에 담긴 목적을 설명했다. 그가 발견한 근대적 맹아는 바로 민중의 힘이다. 민중을 역사의 주체로 두는 그의 역사관이 오롯이 드러나는 대목이다.

강명관은 늘 그렇게 색다른 시각의 역사책으로 대중에게 주목을 받을 수 있는 힘을 갖추기 위해 끝없이 역사 속으로 들어간다. 그리고는 만담하듯 역사를 이야기한다. 그것이 역사학자이면서 한문학자이고 문학가인 저자 강명관의 힘이다.

상대적인 것이지만, 우월했던 여성의 사회적 지위는 17세기라는 점이지대를 거치면서 재산상속제도가 남녀 균분상속에서 장자 우대 불균등상속으로 바뀌고, 결혼 후 거주 형태가 부처제로 바뀌면서 확연히 낮아지기 시작했다. 여성은 상속제도의 변화로 말미암아 경제권을 상실했고, 거주 형태의 변화로 말미암아 낯설고 적대적인 환경 속에서 생의 대부분을 보내야 했다. 아울러 여성은, 총부로서의 권리와 봉사권을 잃었고, 족보에서도 이름이 사라졌다. 상례를 비롯한 의례에서도 모변에 대한 대우는 확실히 낮아졌다.

강명관은 페미니스트다. 그리고 철저한 휴머니스트다. 샤머니즘과 같은 역사의 풍속에는 원초적인 본질, 즉 박애가 있다. 스스로가 구원자였고, 주체이자 매개자였던 민중의 역사를 들여다보면서 강명관은 늘 억압받고 핍박받는 대상을 주시한다. 저자 스스로 가장 애착이 간다고 밝힌 《열녀의 탄생》은 가부장적 체제로 불평등한 대우와 핍박을 감내하면서 살 수밖에 없었던 여성의 차별사를 이야기한다. 신분제도가 생긴 이후로 남성은 늘 양반이었다. 양반이라는 국가권력에 장악된 여성은 늘 성적으로 종속되는 존재에 지나지 않았다. 조선시대의 국가 이데올로기에 희생된 여성 차별사를 다뤄야 했던 이유다.

넋을 잃게 만드는 만담꾼 강명관은 별게 다 보이는 강명관식의 또 다른 그림 독법을 준비하고 있다. 그는 "성, 패션, 식욕처럼 인간 생활에서 가장 즉각적으로 느끼는 문제들, 인간의 기본적 욕망에 관한 문제들이 역사를 통해 어떻게 변해왔는가를 다루고 싶다"고 말한다. 그가 앞으로 펴낼 책의 내용을 암시하는 말이라서 각별히 관심이 간다.

3. 《조선 풍속사》

— 저절로 '그때'가 눈앞에 보이다

강명관은 "도대체 풍속화라고 하는데, 무슨 풍속을 그린 것이란 말인가?" 하는 의문으로 혜원의 풍속화를 들여다보면서 《조선 풍속사》를 쓰게 된다. "그림 속에 등장하는 인물들이 벌이는 행각과 복색이 각각 다른데, 과연 이들은 누구란 말인가?" 하는 의문은 정약용이 평생을 신조로 삼았던 애민사상과도 다르지 않다. 《조선 풍속사》는 그렇게 휴머니즘의 신념으로 풍속을 읽게 한다.

단원의 〈타작打作〉을 볼 때마다 자리 위에 비스듬히 누워 있는 사내가 없으면 좋겠다는 생각을 한다. 이상한 일이 아닌가. 땅은 원래 경작하는 것이고, 경작하는 사람만이 땅의 주인이 될 수 있다. 그런데 양반은, 마름은 경작하지 않고 땅을 차지하고 있으니 정말 해괴한 일이 아닌가. 소를 부리며 땅을 갈고, 가족이 날라 오는 새참을 먹고, 가을에 도리깨질을 하는 소농이야말로 인류를 이제까지 살려온 사람이 아닌가. 그런데 지금 한국 사회의 농민과 농촌은 어떻게 되었는가.

《조선 풍속사》의 〈타작, 수확의 즐거움과 수탈의 괴로움〉의 한 대목이다. 국립중앙박물관의 "타작하는 농민들의 미묘한 표정을 확연히 드러내어 수확의 기쁨과 수탈의 슬픔을 한 폭에 담았다"는 설명과는 사뭇 다르다. 저자는 일반적인 정의와 다른 논조를 가지는데, 그것은 호기심에서 출발하기 때문이다. 자리 위에 비스듬히 누워 있는 사내를 지워버리고 싶다는 식으로 표현하는 대담함은 불공평한 역사에 대한 불만에 가깝다.

> 그림 왼쪽 상단의 모서리에서 오른쪽 하단의 모서리로 직선을 그으면 그림이 반으로 나뉘는데, 빗금 아래에는 일하는 사람들이 있고, 빗금 위에는 한 사내가 볏가리 위에 돗자리를 깔고 장죽을 빨며 빈들거리는 자세로 자빠져 있다. 갓까지 젖혀 쓴 모습이 영 게으른 꼬락서니다.
>
> (……)
>
> 단원은 한 폭의 그림에 기쁨, 수심, 빈들거림, 셋을 동시에 섞어놓은 것이다. 아마도 자리에 자빠져 있는 사내는 지주이거나 지주를 대신하여 소작료를 받아 지주에게 바치는 일을 하는 마름일 것이다.

《조선 풍속사》는 그림이 가지고 있는 슬픔과 기쁨, 그리고 애환을 이야기로 풀어가면서 대중을 그 시대로 데리고 간다. 그것은 저자가 밝힌 대로 "사실은 단원을 꼬투리 삼아 생각이 번지는 대로 이런저런 가지를 치는 것을 막을 수가 없었다. 앞서 언급했듯 무슨 학술적 논문이나 저술이 아니니, 그저 옛날이야기거니 하고 읽어준다면 고맙기 짝이 없겠다"라는 식의 능글능글한 호기심과 입담이 없다면 불가능한 합의였을지도 모른다. 그래서 "화畵라 쓰고 사史라 읽는다"는 평론가의 평가가 가능했을 것이다.

기상천외하리만치 참신한 시각, 그리고 마치 그 시대의 뒷골목을 질주하는 듯한 벅찬 맥박이 느껴지는 시원스러운 글솜씨는 그때를 경험했던 것처럼 생생하게 보여주는 철저한 고증을 바탕으로 하고 있다. 풍속서, 또는 역사서의 새로운 전형을 보여주고 있는《조선 풍속사》는 시원하다. '조선 풍속화'라는 쉽지 않은 코드에 몰입하도록 하는 데는 그것만 있는 것이 아니다. 깊이 있는 문제의식과 정교한 콘티를 보는 듯한 서술기법은 어김없이 명랑하고 진지하게 잘 버무려져 있다. 그 절묘한 조화가《조선 풍속사》를 읽는 명쾌함으로 이어지는 것이다.

쌍겨리, 들밥, 타작, 나무하기와 윷놀이, 어살, 자리 짜기, 대장간, 편자 박기, 기와 이기, 우물가, 빨래터, 길쌈, 담배 써는 가게, 씨름 무동, 서당, 활쏘기, 행상, 길 떠나는 상단, 나룻배와 강 건너기, 주막, 길 가는 여인 훔쳐보기, 신행길 등등《조선 풍속사》에 열거되는 단어 자체가 호기심을 유발하기에 충분하다. 그 단어들은 짧게는 100년 전이고, 길게는 500년 전의 서민의 입에 오르내리던 말이다. 풍속을 의미하는 그 단어는 그 시대 민중의 애환과 일상이 고스란히 담겨 있다. 단원이나 혜원이 풍속도를 그렸을 뿐이지, 그 걸작의 주인은 조선의 뒷골목 사람들인 것이다.

《조선 풍속사》는 걸작의 주인을 제대로 찾아주는 도전을 멈추지 않는다.

기산 김준근의 〈엿 파는 아이〉를 보자. 엿을 파는 아이가 나오는 풍속화는 더러 있지만, 엿 파는 아이만을 그린 것은 오직 김준근의 것만 남아 있다. (……) 김홍도의 〈씨름〉에서 팔고 있는 엿도 가래엿이다. 나는 〈엿 파는 아이〉를 보고 오래된 의문을 풀었다. 엿장수의 가위는 언제부터 있었는지 늘 궁금했는데, 이 그림을 보고 적어도 19세기 말에는 있었음을 확인하게 되었다.

〈엿장수, 한 달 육장 매장 보니 엿장수 조첨지 별호되네〉의 한 대목을 읽어봐도 《조선 풍속사》는 풍속사뿐만 아니라 사회사, 음악사, 미술사, 인류사를 포함하고 있음을 알 수 있다. 《조선 풍속사》는 그처럼 방대한, 초인적인 연구와 열정이 아니었으면 완성되지 않았을 정보를 전달해준다. 그것도 꼬리에 꼬리를 무는 식의 연결고리라는 기법으로 궁금증을 더해간다. 〈엿 파는 아이〉라는 풍속화를 이야기하면서 김준근의 그림뿐만 아니라 김홍도의 〈씨름〉까지 연결시킨다. 엿과 씨름이 무슨 상관이지? 궁금증을 가지는 순간 김홍도의 〈씨름〉에도 엿이 나온다는 사실을 알게 된다. 그것도 가래엿이라는 사실을 말이다.

나는 '그림'이 아닌 '풍속'을 읽고 싶다. 혜원의 그림이 달성한 미학적 성취는 당연히 존중되어야 할 것이지만, 이 그림이 무엇인지 묻지 않을 수 없다. 나는 '그려진 것'이 무엇인지를 알고 싶다. 또한 그것들은 어떤 사회적 배경 하에서 그림이 제재가 되었으며, 어떤 사회적 변화가 그 속에 함축되어 있는지 묻고 싶다.

강명관은 현대 회화에서도 희소해진 일상적인 인간의 모습을 안타까워하고 있다. 지금에도 일상적인 민중의 모습이 그림으로 그려지지 않는데 조선시대는 오죽했으랴 싶은 안타까움으로 저자는 묻고 또 물으며 답을 채워간다. 산수와 꽃, 매·난·국·죽 같은 인간 외부에 존재하는 것들이 회화의 주류라는 겉치레를 극단적으로 비판한다. 산수화 속에 표현되는 사람조차 산수화의 부속이라고 단언해버리면서 인간의 그림에 대한 갈구를 멈추지 않는다. 저자의 말처럼 조선시대 후반기의 산물이라는 풍속화가 그 이전의 시대에서도 가능했다면, 또는 활발히 진행되고 기록으로 보관되었다면 오늘은 좀 더 행복해지지 않았을까?

풍속화가 홀대를 받지 않았다면 혜원 이전에 단원, 그 이전에 또 누군가가 있었을 것이다. 그랬다면 행복하고 싶고, 기쁘고 싶고, 닮고 싶은 인간의 원초적 욕망은 지혜의 디딤돌을 좀 더 빨리 얻게 되었을지도 모를 일이다. 더 행복할 수 있고, 다 같이 행복할 수 있는 풍속을 민중 속에서 발견하는 기쁨이야말로 진정한 지혜다.

4. 재인 생각
— 상생과 통합이라는 풍속,
사회 전반을 아우르는 새로운 시대정신이 필요하다

"어느 정권, 어느 시대에나 그에 걸맞은 시대정신이 있게 마련입니다. 한 나라의 리더가 되려면 단순히 정권을 교체하는 것이 목적이 되어서는 안

됩니다. 정권을 넘어서 정치를 교체해야 하고, 정치만으로 그치지 않고 사회 전반을 아우르는, 하나의 사회를 이끌어가는 시대정신을 새롭게 해야 합니다."

시대정신에서 지도자의 길을 찾겠다는 문재인은 상생과 통합의 정치가 가능하다고 말한다. 문재인은 풍속화에서도 상생과 통합의 공동체를 찾지 않았을까 싶다.

《조선 풍속사》에서 초상화나 인물화가 풍속화로 읽히는 비중은 거의 없다고 해도 무방하다. 풍속은 이야기를 가지고 있고, 이야기에는 한 사람의 화자만 있는 게 아니기 때문이다. 《조선 풍속사》 속의 풍속화에는 늘 사람이 넘쳐난다. 기쁨과 슬픔이라는 이분화되어 있는 구도에서조차 사람들은 해학과 위트를 몸짓으로 보여준다. 그것은 곧 상생과 통합의 정신을 그림으로 구현한 장면이 아닐까.

민중은 늘 어우러져 있고, 더불어 살고 있었으며, 함께 추구하고, 같이 행위하며 살았음을, 그것이 늘 시대정신으로 유전되어 왔음을 《조선 풍속사》는 이야기하고 있다.

"상생의 문화는 비단 정치만이 아니라 우리 사회의 각 분야에서 정착되고 실천되어야 합니다. 우리는 경쟁이라는 이름 아래에서 서로를 지나치게 적대시해 왔습니다. 정치, 경제, 사회, 문화 등 전 분야 곳곳에 퍼져 있는 적대적 경쟁의 문화를 이제는 하나하나 상생과 통합의 문화로 바꾸어 나가야 합니다."

문재인은 상생과 통합을 위해서는 소통이 필요하다고 말한다. 우리는《조선 풍속사》를 통해서 조선시대 역사와 소통하는 즐거움을 누린다. 이를 역사와 현실의 상생과 통합이라고 말해도 좋지 않을까. 지난 역사와 소통하면서 현대의 우리가 그때의 그들과 다르지 않음을 깨닫게 된다. 그 상생과 통합이야말로 이미 우리에게 오래전부터, 아니 맨 처음부터 있어왔던 풍속이 아니겠는가.

옛 그림에서 발견한
위대한 자연, 참사람의 모습

《오주석의 옛 그림 읽기의 즐거움》

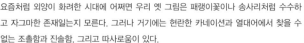

요즘처럼 외양이 화려한 시대에 어쩌면 우리 옛 그림은 패랭이꽃이나 송사리처럼 수수하고 자그마한 존재일지 모른다. 그러나 거기에는 현란한 카네이션과 열대어에서 찾을 수 없는 조촐함과 진솔함, 그리고 따사로움이 있다.

오주석, 《오주석의 옛 그림 읽기의 즐거움》에서

1. 문재인의 옛 그림

《오주석의 옛 그림 읽기의 즐거움》은 "우리 전통문화를 이해하는 데 있어 새로운 시각과 사고의 틀을 제시한" 그림 이야기이자 문화재 안내서다. 이 책에는 위대한 자연의 서사와 꿈틀거리는 민중의 서사가 가득 담겨 있다. 문재인이 옛 그림에서 보고 읽은 것도, 고통스러운 현실을 희망으로, 해학으로, 저항으로 헤쳐 나온 민중의 저력이었을 것이다. 어쩌면 옛 그림들 속에서 가난했던 자신의 과거를 옛 그림처럼 떠올렸을지도 모른다.

가난의 풍경은 어떻게 바라보느냐에 따라 절망의 그림이 되기도 하고 희망의 그림이 되기도 한다. 가난은 때로 의외의 선물을 안겨주기도 한다. 문재인도 가난 때문에 소중한 삶의 가치를 발견하고 키워올 수 있었다고 말한다.

"세찬 태풍이 몰아쳐 나무로 된 부엌문을 계속 흔들자 문이 견디지 못해 장석이 떨어져 나갔다. 어머니와 내가 문이 열리지 않도록 붙잡았고 누나도 거들었다. 그러다가 바람의 힘을 이기지 못해 문을 놓치고 말았다. 문이 확 열리면서 남은 장석마저 떨어져 나갔다. 그러자 바람이 순식간에 집 안으로 밀고 들어왔다. 바람이 집에 가득 차서 집 안이 팽창하는 듯하더니 어느 순간 바람이 위로 빠져 나가는 것이 느껴졌다. 지붕이 통째로 날아가 버렸다. 그 지붕은 어디로 날아가 버렸는지 찾지도 못했다."

1959년 9월, 한반도에 막대한 피해를 입힌 태풍 사라호에 대한 문재인의 경험담이다. 당시 여덟 살이었던 문재인의 집은 흙벽돌로 지어졌다. 지붕은 고작 판자 위에다 길이가 긴 시트 모양의 루핑이라는 재료로 덧대어 있었다. 문재인의 가난은 개인적인 옛 그림이기도 하지만, 사라호 태풍에 속수무책이었던 우리 시대의 '옛 그림'이기도 하다. 여덟 살 어린이가 집을 지키겠다고 태풍과 맞서다 나동그라지는 장면이 상상된다. 이러한 소년기의 참혹한 경험은 복지와 공동체를 생각하는 문재인의 오늘을 만들었다.

"주거 공간은 개인과 가족이 살아가기 위해 반드시 필요한 공간입니다. 책임 있는 정부라면 각 개인과 가족들이 안정된 삶을 영위할 수 있도록 보장해야 하며, 주거정책도 이러한 관점에서 세워져야 합니다."

사라호 태풍 피해라는 '옛 그림'에서 문재인은 '적절한 주거'라는 주거 기본권이 보장되는 우리 시대의 참가치를 끌어내고 있는 것이다. 문재인은 옛 그림의 가치를 숭고하게 간직하고, 그것을 토대로 새로운 가치관으로 상승시키려는 의지로 충만하다. 그는 말한다. 가난의 '옛 그림'은 오히려 선물이었다고.

"가난이 내게 준 더 큰 선물도 있다. '돈이라는 게 별로 중요한 게 아니다'라는 지금의 내 가치관은 오히려 가난 때문에 내 속에 자리 잡은 것이다. 아마도 가난을 버티게 한 나의 자존심이었을지도 모르겠다. 부모님도 마찬가지였다. 우리를 가난 속에서 키우면서도 돈을 최고의 가치로 여기지 않게 가르쳤다. '돈이 중요하긴 하지만 돈이 제일 중요한 건 아니다', 그런 가치관이 살아오는 동안 큰 도움이 됐다고 생각한다."

2. 오주석
— 옛 그림의 그윽한 향기를 읽어주는 사람

훌륭한 예술품에는 반드시 그것을 만든 사람의 훌륭한 정신이 깃들어 있고, 그 시대적 상황이 반영되어 있습니다. 그러므로 우리는 예술품을 통하여 사람과 시대의 정신을 만납니다. 예술과 정신과 삶이 하나인 예술품만이 영원한 생명력을 지니며 마력처럼 그 세계 안으로 우리를 끌어들입니다. 그때 우리는 그것을 추체험追體驗이라 부릅니다. 오주석 선생은 조선시대의 그림들을 격조 높게 풀어나가면서 어떻게 할지 머뭇거리는 우리를 그러한 영원의 세계 안으로 인도합니다.

― 강우방,《오주석의 옛 그림 읽기의 즐거움》의 추천사에서

2005년 2월, 설날 연휴가 시작되려는 찰나의 흥분과 설렘 사이에서 날벼락을 맞아야 했던 사람들이 있다. 전도유망했던 젊은 미술사학자가 쉰 살이 되기도 전 타계했다는 소식이 설날 연휴의 서막을 장식했던 것이다.

동양사학과 고고미술사학을 전공한 오주석은 〈코리아헤럴드〉 문화부 기자, 호암미술관과 국립중앙박물관 학예연구원을 거쳐 중앙대 겸임교수를 역임한 사람이다. 그러면서 그림을 고고학적 안목과 인류애적 관점에서 새롭게 해석한 저서들로 많은 독자들을 매혹시켜 왔다. 그러던 그가 마흔아홉의 이른 나이에 속절없이 하늘나라로 가버렸다. 지병으로 인한 요절이었다.

오주석은 조선시대 그림을 맛깔나게 읽어주던 인물이었다. 옛 그림의 그윽한 향기를 전해주던 사람, 오주석은 그림을 감상할 때 단순한 '보기'보다 그림에 담긴 진정한 의미를 '읽어내야 한다'는 선인들의 가르침을 대중에게 전도하는 데 주력했다. 《오주석의 한국의 미 특강》,

《오주석의 옛 그림 읽기의 즐거움》1, 2, 《단원 김홍도》, 《우리 문화의 황금기―진경시대》, 《단원절세보》 등 오주석의 저작들은 그림의 문외한조차 즐겁게 읽어낼 수 있을 정도로 친화력이 강한 대중교양서로서 널리 읽히고 있다.

오주석이 남긴 책들이 지금에도 대중의 사랑을 듬뿍 받고 있는 이유는 깔끔하게 정제된 문장의 힘에서 찾을 수 있다. 그의 문장에서는 옛 그림처럼 은근한 맛과 훈향, 기품이 풍겨 나온다. '언어의 섬섬옥수'라는 말이 절로 떠오를 정도로 기품 있는 문장이 페이지마다 수놓고 있다. 그러면서도 그림을 보고 읽는 눈은 전문가들도 찬탄을 자아낼 만큼 독창적이며 남다른 깊이를 자랑한다. 그래서 오주석은 박물관에 박제되어 있던 우리 옛 그림을 생물처럼 불러내 고미술의 대중화 시대를 열었다는 평을 얻었다.

그중에서도 1999년 8월 출간된 《오주석의 옛 그림 읽기의 즐거움》은 오주석의 대표작으로 손꼽히는 책이다. 이 책의 머리글에서 오주석은 이렇게 말한다.

> 알기만 하는 사람은 좋아하는 사람만 못하고, 좋아하는 사람은 즐기는 사람보다 못하다.

《논어論語》〈옹야편雍也篇〉에 나오는 말이다. 공자의 말을 빌려 '삶을 위로하고 기름지게 하면서 생명의 의미를 고양시키는 방법으로 옛 그림을 읽는 즐거움을 대중에게 권유'하고 있는 것이다.

오주석이 타계한 지 7년이 지난 어느 날, 한 일간지에는 이런 기사가 실렸다.

최근 경기 수원시에 '미술사학자 오주석 바람'이 불고 있다. 오주석 독서모임이 잇따라 생기고 도서관에서는 오주석 기념실을 준비하고 있다. 지난 주엔 오주석 심포지엄도 열렸다.

가히 독서계의 '오주석 신드롬'이라 할 만하다. 오주석의 어떤 점이 이토록 많은 독자들을 열광하게 하는 걸까? 저자가 《오주석의 옛 그림 읽기의 즐거움》에서 밝힌 말을 듣다 보면 절로 고개를 끄덕이며 오주석 바람에 동참하고 싶은 충동을 느끼게 된다.

옛 그림 속에는 역사가 있다. 다치지 않은 옛 그대로의 자연이 있고, 그것을 보는 옛사람들의 눈길과 그들의 어진 마음자리가 담겨 있다. 한마디로 옛사람들의 삶의 흔적이 고스란히 배어 있는 것이다. 또한 옛 그림은 아련한 지난 세월의 향내를 지니고 있다. 그것을 아꼈던 많은 이들의 고상한 입김과 정성스런 손때가 묻어 있다. 그리고 무엇보다 소중한 것은 그 모든 것이 작품을 그린 화가라는 한 인격체의 독특한 빛깔로 물들여져 있다는 것이다. 그러므로 우리는 옛 그림에서 한 분의 그리운 옛 조상과 만날 수 있다.

오주석은 그림은 그저 눈으로만 보고 이해하는 것이 아니라 마음의 눈으로 봐야 한다고 거듭 강조한다.

어느 수업에선가 〈세한도歲寒圖〉에 결정적인 잘못이 있다고 주장한 학생이 있었다. 즉, 작품 속의 집은 그 오른편이 보이는데, 둥근 창문을 통해서 본 벽의 두께가 어째서 왼편에서 바라본 모양으로 되어 있느냐는 것이다. 날 카로운 지적이다. 그러나 생각해보면 이상한 점은 그것뿐이 아니다. 첫째, 창문이 보이는 직사각형 벽에 이등변 삼각형 지붕이다. 이것은 앞에서 본 것이지 애초 비껴본 모습이 아니다. 둘째, 지붕은 위로 갈수록 줄어들어 원 근법을 쓴 듯한데, 아래의 벽은 오히려 뒤로 갈수록 조금씩 높아져 역원근 법에 가깝다. 셋째, 지붕의 오른쪽 사선도 앞쪽에 비해 뒤쪽이 훨씬 더 가 파르니 역시 오류 아닌가?

(……)

추사는 〈세한도〉에 집을 그리지 않았다. 그 집으로 상징되는 자기 자신을 그렸던 것이다. 그래서 창이 보이는 전면이 반듯하고, 역원근으로 넓어지 는 벽이 듬직하며, 가파른 지붕선이 기개를 잃지 않고 있는 것이다. 그림이 지나치게 사실적이 되면 집만 보이고 사람은 보이지 않는다. 옛 그림을 눈 으로만 보지 말고 마음으로 보아야 하는 까닭이 여기에 있다.

오주석은 '누가 그린 무슨 작품이며, 이 작가는 언제 태어나 언제 죽 었고, 작품의 주제는 무엇이다'라는 식의 단순하고 기계화된 정보를 전달하는 기존의 인식체계를 뒤집었다. 앞에서 거론된 것처럼 추사 김 정희의 〈세한도〉의 배경과 의미 등 감춰져 있던 텍스트를 발견하는 즐 거움을 누리며 "옛 그림은 마음으로 보아야 한다"고 말한다.

옛것으로부터 새로운 문화의 지평을 열어 보인 그는, 우리 문화의 자부심과 긍지를 밝히고 우리의 자화상과 정체성에 대해 끊임없이 연구하고 고민한 보배로운 저술가이자 미술사학자였다.

3.《오주석의 옛 그림 읽기의 즐거움》
― 눈으로 보는 게 아니라 마음으로 읽는 것

오주석은 종횡무진의 필법으로 독자들을 옛 그림 속으로 안내해 들어간다. 자연의 은은함을 노래하는 듯싶다가도 어느 순간 텅 빈 공간 속을 휘달리고, 그림 속에 음악을 끌어들이고 무용수처럼 춤추기도 한다.

텅 빈 하늘이 있은 후에야 휘황한 달이 아름답고, 아지랑이 서린 아득한 공간이 있어야만 그 앞에 뻗어난 한 줄기 댓가지가 풍류롭다. 보이는 형상은 빈 여백 공간과 끊을 수 없게 연결되어 있다. 무는 유를 낳고 유는 무에 의지한다. 아니, 유는 드러난 것이고 무는 감추어진 것일 뿐이다. 그러므로 빈 공간은 아무것도 존재하지 않는, 말 그대로의 여백이 아니라, 오히려 무한히 크고 넓어서 그려낼 수 없는 그 무엇을 상징하고 있다. 음악에서도 극히 여린 소리와 긴 침묵의 순간에 숨죽이는 더 큰 감정의 떨림이 있고, 무용에서도 정중동靜中動으로 가만히 들어 올리는 가느다란 손가락의 미세한 동작 하나가 보는 이의 가슴을 저미게 한다.

"옛 그림을 한 점 두 점, 한 획 두 획 그린 이의 손길을 따라 보노라면" 저절로 그 점과 획에 담긴 "조상들의 마음결도 한 자락, 두 자락 드러난다"면서 읽는 즐거움을 조곤조곤 들려주는 이 책은 정답고, 반듯하고, 때론 의젓하다.

《오주석의 옛 그림 읽기의 즐거움》이라는 제목에서부터 '그림은 보는 게 아니라 읽는 것'이라는 저자의 목소리가 은은하게 배어난다. 눈으로 보는 게 아니라 마음으로 읽는 그림이라는 의미다. 지금도 여전히 대중적 인기를 끌고 있는 또 다른 수작《오주석의 한국의 미 특강》에도 이러한 저자의 목소리가 깊은 울림으로 스며들어 있다.

1998년《단원 김홍도》를 시작으로, 오주석의 저작은 출간될 때마다 옛 그림에 대한 뭇사람들의 관심과 사랑을 불러 모았다. 학술적 평가 또한 상찬 일색이었다. 2010년 한·중·일·대만·홍콩의 석학들이 선정한 '동아시아 100권의 책'에 김구의 《백범일지》, 함석헌의 《뜻으로 본 한국역사》 등과 함께 《오주석의 옛 그림 읽기의 즐거움》이 선정된 것만 봐도 이 책이 지닌 위상을 짐작할 수 있다. 《오주석의 옛 그림 읽기의 즐거움》을 두고 "회화 예술계에 나온《우리 문화유산답사기》"라고 상찬한 이도 있었다. 하지만 생전에 유홍준에게 서슴없이 비판의 화살을 날리기도 했던 오주석이 이런 평가를 달가워할지는 모를 일이다.

《오주석의 옛 그림의 읽는 즐거움》은 두 권으로 구성되어 있다. 1권에서는 '호방한 선線 속의 선禪'을 보여주는 〈달마상達磨像〉에서부터 강희안의 〈고사관수도高士觀水圖〉, 안견의 〈몽유도원도夢遊桃源圖〉, 김홍도의 〈주상관매도舟上觀梅圖〉, 윤두서의 〈진단타려도陳搏墮驢圖〉, 김정희의

〈세한도〉등 화가 아홉 명의 명화 12점의 '마음으로 읽기'가 펼쳐진다. 그림을 읽어나가는 저자의 목소리가 페이지마다 울려 퍼지며 그림과 마주하는 내면의 삼엄함, 도가풍의 은일함, 풍아風雅의 유유자적 같은 분위기로 독자를 몰입시킨다. 저자가 가슴으로 보고 읽어주는 명작들은 늠연한 선인들의 예술적 심상을 그대로 되살려낸다.

달마는 누구이고 김명국은 누구인가? 김명국이 달마를 그렸는가, 달마가 김명국을 시켜 자신을 그리게 하였는가? 김명국이 달마를 그린 것은 관지款識로 알 수 있다. 그러나 화면 밖으로 뿜어 나오는 강력한 자장磁場은 선사禪師 달마가 김명국에게 자신을 그리게 했다고 말한다. 이것은 예술의 진실이다. 그림의 필선筆線들은 화면 위에 각각 서로 떨어져 있다. 그렇지만 보이지 않는가? 선과 선 사이로 하나의 매서운 기운이 거침없이 달리고 있다. 이른바 필획은 끊어져도 뜻은 이어진다는 '필단의연筆斷意連'이 그것이다. 그것은 옷 주름 선뿐만 아니라 얼굴선, 그리고 관서 글씨의 선에 이르기까지 계속되고 있다. 이 호쾌한 선들을 관통하는 기氣의 주인은 김명국인가, 달마인가?

(……)

두루마리를 여는 순간 우리는 대뜸 펼쳐진 황홀한 무릉도원의 전경全景에 압도된다. 마치 궁중아악宮中雅樂 〈수제천壽齊天〉의 시작을 알리는 박拍 소리가 그치자 모든 악사들이 일제히 강박强拍 합주合奏로 장엄한 첫 음을 울리는 것처럼 안개 자욱한 무릉도원은 꿈결 같은 향기를 온 누리에 퍼뜨리며 화평한 기운으로 떠오르는 것이다. 빨간 복사꽃잎의 꽃술에는 금가루가 반짝이고, 병풍처럼 사방을 둘러싼 기괴한 봉우리들은 각광脚光을 받아 얼비친다. 아래가 밝고 위가 어두운 봉우리 봉우리는 신비롭기가 그지없으니 분명 현실 세계가 아닌 신선의 경계다.

(……)

'둔하고 어리석은 듯 물러나 고요하게 지내는 하루', 이것이 바로 〈고사관수도〉 그림의 경계다. 옛말에 이르기를 '고요하게 앉아서 하루를 보내면 곧 이틀이 되나니, 만약 칠십 년을 산다면 곧 백사십 년이니라' 하였다. 오늘 선비는 한가로움을 얻었다. 딱딱한 바위도 거리끼지 않고 철퍼덕 엎드려서 팔짱을 끼고 그 위에 자연스레 턱을 괴었다. 두 다리가 다 보이지는 않지만 아무렇게나 벌려 그 왼쪽 다리만 약간 끌어당겼다. 선비는 매우 느긋하고 편안하다. 그리고 사람깨나 좋아 보이는 후덕한 인상이 천진스러움을 지나 어쩐지 장난기까지 머금은 듯하다.

머리글을 장식한 저자의 말 중 마지막 단락의 내용이 사뭇 인상적이다.

그림을 아는 사람은 그림을 설명하고, 그림을 좋아하는 사람은 그저 물끄러미 바라본다. 그리고 그림을 즐기는 사람은 일상생활 속에서도 거기에 그려지는 대상을 유심히 살펴보게 된다. 산수화를 즐기는 사람은 삶 속에서도 자연을 찾고, 꽃 그림을 즐기는 사람은 삶 속에서도 꽃을 키우며, 인물화를 진정 즐기는 사람은 삶 가운데서도 사람들을 사랑하게 마련이다. 그것도 그냥 사랑하는 것이 아니라 그것의 생태까지도 마음 깊이 이해하는 참사랑을 갖게 되는 것이다.

저자가 이 책에서 전하고자 하는 궁극적 메시지가 응축되어 있는 말이다. 오주석은 우리 옛 그림을 제대로 완상하려면 옛 사람의 눈과 마음으로 보고 느끼는 자세를 갖는 것이 중요하다고 말한다. 그것이 오주석이 말하는 '옛 그림 읽기'의 기본적 자세다. 그는 "옛 그림이 학문적으로 대할 때는 까다로워 보일 수 있겠지만 한 인간의 혼이 담긴 살아 있는 존재로 대할 때는 우리의 삶을 위로하고 기름지게 하며 궁극적으로 우리 생명의 의미를 고양시킨다"고 설파한다. 저자는 또 회화 가운데 수묵화가 가장 철학적인 양식이며 진정한 의미에서 정신적인 것이라고 품평을 남겼다.

문인화를 잘 그리려면 어떻게 해야 할까? 저자는 "천리의 먼 길을 다녀보고 만 권의 많은 책을 읽어야 한다"고 말한다. 그러면서 "이 말은 그림을 감상하는 사람에게도 똑같이 해당된다"고 일러준다. 그리는 사람과 감상자의 자세는 결국 같다는 의미로 읽힌다. 그러면서 저자는 그림을 감상할 때는 천천히 오래 볼 것을 주문한다. 바삐 서두르다 보면 그림의 참맛을 놓치기 십상이라는 것이다.

저자가 들려주는 옛 그림 보기의 방법론 중 마음 깊이 새겨둬도 좋을 몇 가지를 옮겨본다.

첫째, 좋은 작품을 무조건 많이, 자주 본다.
둘째, 작품 내용을 의식하면서 자세히 뜯어본다.

셋째, 오래 두고 보면서 작품의 됨됨이를 생각한다.

저자는 좋은 작품을 무조건 많이, 자주 보라는 이유를 사람은 익숙한 것에 대하여 경계심을 풀고 친근감을 느끼며 결국은 좋아하게 되기 때문이라고 말한다. 그리고 많이, 자주 접할수록 작품을 자기만의 눈으로 소화하고 즐길 수 있는 자율적인 역량이 키워진다고 했다.

또 저자는 건성으로 그저 휙 지나쳐 본 사람에게는 아무리 좋은 작품이라도 아무런 의미도 없게 마련이라고 했다. 그리고 작품 내용을 의식하는 가장 좋은 방법으로 작품을 직접, 있는 그대로 옮겨 그리는 것을 추천했다.

그러면 됨됨이를 생각하는 것은 어떤 의미일까? 저자는 그 이유를 "훌륭한 그림은 진정 훌륭한 인간과 같"아서 "만나면 만날수록 더 좋아지기 때문"이라고 했다.

저자는 그림을 보는 방법과 옛 그림의 의미에 대해 다음과 같이 말한다.

그림을 보는 방법은 사실 따로 정해져 있지 않다. 사람마다 자기 삶의 내용을 비추어서, 자신의 교양과 안목과 기분에 맞추어서 볼 수 있는 것이 그림이다. 그렇기 때문에 익히 보았던 작품 속에서 긴 세월이 흐른 뒤에 감상자 자신이 깜짝 놀랄 만한 전혀 새로운 면을 발견하는 일도 적지 않다. 보는 이의 삶과 교양, 안목이 달라졌기 때문이다. 또 단기적으로 볼 때마다 달라진 감상자의 기분이 작품 보는 눈을 새로운 각도로 조정하기도 한다. 새롭게 느껴지는 작품의 경우라면 신선한 맛을 즐기면 그만이다. 반면 어떤 작품들은 늘 같은 모습으로 다가와 그 변함없음이 좋다는 경우도 있다. 이때 작품 속의 어떤 면모가 이러한 만족감을 줄까 하고 곰곰이 생각해보는 것은 누가 가르쳐주어 알기보다 감상자 스스로가 포기해서는 안 되는 자기만의 즐거운 몫이다. '오래 보면서 작품의 됨됨이를 이모저모 생각하는 것'은 바로 즐거움 자체다.

마지막으로 우리는 옛 그림 속에서 지나간 역사를 볼 수 있다. 옛 그림 속에는 다치지 않은 옛 그대로의 자연이 있고, 그것을 보는 옛사람들의 눈길이 스미어 있고, 그들의 어진 마음자리가 담겨 있으니, 한마디로 말해 옛사람들의 삶의 흔적이 고스란히 배어 있다. (……) 가장 소중한 것은 그 모든 것이 종국에는 작품을 그린 화가라는 한 인격체의 독특한 빛깔로 물들여져 있다는 점이다. 그러므로 우리는 옛 그림에서 한 분의 그리운 옛 조상을 만날 수 있다.

저자는 또 서양화와 우리 옛 그림에 드러난 자연관과 미의 원형을 비교해서 들려주기도 한다.

서양화에서 인간은 모든 자연물에 우선하는 가장 존귀한 존재다. 따라서 자연을 그리는 경우에도 그들은 인간에 의해 관찰된, 그러면서도 인간의 가치와는 본질적 관계가 없는, 사물 자체의 객관적인 속성을 사실적으로 표현하고자 한다. 한편 서양 미술에서 가장 중시하는 분야는 인물화이고, 그중에서도 누드가 중심에 있다. 서양인들은 인간 외적인 것을 모두 벗어버린 순수한 알몸, 누드에서 그들 신의 위대한 모습을 보았기 때문이다. 그들은 그리스시대 이래로 인간의 육신 속에는 지고의 이데아가 투영되어 있다고 굳게 믿어왔다. 누드 중에서도 젊은 여성의 누드를 가장 선호했던 이유는 그것이 대지와 같은 거룩한 생명의 잉태자로서 가장 확실하고 영원한 존재감을 주는 동시에 미학적으로도 지극히 순수하고 아름다운 대상이라 생각했던 까닭이다.

이렇게 서양인의 마음속에 자리 잡은 미의 원형이 인간의 신체였던 반면 우리 옛 그림에서 가장 존중하는 분야는 산수화였고, 그중에서도 중시되는 소재는 산, 물, 바위, 나무였다. 특히 바위는 옛 분들이 가장 즐겨 그렸던 소재로 〈괴석도怪石圖〉처럼 따로 그려진 예도 많다. 돌은 너무나도 흔히 보이는 것이기 때문에 일반적으로 특별하고 강력한 존재감을 주지 않는다고 생각하기 쉽다. 그러나 돌은 억겁의 긴 세월 동안 형성된 것이고 영원히 변치 않는 그 무엇이다. 돌은 겉보기에 거칠고 추할지 모르나 그 외양 안쪽 깊은 곳에 사람들조차 본받기 어렵다고 탄복해 마지않는 굳센 정신을 간직한다. 사실 인간은 아득한 석기 시대 이래로 거대한 바위 속에서 지고한 가치를 발견해왔다.

오주석은 "우리 옛 그림 속의 자연은 그저 단순한 객관적 자연이 아니었다"고 말한다. "그것은 항상 자연인 동시에 사람이었으며 자연이 위대한 만큼 거기에는 늘 자연의 위대함을 함께 나누어 지닌 참사람의 크나큰 모습이 깃들어 있었다"며 물아일체의 자연관을 피력한다. 옛 그림을 통해 위대한 자연을 재발견하고, 그 자연과 일치된 참사람과 대화하는 것, 저자가 권하는 옛 그림 읽기의 진수가 바로 여기에 있다.

한편 《오주석의 옛 그림의 읽는 즐거움》은 1, 2권으로 나뉘어 출간
되었는데, 2권은 저자가 타계한 뒤 그의 죽음 1주기에 맞춰 세상에 나
왔다. 12편의 작품이 수록되었던 1권과 달리 2권은 6편의 작품만 담고
있다. 저자가 2권 출판을 준비하던 중 죽음을 맞았기 때문이다. 저자
오주석을 흠모하고 아끼던 몇몇 사람들이 미완인 채로 남아 있던 원고
를 정리해 출판한 것으로 알려졌다. 전체적인 구성은 저자가 생전에
잡아놓은 틀을 토대로 만들어졌지만, 아쉽게도 목차에는 들어 있었으
나 저자가 미처 완결 짓지 못한 원고 〈일월오봉병日月五峰屛〉 편은 싣지
못했다고 한다.

4. 재인 생각
— 지도자의 자질,
위엄 있으나 사납지 않게

조선 범을 그린 천하명품 〈송하맹호도松下猛虎圖〉를 볼 적마다 나는 두 글귀
를 떠올린다. 하나는 《논어》의 '위이불맹威而不猛', 즉 '위엄 있으되 사납지
않다'는 말이다. 그림 속 범의 위용과 걸맞은 이 '위이불맹'이란 말은 본래
바른 정치를 하기 위해 지도자가 갖추어야 할 다섯 가지 자질 가운데 하나
다. 또 하나는 박지원의 〈호질虎叱〉에 나오는, 범이 썩어빠진 가짜 선비를

꾸짖으면서 '나의 본성이 너희 인간들의 본성보다 오히려 더 어질지 아니하냐!'고 호통을 치는 장면이다. 박지원은 김홍도보다 여덟 살 위의 문인으로 자기 시대를 반성하고 새 시대의 전망을 앞장서 제시했던 큰 선비다.

《오주석의 옛 그림 읽기의 즐거움》에 나오는 한 대목이다. 위이불맹은 공자가 제자 자장子張에게 밝힌 리더의 덕목 다섯 가지군자오의(君子五美) 중 하나다. 나머지 자질을 살펴보면 다음과 같다.

혜이불비惠而不費: 부담스럽지 않은 배려
노이불원勞而不怨: 명확한 임무, 선택과 지시
욕이불빈欲而不貪: 탐욕스럽지 않은 욕심
태이불교泰而不驕: 교만하지 않은 자유분방함

문재인은 《오주석의 옛 그림의 읽는 즐거움》에 실린 그림들을 보고 읽으며 군자다운 선인의 기품을 가슴에 새겼을지도 모른다. 더불어 공자가 말하는 지도자의 자질까지. 선인의 예술적 성찰과 지혜가 녹아든 이 책을 읽는 것은 곧 마음의 수련을 병행하는 것과도 같기 때문이다.

이제 혁명이 아니라
개혁의 시대다, 단 혁명적으로

《책 한 권 들고 파리를 가다》
带一本书去巴黎

파리는 현지인보다 외지인이 많다고 투덜대는 파리 시민의 이야기처럼 1년 내내 세계에서
몰려드는 여행객으로 몸살을 앓고 있다. 어느 영화에서 본 로맨틱한 분위기에 휩쓸려 자신
도 모르게 짐을 싸서 날아온 낭만파, 유럽 일주 코스 중 단 며칠만 파리에 머물러야 하는
배낭 여행족, 고색창연한 파리의 건축물을 답사하기 위해 온 건축학도, 명품 브랜드 제품
을 구매하러 날아온 쇼핑족……. 이렇게 갖가지 다른 이유로 파리에 오는 사람들은 각자의
개성과 취향에 맞게 파리를 '본다'. 보이는 궁전이나 성당, 광장과 공원, 동상 등은 모두 역
사유적이자 예술품이다. 하지만 그 화려하고 낭만적인 파리의 겉모습만 보고 우리가 진정
으로 파리를 이해했다고 할 수 있을까?
린다, 《책 한 권 들고 파리를 가다》에서

1. 공직자에게 권하는 한 권의 책

2005년 1월 20일, 청와대 국정홍보비서관실은 매일 발행하는 〈청
와대 브리핑〉을 통해 선배 공직자가 후배들에게 한 권의 책을 추천하
는 코너를 마련했다. 코너 이름은 '공직자에게 권하는 한 권의 책'. 이
는 국민들에게 좀 더 다가가기 위한 방편이기도 했다. 첫 번째 주자로
나선 이가 바로 문재인 당시 민정수석이었다. 문재인은 변화와 혁신의
시대에 고민이 많은 공직자들에게 도움이 될 만한 책으로《책 한 권 들
고 파리를 가다》를 추천했다.

문재인은 창의적인 집필 방식에 감탄했다고 밝히며 "삶을 함께하는 부부가 함께 여행을 한 후 '우리'라는 주어로 함께 쓴 여행기"라는 점을 추천 이유로 꼽았다.

"여행기의 형식을 빌린 혁명이야기. 프랑스대혁명을 소재로 한 문화대혁명에 대한 이야기를 읽으면서 나는 '여행기를 이렇게도 쓸 수 있구나'라는 감탄을 금할 수 없었다. '파리'라는 이미 너무 많이 알려져서 독자들이 흥미를 가지기 어려운 곳을 대상으로 하면서도 이 책이 중국에서의 대성공에 이어 우리나라에서도 베스트셀러가 된 것은 그런 연유가 아닐까 싶다."

문재인은 쉬운 문필력과 직접 혁명을 겪은 사람들만이 가질 수 있는 통찰력을 높이 평가하고, 풍부한 사진자료와 함께 저자가 직접 그린 수준 높은 그림들을 함께 볼 수 있다는 점에서 읽는 즐거움이 배가된다며 일독을 권했다.

"결국《책 한 권 들고 파리를 가다》는 오늘의 파리와 프랑스를 기행하면서 혁명의 현장에서 프랑스대혁명을 되돌아보는 역사·문화 답사기라고 할 수 있다. 저자들의 쉬운 문필력과 직접 혁명을 겪은 사람만이 가질 수 있는 통찰이 읽는 사람으로 하여금 프랑스대혁명을 그 어두운 부분까지 쉽게 이해할 수 있게 해준다. 그러면서 저자들은 과연 혁명이 무엇인지, 그리고 혁명이 동반하기 마련인 인간들의 광기를 어떻게 볼 것인지 하는 질문을 읽는 이들에게 던지고 있다."

'혁명이란 무엇인가?', '혁명에 뒤따르는 인간의 광기를 어떻게 볼 것인가?', 이는 곧 책을 추천한 문재인이 공직자들에게 던지는 질문이기도 하다. 그는 프랑스대혁명의 자취를 따라가는 이 여행기를 통해, 현재적 관점에서 '혁명'의 의미를 짚어보고 '인간의 광기'에 대해서도 같이 사유해보자고 제안하고 있는 것이다.

2. 린다
— 18세기 혁명과 20세기 혁명이 어우러진 화음和音

'린다林達'는 현재 미국에 거주하는 중국인 부부가 공동으로 사용하는 필명이다. 이들 부부는 1952년 상하이에서 태어났으며, 같은 중학교를 다녔다고 한다. 이들은 중국 문화대혁명이 한창이던 1969년 중국 북동지역의 흑룡강 근처 한 농촌으로 하방下放되어 농부로 일하다가 1978년 같이 대학에 입학하는 등 많은 시기를 함께해온 것으로 알려져 있다. 그래서일까? 혁명아였던 이들 부부가 프랑스대혁명의 흔적을 찾아 파리를 여행하고 여행기를 남긴 것도 우연이 아닌 필연으로 보인다.

문화대혁명은 1966년부터 1976년까지 10년간 중국 최고지도자 마오쩌둥毛澤東에 의해 주도된 극좌사회주의운동이다. 이는 계급투쟁을 강조하는 대중운동이었는데, 마오쩌둥은 그 힘을 중국공산당 내부의 반대파들을 제거하기 위한 권력투쟁으로 활용했다.

농업국가였던 중국이 펼친 과도한 중공업 정책은 국민경제 좌초라는 실패를 불러왔다. 민생경제를 회복하기 위해 자본주의 정책의 일부를 차용한 정책이 실효를 거두면서 덩샤오핑鄧小平이 새로운 권력 실세로 떠오르기 시작했다. 이에 위기감에 사로잡힌 마오쩌둥은 부르주아세력 타파와 자본주의 타도를 외치며 이를 위해 청소년이 나서야 한다고 주장했다. 그로 인해 전국 각지마다 청소년들로 구성된 홍위병이 조직되었고, 마오쩌둥 지시에 따르는 홍위병들은 전국을 휩쓸며 중국 전체를 경직된 사회로 몰아갔다. 그 결과 마오쩌둥에 저항하는 정치세력은 모두 실각되거나 숙청되었다.

문화대혁명은 1969년 4월 제9기 전국인민대표대회에서 마오쩌둥의 절대적 권위가 확립되고, 국방장관 린뱌오林彪가 후계자로 옹립되면서 절정에 이르렀다. 그러나 1971년 린뱌오가 의문의 비행기 추락사를 당하고, 마오쩌둥에 충성을 바쳤던 군부 지도자들마저 대거 숙청되면서 최고지도자의 절대적 권위에 금이 가기 시작했다. 이로써 많은 이들이 '문화대혁명이 마오쩌둥의 개인적 권력욕에서 비롯된 게 아닌가' 하는 의구심을 품게 되었다.

1973년 저우언라이周恩來의 추천으로 덩샤오핑이 권력에 복귀했다. 그가 재등장하면서 문화대혁명의 정신은 여러 측면에서 공격받기 시작했다. 마오쩌둥을 지지하는 세력은 이데올로기, 계급투쟁, 평등주의, 배의주의 등을 강조했다. 반면 저우언라이와 덩샤오핑 지지 세력은 경제성, 교육개혁, 실용주의 외교 노선을 주장했다.

말년에 이른 마오쩌둥은 두 노선을 절충한 후계자를 물색했지만 마땅한 후보를 찾지 못했다. 결국 문화대혁명은 1976년 9월 마오쩌둥이

사망하고 그의 추종자인 4인방이 축출됨으로써 실질적 종결을 맞았다. 공식적으로는 1977년 8월 제11기 전국인민대표대회에서 종결을 선포함으로써 이뤄졌다.

실패한 실험으로 끝나고 말았지만, 문화대혁명은 한때 만민평등과 조직타파를 부르짖은 인류역사상 위대한 실험이라는 극찬을 받기도 했다. 하지만 이 운동으로 약 300만 명의 당원이 숙청되었고, 경제는 피폐해졌다. 또 혼란과 부정부패가 만연하는 상황이 야기되었다. 결국 1981년 6월 중국공산당은 '건국 이래의 역사적 문제에 대한 당의 결의'에서 문화대혁명에 대해 당·국가·인민에게 가장 심한 좌절과 손실을 안겨준 마오쩌둥의 극좌적 오류였다는 공식 평가를 내렸다.

저자들은 이러한 문화대혁명기에 젊은 시절을 보내며 그 거대한 역사의 소용돌이에 휘말려야 했다. 그리움이었을까, 아니면 반성과 성찰로 가는 여정이었을까? 혁명의 광기를 몸소 체험한 이들은 책 한 권을 배낭에 챙겨 넣고 파리 여행을 감행한다. 그 한 권의 책은 바로 빅토르 위고Victor—Marie Hugo의 장편소설 《93년Quatrevingt—Treize》이었다. 《93년》은 브르타뉴 남부 등지에서 프랑스대혁명에 반대하는 봉기가 벌어졌던 1793년을 배경으로 혁명의 소용돌이와 인간의 광기를 다룬 작품이다.

이 책 《책 한 권 들고 파리를 가다》는 결국 혁명을 직접 겪은 두 저자가 프랑스대혁명을 떠올리며 파리를 돌아본 역사 기행문인 것이다. 저자들은 파리의 혁명 현장 곳곳을 돌아보며 때로는 시간을 거슬러 오르기도 하며 혁명의 역사적 사실들을 하나하나 불러내 반추하는 여정을 이어간다. 그래서인지 이 책에는 18세기 프랑스대혁명과 20세기 문화대혁명의 절묘한 조합에 파리 기행의 로맨틱한 배경이 어우러지며 기묘한 화음을 자아낸다.

이 책 말고도 이들 부부는 공동저자로서 '가까이에서 미국을 보다' 시리즈인 《역사 깊은 곳의 우려历史深处的忧虑》, 《대통령은总统是靠不住的》, 《나에게도 몽상이 있다我也有一个梦想》등의 책을 펴냈다.

3. 《책 한 권 들고 파리를 가다》
— 파리를 구제한 빅토르 위고

'린다' 부부는 혁명의 광기를 몸소 겪은 '혁명아'로 불릴 만하다. 혁명의 격랑이 거세게 몰아치던 때 이들은 빅토르 위고의 작품을 통해 지난 역사의 혁명을 반추하는 경험을 하게 된다. 이때의 경험이 훗날 파리 기행으로 이어지는 계기가 되었다.

저자들은 참으로 오랫동안 파리 여행의 날을 기다려왔다고 적었다. 매번 갖가지 이유가 이들의 여행길을 막았기 때문이었다. 바삐 처리해야 할 일들이 꼬리를 물고 생기기도 했다. 부부는 시간을 자신들의 것으로 만들어 여행의 기회를 만들어보기로 결심했다.

시간을 자신의 것으로 만드는 방법은 시간을 점유하고 있는 일들을 거부하고 아예 두 눈을 질끈 감아버리는 것뿐이다. 무조건 여행길에 오르는 것, 이것이 가장 속 시원한 방법이다.

이들이 파리로 날아가기 위해서는 '혁명적인' 결심이 필요했던 것이다.

마침내 이들은 "지도를 꺼내 파리의 위도를 확인하고 계절에 맞는 옷 몇 벌을 되는 대로 배낭 안에 쑤셔 넣었다". 그리고 "빅토르 위고의 소설《93년》을 꺼내 배낭에 집어넣는 것으로 여행 준비를 마쳤다". 이들이 문화대혁명의 한가운데를 지나고 있을 때 읽었던 책이었다. 이 책과 함께 이들 가슴을 감동으로 뒤흔들었던 또 하나의 작품은 찰스 디킨스의《두 도시 이야기A Tale of Two Cities》였다. 그런데 이들은 두 작품을 통해 '혁명의 꿈'에서 깨어나게 되었다고 고백하고 있다.

《두 도시 이야기》와《93년》을 처음 읽었을 때 우리는 소설 속에서가 아니라 실제로 혁명의 한가운데에 있었다. 그런데 아이러니컬하게도 혁명에 관해 묘사한 두 권의 책으로 말미암아 우리는 오히려 '우리의 혁명'에서 깨어났다.

두 작품을 통해 저자들은 혁명의 광기에 눈을 뜨고, 한창 진행 중인 문화대혁명의 말로가 어떻게 진행될지 예감한 듯하다. 어쩌면 이들은 혁명의 순수성을 의심하게 됐는지도 모른다. 그렇듯 이 위대한 문학은 저자들의 마음에 강렬한 인상을 남겼다. 이들에게 프랑스와 파리는 곧 '혁명'이었다. 그러므로 이들이《93년》을 들고 파리에 간 것은 필연이었다.

그렇게 이들의 파리 여행이 시작되었다. 의도가 분명한 여행이었다.

프랑스대혁명은 구체제앙시앵 레짐ancien regime의 모순에서 발생한 시민혁명이었다. 루이14세가 이룩한 절대왕정의 기초는 루이15세 때부터 썩어가기 시작하여 루이16세에 이르러서는 왕실과 국민 간의 골이 화해할 수 없을 지경으로 깊어졌다. 당시 프랑스는 계몽사상가인 장 자크 루소Jean—Jacques Rousseau와 백과전서파인 볼테르Voltaire 등 사회계약설이 많은 지식인에게 영향을 주었고, 여기에 공감한 국민들은 당시의 사회제도구체제에 대한 반발심을 품고 있었다. 루이 16세는 이를 완화하기 위해 점진적 개혁을 목표로 했지만, 특권계급과 국민과의 괴리를 해소하기는 역부족이었다. 아이러니한 것은 당시 귀족과 왕실이 장 자크 루소를 비롯한 계몽주의자들을 후원했다는 것이다. 프랑스대혁명의 불씨를 스스로 제공한 꼴이다.

절대 왕정의 힘에 눌려 숨 한번 제대로 쉬지 못하던 민중들은 바스티유 감옥을 습격하는 등 행동에 나섰고, 이후 로베스피에르Robespierre의 공포정치와 파리코뮌을 거쳐 공화국이 탄생하기까지 기나긴 혼란의 세월이 이어졌다.

라파예트Lafayette 장군은 당시 계몽 귀족을 대표하는 인물이었다. 계몽주의 사상에 매료된 이 젊은 귀족은 사비를 털어 미국 독립전쟁에 참가, 혁혁한 공을 세우며 조지 워싱턴George Washington의 오른팔로 맹활약하기도 했다. 그는 점진적인 혁명을 바랐다. 그러나 돌아온 그를 맞은 것은 폭력과 혼란으로 점철된 프랑스대혁명이었다.

저자들은 이러한 혁명의 자취를 따라, 라파예트의 묘지를 비롯한 혁명의 성지를 순례하듯 여행한다. 자코뱅클럽Jacobins이 있던 자리를 어렵게 찾아내고, 마리 앙투아네트Marie Antoinette가 갇혔던 콩시에르즈리를 방문한다. 그리고 지금은 사라진 바스티유 감옥이 있던 광장에서 폭주열차처럼 잔혹하게 변해간 혁명과 왕정복고, 나폴레옹Napoleon의 시대를 천천히 되짚어 나간다. 노트르담 대성당에서는 혁명 당시 파괴된 대성당 건물을 더듬고, 대성당 조각품을 쓰다듬으며 불후의 명작 《노트르담의 꼽추Notre—Dame de Paris》를 구상하는 빅토르 위고를 상상하기도 한다.

1789년 프랑스대혁명 중에 혁명의 열기에 휩싸인 파리 시민들은 노트르담 대성당 외부에 있는 석조 성도상의 얼굴 부분을 파괴했다. 따라서 19세기로 들어서면서 노트르담 대성당은 어쩔 수 없이 전면적으로 보수를 해야 할 상태에 이르렀다. 현재 우리가 보고 있는 정교한 조각상은 바로 19세기에 중수한 결과물이다.

(……)

우리에게 노트르담 대성당은 우선 한 권의 책 이름이었고, 나중에야 돌을 쌓아 건축한 아주 오래된 성당으로 인식될 수 있었다. 조금도 과장하지 않고 말하자면 수많은 사람들이 노트르담 대성당에 마음을 빼앗기고 있지만 그 가운데 절반 이상은 위고의 《노트르담의 꼽추》가 바로 이곳을 배경으로 해서 쓰였기 때문일 것이다. 위고는 이 석조 건물에게 생생하게 살아 움직이는 생명력을 제공해주었던 것이다. (……) 위고가 희미하게 '혁명'이라는 두 글자가 새겨진 노트르담 대성당의 돌조각을 쓰다듬으며 불후의 장편을 구상하던 모습을 상상할 수도 있다.

저자들은 콩시에르즈리 감옥에 이르러 문화대혁명과 프랑스대혁명을 연결지어 보는 성찰로 나아간다. '혁명'은 중국인들에게 신성시되었던 단어다. 저자들도 어린 시절부터 혁명의 분위기에서 성장했다고 고백한다.

말을 배우기 시작했을 때부터 혁명이란 단어는 햇빛과 공기, 아름다움과 광명 등과 연결되면서 유년 시절의 아름다운 꿈 가운데 일부분을 차지했다. 혁명이란 굳이 해석을 구할 필요도 없고 사고와 이해도 필요치 않은 단어였다. 혁명은 언제나 좋은 것이었다. 만약 문제가 있다면 이는 혁명을 철저하게 수행하지 못했기 때문이었다. 예컨대 프랑스대혁명은 부르주아 혁명이었다. 혁명은 언제나 좋은 것인데, 다만 부르주아 혁명은 철저한 사회 변혁을 가져오지 못한다는 것이 문제였다.

저자들이 《93년》을 읽고 혁명에서 깨어나기 전의 혁명은 이런 것이었다.

우리는 학교에 들어간 뒤에야 혁명의 엄숙성과 존엄성을 알게 되었다. 처음부터 '혁명을 위해선 희생이 있어야 하고 사람을 죽이는 일도 늘 일어나게 된다'는 말을 암송해야 했기 때문이다. 혁명의 제단은 항상 제물을 요구했다. 3학년이 지날 무렵 우리는 혁명으로 인한 죽음은 적과 나 모두에게 일어난다는 사실을 깨닫게 되었다. 그 사이에 존재하는 관계는 아주 간단했다. 바로 '네가 죽어야 내가 산다'는 것이었다. 따라서 적에 대한 자비는 나에 대한 잔인함이고 반대로 적에 대한 잔인함은 나에 대한 자비였다. 우리가 혁명에 대해 마지막으로 배운 것은 '적을 대할 때는 감상에 빠지지 말고 잔혹하고 비정해야 한다'는 말이었다. 이것으로 혁명에 대한 교육은 마무리되었다.

혁명은 곧 혁명의 원인을 제공하고 그걸 가로막는 반대자들에 대한 숙청과정이기도 하다. 프랑스대혁명 직후에도 혁명에 반대하는 귀족들이 참수를 당했다. 국왕 루이 16세와 왕후 마리 앙투아네트도 참수를 면치 못했다. 곧이어 혁명 진영 내부에서 '불완전분자'로 찍히거나 혁명 방식에 회의하는 사람들이 단두대로 올려졌다. 그들 가운데 혁명의 풍운아로 불렸던 당통Danton도 포함되어 있었다. 그를 단두대로 보낸 사람은 바로 혁명 동지였던 로베스피에르였다. 그러나 공포정치를 펼치던 로베스피에르는 곧 자신이 같은 운명에 처해질 거란 사실을 알지 못했다. 하여 저자들은 이렇게 묻는다.

'그런 혁명이 반드시 필요한 일이었을까?'

예외는 없었다. 그들 모두가 단두대로 보내졌다. '끝도 바닥도 없는 잔인함'이었다. 혁명 중에 나타나는 잔인함은 괴수와 다를 바 없다. 혁명은 사람들을 놀라게 하기에 충분한 위력을 갖고 있다. 혁명은 모든 것을 다 삼켜버리고 심지어 자신을 세상에 나오게 해준 산파마저도 놓아주지 않았다. 이런 괴수를 키우는 것이 반드시 필요한 일이었을까? 콩시에르즈리를 나서는 우리의 발걸음은 하나같이 무거웠다. 센 강만이 소리 없이 흐르고 있었다.

저자들은 여행지 곳곳에서 수준 높은 예술적 안목을 발휘하며 독자들을 매혹한다. 다음 인용문은 문재인의 추천 글에도 나오는 대목이다.

베르사유 궁전은 루브르 궁전과 비슷한 점이 거의 없다. 이 궁전의 주인은 사뭇 현대적인 심리를 가졌던 것 같다. 그는 나무를 심어 후대 사람들이 그 그늘을 즐기는 것을 원치 않았다. 그는 나무를 심되 빨리 자라는 품종으로 심어 그 그늘을 자신이 직접 향유하려 했다. 때문에 베르사유 궁전 안에 있는 건축물의 세세한 부분들은 하나같이 속성품들이다. 예컨대 루브르 궁전은 정교하고 아름다운 조각품으로 건축물을 장식한 데 비해 베르사유 궁전은 빨리 완성할 수 있는 회화작품으로 이를 대신했다. 그리하여 외관은 휘황찬란하긴 하지만 루브르 궁전을 지은 예술가들이 추구했던 완벽함과 침착함, 그리고 여유 있는 감각은 찾아보기 어렵다. 당시 베르사유에 프랑스의 뛰어난 예술가들이 모두 모였으리라는 데는 의심의 여지가 없다. 그러나 그들의 주인은 충분한 시간을 주지 않았다. 그들에게는 예술적 충동을 일으키고 이를 배양시킬 만한 시간이 주어지지 않았다.

저자들이 풀어내는 역사에 대한 사유도 밑줄을 그으며 천천히 음미하고 싶은 충동을 불러일으킬 정도로 유려하다.

문학이든 예술이든, 혹은 종교나 사상이든 간에 인류의 정신영역에서 발생되는 산물은 모두 일정한 시기에 역사의 필연에 의해 나타나게 된다. 이들 가운데 한창 성행하고 있는 것은 '주류'가 되고 막 시작됐거나 점차 사라지고 있는 것은 '지류'로 간주되며, 심지어 때로는 '역류'하는 것이 나타나기도 한다.

하지만 도도히 흐르는 역사의 강 하류에서 진흙과 모래가 가라앉고 나면 어느 유파에 속한 것이든 정신적 재산이 함유하고 있는 금모래는 결국 침적沈積된다. 수많은 유파들이 강세와 약세를 두루 겪고 나서 결국엔 강성함에서 약함으로 변화하여 마침내 쇠망의 역사를 완성하게 된다. 하지만 사라져가는 것이라 할지라도 그 가운데는 가치 있는 부분이 있어 반드시 보존된다. 오늘날 성행하고 있는 어떤 형태의 정신적 주류도 기억과 역사적 안목이 있는 한, 역사에 일정한 교육적 효과를 남기게 되는 것이다. 따라서 자신을 너무 크게 볼 필요도 없고 자신을 너무 정확하게 보려고 애쓸 필요도 없다. 자신이 살고자 한다면 남도 살게 해야 한다. 군중의 세력에 의지하여 남을 죽이고 핍박한다면 결국엔 그 모든 화가 자신에게 미치기 마련인 것이다.

저자들이 파리에 도착한 첫날 처음 마주친 기념비적 건물은 바로 사크레쾨르 대성당과 팡테옹이었다. 이들은 여행기 막바지에 이르러서야 팡테옹 성당 지하묘지로 독자들을 안내한다. 빅토르 위고가 안치된 곳이다. 위고와 함께 저자들은 이곳에서 프랑스대혁명을 상징하는 대표적인 영웅 볼테르와 루소도 함께 만난다.

팡테옹의 지하묘지에 안장되어 있는 볼테르와 루소는 사람들에게 여러 가지 생각을 하게 한다. 그들은 공교롭게도 혁명이 발생하기 전에 거의 동시에 세상을 떠났다. 대혁명에 의해 신화에 가깝게 떠받들어진 루소가 대혁명 때까지 살아 있었다면 사람들은 아무런 이유 없이도 그를 믿고 따랐을 것이고, 로베스피에르의 화신이 될 수 있었을 것이다. 만약 사상적으로 자유로운 것에 익숙한 볼테르와 루소가 혁명을 직접 겪었다면 그들은 온전히 살아남지 못하고 혁명의 성현에 끼지도 못 했을 뿐만 아니라 단두대에 올라야 했거나 혹은 혁명이 제대로 고양되기도 전에 혁명을 피해 유망의 길에 올랐을지도 모른다. 우리는 팡테옹에 안치된 볼테르와 루소의 존엄과 영광, 그리고 이를 장식하는 훌륭한 묘지 앞에 서서 감탄을 금치 못했다. 그들은 죽어서 시대를 만난 인물들이었다.

그리고 다시 빅토르 위고다. 여행의 출발을 빅토르 위고의 《93년》으로 잡았던 저자들은 마지막도 빅토르 위고로 장식한다. 이 책의 마지막 장은 '위고 예찬'이라고 해도 지나치지 않다. 나폴레옹 같은 정치적 인물이 아니라 빅토르 위고 같은 작가가 파리를 구했다는 것, 그 이유로 저자들이 내세운 것은 위고의 작품이 지닌 진보적 세계관이다.

나폴레옹의 영구가 개선문을 통과한 지 45년이 지난 어느 날 군인이 건축한 개선문 밑을 처음으로 작가의 장례 행렬이 지나게 되었다. 다름 아닌 빅토르 위고였다. 이날 프랑스 전체가 슬픔에 잠겼다. 어쩌면 이는 프랑스대혁명이 끝난 후 모든 프랑스인들이 처음으로 침묵하고 반성하며 사색한 날인지도 모른다.
위고가 묘사한 프랑스대혁명은 대단히 모순적이었다. 그의 작품에서는 영혼의 몸부림을 분명하게 읽을 수 있다. 《93년》에서 그는 구제도의 잔학함과 불공정함을 폭로했고 구제도에 대한 대혁명의 개혁효과와 대혁명이 유발한 공포정치와 잔인함을 동시에 언급했다. 이 모든 것들이 집중적으로 형상화되어 한데 어우러져 있기 때문에 작품에 등장하는 어느 인물의 말을 들어야 할지 모를 지경이다. 하지만 이는 프랑스에서 무수한 사람들이 경험했던 현실이고 무수한 학자들이 언급했던 사실이다. 이는 문학가인 위고의 능력으로는 해결할 수 없는 패러독스였다.

하지만 위고는 처음으로 선량하고 온화한 인성에 바탕을 둔 사회진보의 척도를 마련하여 프랑스인들의 눈앞에 내놓았다. 위고의 작품들 속에 가장 주목할 만한 위치에 있는 것은 계급과 지위, 혈연과 도덕 등 어떤 부차적인 조건도 갖추지 못한 약자들이다. 그는 이 약자들에 대한 대우방식을 사회의 진보를 가늠하는 기준으로 세계 인류 앞에 제시하고 있는 것이다.

45년 전 파리 사람들은 모두 밖으로 나와 개선문 아래에서 여전히 구름 속에 서 있는 '위인'을 떠나보냈다. 그리고 그로부터 45년이 지난 뒤에 그들이 다시 개선문 아래 모여 떠나보낸 사람은 약자 편에 서서 소리 높여 외쳤던 한 작가였다. 수천 년 동안 이어져 온 유럽 문명의 축적은 마침내 프랑스에서 이러한 변화로 완성된 것이다. 이날 이후로 프랑스인들은 마침내 나폴레옹이 아니라 위고가 있었기 때문에 파리가 구제받을 수 있었고 프랑스가 부활할 수 있었음을 깨닫게 되었다.

4. 재인 생각

― 개혁을 통한 사회변화,

  당파와 계층의 이익이 바로 '절대 악'이다

이 책의 번역자인 김태성은 "프랑스대혁명은 한 편의 우화"라고 말한다.

자유와 평등, 박애를 이상으로 10년 동안 계속된 혁명은 모든 사람들에게 인간의 잔혹함과 무력한 죽음의 고통과 허무만을 안겨주었다. 평등과 박애, 그리고 자유의 쟁취가 목표였지만 자유가 쟁취되기 전까지 평등과 박애의 이름으로 또 다른 형태의 종교 박해와 불합리한 사형집행이 자행되기도 했다. 결국 평등과 박애라는 거룩한 이름도 살육과 폭행의 근거가 될 수 있었던 것이다.

역자는 이렇게 묻는다.

"누구를 위한 자유이고, 그 자유의 결과는 무엇인가?"

역자는 또 "자유의 다른 이름은 방종"이라고 꼬집는다. "자유를 외친 혁명에는 항상 방종이 뒤따랐"으며, 자유를 쟁취하는 방식조차 방종이었다는 지적이다.

우화가 되어버린 프랑스대혁명이 그랬고 중국의 문화대혁명이 그랬다. 모든 혁명에는 방종에 의한 혼란과 파괴가 뒤따랐다. 혁명의 본질이 파괴이고 그 에너지는 바로 민중의 본질적 광기이기 때문이다. 민중은 '절대 선'이 아니고 귀족은 '절대 악'이 아니다. 계급이 아닌 인간이 '절대 선'이고 인간이 아닌 당파와 계층의 이익이 바로 '절대 악'인 것이다. 중국의 석학 리저허우李澤厚와 류짜이푸劉再復가 중국의 20세기를 회고하면서 쓴 《고별혁명告別革命》에서 혁명이 아닌 개혁을 통한 사회의 변화를 강력하게 호소했던 이유도 바로 여기에 있다.

혁명에 대한 부정적 시각을 드러낸 말이다. 하지만 혁명이란 핍박받은 민중이 일시에 터뜨리는 분노의 불꽃이다. 선택이 아니라 살고자 하는 본능의 순간적 표출이다. 이것이 바로 혁명에 광기의 기운이 스며들 수밖에 없는 이유다. 문제는 언제나 민중의 혁명의지를 들깨우는 특권계급의 전횡이다. 혁명의 기운이 광기로 표출되기 전에 그 전횡을 막아줄 개혁적 장치가 필요하다.

문재인이 이 책을 추천하며 공직자들에게 전하고자 했던 메시지도 이러한 문제의식이 아니었을까 싶다. 참여정부에서 민정수석을 두 번 역임했던 문재인은 각종 개혁정책을 주도하는 입장이었다. 그에게 '혁명'은 개혁의 다른 이름이었을 수 있다.

개방과 관용,
새 시대로 들어가는 문

《로마인 이야기》
ローマから日本が見える

인간에게는 절대로 양보할 수 없는 선이 있다. 그것은 사람에 따라 다양하기 때문에 객관성이 없다. 따라서 법률로 다룰 수 없고, 종교로 가르칠 수도 없다. 개개인이 자기한테 좋다고 생각하는 생활방식일뿐, 만인 공통의 진리를 탐구하는 철학은 아니다. 이것은 라틴어로는 '스틸루스stilus', 이탈리아어로는 '스틸레stile', 영어로는 '스타일Style'이다. 다른 사람이 보면 중요하지 않아도 자기한테는 그 스타일이 다른 무엇보다도 중요한 이유는 거기에 손을 대면 자기가 아니게 되어버리기 때문이다.

시오노 나나미, 《로마인 이야기》에서

1. 소통의 리더십과 균형 감각

《로마인 이야기》에는 카이사르, 아우구스투스, 트라야누스, 하드리아누스, 아우렐리우스 등 훌륭한 지도자가 셀 수 없을 정도로 등장한다. 숨 가쁘게 로마의 역사를 채웠던 훌륭한 지도자들 덕분에 로마는 장구한 세월 동안 유지될 수 있었다. 로마가 융성할 수 있었던 것은 30만이 넘는 신들의 휘호 때문이기보다는 그런 위대한 지도자들 덕분이었다고 《로마인 이야기》는 말하고 있다. 그와 반대로 로마의 멸망을 불러온 것은 타락한 지도자 때문이라는 통렬한 지적도 잊지 않는다.

천년의 제국은 유연성, 포용성, 열린 세계관, 소통 등의 리더십을 갖춘 지도자들 덕분에 유지될 수 있었다고 저자 시오노 나나미는 말한다. 좋은 것이라면 적의 것이라도 받아들이는 유연성, 타 민족이라 할지라도 타 문화의 차이를 존중하는 개방성과 포용성, 국민에게 희망을 심어주는 긍지와 자부심, 열린 세계관으로 무장한 리더십은 로마를 지탱해준 힘이었다.

문재인이 《로마인 이야기》에서 터득한 것도 이러한 소통의 리더십과 균형 감각이었을 것이다.

2. 시오노 나나미
— 로마인으로 살아온 일본인 작가

로마사라고 말하면 '쇠망'이라는 말이 돌아온다. 그것이 지금까지 일반적인 경향이었다. 에드워드 기번Edward Gibbon의 《로마제국 쇠망사History of the Decline and Fall of the Roman Empire》의 영향이 아닐까 싶지만, 내 첫 번째 의문은 여기에서 출발한다. 쇠망했다면 그 전에 우선 융성했어야 할 텐데, 왜 융성기에는 관심을 갖지 않고 쇠퇴기만 문제 삼는가 하는 의문이니까.
— 시오노 나나미, 《로마인 이야기》에서

《로마인 이야기》는 저자 시오노 나나미塩野七生가 1년에 한 권씩 발표하겠다고 공표한 뒤 15년의 집필기간을 거쳐 15권으로 마무리한 인류문화사의 기념비적인 작품이다. 저자는 서양문명의 모태라고 할 수 있는 고대 로마와 르네상스 현장을 일일이 취재했고, 30년이 넘도록 로마사에 집중했다. 그 결과물이 《로마인 이야기》다.

1963년 일본의 귀족 출신이 다니는 명문 교육기관이라 일컬어지는 가쿠슈인學習院 대학에서 철학을 전공한 저자는 이탈리아에 체류하면서 독학으로 이탈리아 르네상스를 공부했다. 체류와 귀국, 결혼과 정착을 반복하면서 저자는 1968년 《르네상스의 여인들ルネサンスの女たち》을 발표하지만 별 주목을 받지 못했다. 그러다 1970년 마키아벨리 Niccoló Machiavelli의 《군주론Il Principe》의 모델이 된 체사레 보르자Cesare Borgia의 일대기를 그린 《체사레 보르자 혹은 우아한 냉혹チェーザレ・ボルジアあるいは優雅なる冷酷》으로 '마이니치 출판문화상'을 수상하면서 일약 스타 저술가로 떠올랐다. 이후 저자는 본격적인 집필에 나섰다.

30년 전 이탈리아에서 시오노 씨를 만나 사흘 동안 그로부터 로마 안내를 받았다. 그런데 상당히 건방졌다. 불끈 화가 나서 말했다. 당신은 여기서 도대체 뭘 하고 있느냐. 르네상스에 흥미가 있다면 '여자'에 대해 써보는 게 어떠냐 했더니, 왜 하필 여자냐고 되물었다. 하지만 반 년 뒤 정말로 책을 써 왔다. (……) 많은 작가와 사귀었지만, 시오노가 가장 성장했다. 스스로도 깨닫지 못할 만큼 많이 컸다. 집중과 지속이라는 미덕을 가지고 열심히 노력한 결과다. 어찌 보면 꼭 수도하는 수녀 같다. 기독교를 경유하는 역사에 도전하고, 20세기 인간의 환상에 도전하고 있다. 우리는 이 엄청난 일을 마지막까지 뒷받침하고 싶다.

저자에게 《르네상스의 여인들》을 쓰도록 격려한 편집장이 저자와의 첫 대면을 생생하게 술회하고 있는 장면이다. 편집장 말대로 저자는 일관성과 집중력이라는 작업태도를 갖추고 있다. 매일 규칙적으로 시간을 정해놓고 글을 쓰는 것으로 유명한 저자의 작업태도만 봐도 알 수 있다.

나는 로마인처럼 살면서 《로마인 이야기》를 쓰고 있다. 아침 7시에 일어나서 아들과 식사 준비를 하고 8시 30분부터 1시 30분까지 집필한다. 점심 후에 한두 시간 다시 일한다. 오후 4시엔 반드시 하루 일을 끝낸다. 나는 로마 사람들처럼 하루 5시간 정도 일한다.

50대 중반에 시작한 《로마인 이야기》를 일흔 살에 이르러 완성하는 동안 여름휴가를 한 번도 가지 않았다는 저자의 신념은 집요할 정도다. 《로마인 이야기》 완간 인터뷰에서 나온 "혹 나쁜 병이라도 발견되면 일을 중단해야 하고, 일단 중단하면 다시 시작하지 못할 것 같아 병원에도 한 번 가지 않았다"는 시오노의 고백은 두고두고 회자되고 있다.

지력, 체력, 경제력, 기술력 등 모든 면에서 주변 민족보다 열세에 있던 로마가 지중해 전역을 제패하고 중근동, 북아프리카에 이르는 대제국을 1천 년 넘게 경영한 비결이 무엇인가?

저자가 《로마인 이야기》를 집필하게 된 결정적인 동기는 그런 의문에서 비롯되었다. 의문을 풀고자 하는 의지, 그것이 세상과 사람을 보는 특별한 눈을 갖게 했고, 베스트셀러 작가의 반열에 오르게 했다는 평가를 받는다. 그러나 저자는 개인적으로 주류 사회에서 소위 왕따를 당했다고 토로하기도 했다. 작업할 때의 치열함과 용맹함이 과도한 이기심과 극단성으로 오해받기도 했다는 것이다.

세계적인 작가가 된 어느 날 "도쿄에서 유명 대학 교수들이 오니 만찬에 참석해주세요"라는 제안이 들어온다. 하지만 그 제안은 다급하게 철회된다. "교수들이 시오노와 동석하기 싫다고 했다"는 게 이유였다.

또 출판사에서 연락이 온다. 누군가가 마키아벨리 번역집에 발문을 써달라고 부탁했다는 것이다. 얼마 후 전화가 다시 온다. 그 누군가가 시오노의 발문은 싫다고 거절했다는 통보다. 시오노는 그런 일이 비일비재했다고 털어놓았다. 그는 이러한 주류 사회의 푸대접을 '남보다 더 큰 성과를 내면 된다'는 자기위로를 통해 극복했다고 말한다.

3. 《로마인 이야기》
— 나는 쓰기 시작할 테니, 여러분은 읽기 시작하세요

사람들은 흔히 말합니다. 로마인이 대제국을 건설하고, 그 광대한 영역을 그토록 오랫동안 경영할 수 있었던 것은 군사력 덕분이라고. 과연 그럴까요?

사람들은 또 이렇게도 말합니다. 로마인도 결국 쇠망의 길을 걸은 것은 패권을 장악한 민족이 흔히 빠지기 쉬운 교만 때문이었다고. 과연 그럴까요? 이런 의문들에 대해 나는 서둘러 해답을 내놓고 싶지 않습니다. 역사란 수많은 사람들의 노고가 축적된 결과물입니다. 거기에 대해 가볍게 해답을 내놓은 것은 실례일 뿐더러, 아직은 나 자신도 해답을 확실히 알고 있지 못합니다. 역사적 사실이 기술됨에 따라 나도 생각하겠지만 여러분도 함께 생각해주기 바랍니다. '왜 로마인만이 그럴 수 있었는가'를.

자, 그럼 나는 쓰기 시작할 테니, 여러분은 읽기 시작하세요. 고대 로마인은 어떤 사람들이었나를 나와 함께 곰곰 생각하면서.

저자는 고대 로마의 흥망사에 깃든 의문에 대해 함께 생각해보자고 제안하는 것으로 《로마인 이야기》라는 대장정의 서막을 열어젖힌다.

《로마인 이야기 ローマから日本が見える》는 팍스 로마Pax Romana, 즉 고대 로마의 이야기다. 팍스는 라틴어로 평화를 뜻한다. 그러나 사이가 좋거나 합의와 타협에 의한 긍정적인 평화의 의미가 아니다. 강자도 아닌, 초강자가 힘을 모조리 장악하고 있기 때문에 경쟁과 정쟁이 되지 않는 아이러니한 평화를 의미한다.

초강대국 미국을 일컫는 팍스 아메리카 이전에 팍스 로마가 있었다. 《로마인 이야기》는 다른 국가가 감히 문제를 일으킬 생각도 못 해서 전 유럽에 평화가 유지된 시대에 대한 이야기다. 이는 역설적으로 한 나라가 힘을 독점하면서 생겨나는 강제적인 평화의 위험성을 꼬집는 것일 수도 있다.

경제가 돈 버는 것이라면 정치는 번 돈을 잘 쓰는 것이다. 이에 비해 문화는 성공한 경제와 정치로 번 돈을 운용하는 것이다. 한 나라가 번성하는 데는 순서가 있다. 우선 경제력이 확보되어야 하고 다음은 정치 안정이 이루어져야 한다. 그렇게 되면 자연스럽게 문화가 꽃피는 단계로 접어들게 된다. 이런 단계를 밟아가는 데 있어서 가장 중요한 것은 '뭔가를 하지 않으면 안 된다'는 기운이 사회에 퍼지는 것이다. 그런 기운은 위기의식에서 나오는데, 망해가는 나라는 한결같이 뛰어난 인재를 활용하지 못하고 위기의식을 느끼지 못하는 공통점이 있다.

시오노가 《로마인 이야기 길라잡이》에서 밝힌 말이다. 그는 정치를 잘못하면 어떤 결과가 초래되는지 보여주고 싶은 생각으로 로마사에 빠져들었다고 말한다. 그는 현대의 로마 거리를 걸으면서도 2천 년 전의 로마인들을 만나는 신통력을 발휘한다. 가히 접신接神의 경지라 할 만하다.

요즘 나는 오후가 되면 조깅 슈즈를 신고 로마 거리로 나선다. 조깅이 목적이 아니라 지도를 한 손에 들고 현대의 로마를 걸으면서 고대의 로마 거리를 머릿속에 재현하기 위해서다. 그러다 우연히 일본인 노부부를 만났다. (……) 내가 가르쳐준 길을 찾아 멀어져 가는 노부부의 뒷모습을 한참이나 지켜보았다. 부러웠다. 저런 행복도 맛보지 못하고 죽어야 하는가 생각하니 어딘가에 소중한 것을 버려두고 온 듯한 슬픈 기분이 들었다. 다만 멀어지는 노부부에게서 눈길을 떼지 않고 뒤를 따라가다가 내 눈의 초점은 점점 넓어져 갔다. 노부부도 다른 관광객도 현대 로마의 사람들도 모두 사라지고 그 대신에 하얀 장의長衣 또는 형형색색의 단의를 걸치고 회당과 신전의 계단을 오르내리는 2천 년 전의 사람들이 보이기 시작했다. 천명天命을 안다는 것은 그리 대단한 것이 아니라 그저 불가능이 무엇인지 안다는 뜻이 아닐까.

로마의 멸망도 천명이었을까? 저자는 《로마인 이야기》의 15권, 즉 완결판이 되는 《로마 세계의 종언》 마지막 장에서 '제행무상 성자필쇠諸行無常 盛者必衰'를 이야기한다.

성한 자는 반드시 쇠하고, '제행諸行'은 무상하기 때문일 것이다. 이것이 역사의 이치라면 후세를 살고 있는 우리는 옷깃을 여미고 그것을 배웅하는 것이 인간 노력의 집적이기도 한 역사에 대한 예의가 아닐까 생각한다.

'제행무상 성자필쇠'는 가마쿠라 시대에 만들어진 작자 미상의 군기軍記 소설의 한 대목에서 차용한 것으로 유명한 말이다. '제행무상'은 불교의 근본 주장인 불법의 바른 가르침을 위한 3법인의 하나로 '세상의 모든 것은 항상 변화해서 생멸하고, 영구불변인 물건은 없다'는 뜻이다. '성자필쇠'는 '무상한 세상에서는 영화를 누리던 사람도 반드시 쇠약해질 때가 있다'는 뜻이다. 즉, 모든 것은 변하게 마련이고 흥한 것은 언젠가 반드시 쇠한다는 말이다. 따라서 저자의 그 말은 '끊임없이 자신을 돌보고 사람을 돌아보면서 관리할 때에만 조직과 개인을 흥하게 만든다'는 뜻으로 풀이된다. 아이러니하게도 로마는 그렇게 흥했지만, 또 그 흥했던 성공요인을 지속하지 못해 실패한 제국이 되고 말았다.

로마는 해양국가인 아테네와는 달리 육지 생활을 주로 한 국가였다. 이것은 적과 국경을 접하고 있다는 뜻이다. 국경을 접하고 있으면 국방을 위해서라도 적과의 대결을 피하기가 어렵다. 로마인에게는 전투가 아테네인보다 훨씬 일상적인 일이었다. 재산이라고는 자식밖에 없다는 의미에서 '프롤레타리proletarii'라고 부르고, 그 때문에 직접세인 군역을 면제받은 무산자계급을 제외한 로마 시민은 모두 병사였다.

저자에게 《로마인 이야기》를 쓰도록 안내한 이는 《군주론》을 쓴 마키아벨리다. 마키아벨리는 《군주론》에서 "천국에 가는 가장 유효한 방법은 지옥에 가는 길을 숙지하는 것이다"라고 말했다. 이는 피비린내를 불러온 리더를 옹호하는 것처럼 보이기도 한다. 이 때문에 일부 역사학자들은 《로마인 이야기》에 일본 제국주의의 그림자가 깃들어 있다고 주장하기도 한다. 대표적인 것이 포에니 전쟁이다.

《로마인 이야기》에서 상당 부분을 차지하고 있는 포에니 전쟁은 신흥 공화국 로마가 당시 지중해의 패자였던 카르타고와 패권을 다투는 대서사로 이루어져 있다. 일부 역사학자들은 이 부분이 일본제국주의가 러시아와 중국을 격파하는 모습과 중첩된다며 비판의 시선을 날린다. 이런 날 선 시각에 저자는 이렇게 답한다.

제정 로마의 두 번째 특색은 '팍스(평화)'를 달성했다는 것이다. '팍스 로마나'는 '로마에 의한 국제 질서'였다. 게다가 로마가 주도하는 이 평화는 오랫동안 넓은 제국 전역에 걸쳐 유지되었으니까 대단하다. 유럽과 북아프리카와 중동에서 200년 동안 전쟁이 없었다니, 그 후 2천 년이 지난 지금도 그것을 생각하면 한숨이 나온다.

이 '팍스'가 왜, 어떻게 실현되었는지를 아는 것이 목적인 이상, 정치체제가 제정이라도 상관없다고 나는 생각했다.

힘을 숭배하는 보수적인 작가의 책이라는 비판이 있었음에도 《로마인 이야기》는 대형 베스트셀러 목록에 당당히 이름을 올렸다. 《로마인 이야기》를 번역한 김석희는 그 이유를 이렇게 설명한다.

《로마인 이야기》는 리더십의 문제를 제기하여, 제대로 된 지도자에 목마른 독자들에게 시대적 관심을 불러일으키기도 했습니다. 시오노 선생이 한국을 방문했을 때 가진 강연회도 청소년을 상대로 한 '지도자란 무엇인가'였습니다. 우리나라에서 《로마인 이야기》가 그렇게 인기를 얻은 이유에 대해서 한 친구는 "우리도 '카이사르 같은 지도자'를 한번 가져보고 싶다는 국민적 열망의 반영이 아니겠느냐"고 설명하더군요.

역사를 통해 배운다는 말이 있다. 《로마인 이야기》는 이 말에 가장 잘 어울리는 책이다. 이 책은 1천200여 년에 이르는 대제국을 슬기롭게 경영한 로마인들의 파란만장한 역사와 숱한 민중들의 삶, 그 희로

애락을 그려냄으로써 독자들에게 깊은 감동과 풍부한 교훈적 메시지를 던져준다. 모든 면에서 주변 민족보다 열세에 있었던 변방의 로마가 지중해의 패권을 장악한 것이나 그 문명의 탄생과 성장, 쇠퇴의 과정은 한 개인의 인생이나 조직사회의 운명에도 그대로 적용될 수 있다. 따라서 역사는 오늘을 사는 우리에게 반면교사요, 타산지석의 본보기를 보여준다. 《로마인 이야기》가 그런 역사의 교훈을 유감없이 보여준 수작임에는 분명하다.

4. 재인 생각
— 국가 지도자의 자질,
  리더는 내가 아니라 남을 먼저 생각한다

《로마인 이야기》를 읽다 보면 지도자로서 갖춰야 할 덕목이 무엇인지 자연스레 체득하게 된다.

시오노는 지도자의 첫 번째 자질로 지성을 꼽는다. 그러나 지성은 지식만도 아니고 교양만도 아니다. 지성은 보고 싶은 현실밖에 보지 않는 사람이 많은 가운데 보고 싶지 않은 현실까지도 꿰뚫어 보는 재능이다. 그러나 꿰뚫어 보는 것만으로는 충분치 않다. 상황을 통찰한 뒤 그것이 어느 방향으로 나아가는 게 최선인지 이해해야 비로소 진정한 지성이라고 말할 수 있다. 즉, 창조성이 결여된 현실인식은 완전한 지성이 아니라는 말이다.

시오노는 탁월한 지도자의 바람직한 상에 대해 이렇게 말한다.

보통 사람은 개인의 이익을 위해 행동합니다. 하지만 리더는 남을 생각해야 하는 사람입니다. 일개 개인이 자신의 생활향상을 위해 노력하는 것은 당연한 일이지요. 하지만 리더는 조직 구성원의 이익을 위해 노력해야 합니다. 조직 전체가 풍요로워져야 하며, 사리사욕으로 제 배를 채워서는 안 됩니다. 이것은 이상형이니 실제로는 참 힘든 일이지요.

유럽 여행을 하다 보면 베르사유 궁전 같은 굉장한 건물을 많이 볼 수 있습니다. 그러나 로마의 대형 유적은 모두 공공의 편리와 이익을 위해 지은 것입니다. 리더가 많은 일을 할 수 있는 것은 남이 리더에게 힘을 위탁했다는 말이며 기회를 주었다는 말입니다. 그래서 로마의 리더들은 자기를 뽑아주고 기회를 주어 성과를 남길 수 있게 된 것에 대한 보답으로 신전, 회당, 포룸 같은 공공건물을 기증했습니다.

로마인조차도 피라미드가 대단하다고 했지만 그것은 단 한 사람의 사후를 위한 것이라며(피라미드를 본 이후에도) 로마인은 살아 있는 많은 사람이 공유할 수 있는 것을 건설하는 데 더욱 힘을 쏟았습니다.

나는 베네치아의 통사도 썼습니다. 그 민족은 개인보다 공공이 우선된 나라였습니다. 그 점에서 로마와 비슷합니다. 그런 민족을 좋아하는 것이 내 취향인가 봅니다.

문재인이 말하는 소명의식, "권력은 국민에게 위임받은 것이므로 국민에게 돌려드려야 한다"는 말과 같은 맥락으로 읽힌다. 문재인이 생각하는 바람직한 리더십은 통합과 화합을 끌어내는 리더십이다.

"우리나라의 국가 리더십은 너무 대결적입니다. 물론 전 정부가 한 일을 되풀이해서는 발전이 없습니다. 한계나 과오를 정확하게 보고 이를 극복하려는 노력을 해야만 발전이 있습니다. 그러나 정부가 한 일은 무조건 악으로 놓고 적대함으로써 자신의 지지자들을 결집하는 구태는 발전도 정체도 아닌 퇴행에 불과합니다. 여기서 벗어나려면 통합과 화합의 리더십이 반드시 필요합니다."

책으로 그려본 문재인의 초상

책에 굶주린 학생이 있었습니다. 활자화된 읽을거리가 보이면 그것이 무엇이든 닥치는 대로 먹어치운 학생이 있었습니다. 양이 차지 않으면 신문이라도 주워 읽어야 배가 차는 학생이 있었습니다. 매일 학교 도서관 문이 닫힐 때까지 책 속에 파묻혀 있다가 의자 정리까지 해주고 집으로 돌아오는 학생이 있었습니다.

가난했던 어린 시절, 책은 어쩌면 제가 찾은 유일한 행복이었는지도 모릅니다. 지금 손에 책이 들려 있다는 사실만으로도 당신은 분명 행복한 사람입니다.

— 문재인, 《문재인이 드립니다》에서

"초등학교 때 나는 눈에 띄지 않는 아이였다. 키도 작고 몸도 약했다. 아주 내성적이어서 선생님 관심을 받아본 적도 없고, 수업시간 외에 선생님을 따로 만난 기억도 없다. 하기야 선생님들도 가난한 동네에 한 학급 학생 수가 80명이 넘을 정도였으니 일일이 관심을 기울일 수도 없었을 것이다."

문재인이 자서전에서 가난한 소년기를 회고한 내용이다. 이 시절 문재인은 성적에 별 관심이 없었고, 통지표에 표시된 행동발달 사항도 '그저 그런' 편이었다. 그 남루한 시절을 견디게 해준 힘은 바로 책 읽기였다.

문재인에게 독서의 즐거움을 알게 해준 이는 아버지였다. 아버지는 부산의 양말공장에서 양말을 구입해 전남지역 판매상들에게 공급하는 일을 했다. 한번 장사를 나가면 한 달 정도 만에 돌아오곤 했는데,

그때마다 어린 아들이 읽을 만한 책들을 사오곤 했다.

"그럴 때마다 꼭 내가 읽을 만한 동화책이나 아동문학, 위인전 같은 것을
사 오셨다. 안데르센 동화집, 강소천 선생의 아동문학, 어린이용 플루타르
크 위인전 같은 책들이었다.《집 없는 아이Sans famille》같은 외국 작가의 장
편 아동문학도 있었다. 교과서 말고 처음 접하는 책이어서 그런 책을 읽는
것이 너무 재미있었다. 아버지가 다음 책을 사 올 때까지 두 번, 세 번 되풀
이해 읽었다."

책 읽기의 즐거움을 누리게 된 뒤 문재인은 늘 책에 굶주리는 소년
이 되었다. 아버지가 장사를 그만두면서 책 공급이 끊긴 탓도 있었다.
문재인은 3년 위인 누나 책까지 뒤져 읽으며 책 읽기의 허기를 달랬
다. 그러다 중학교에 진학하면서 만난 도서관은 그의 굶주림을 일거에
해소해주었다.

"읽을 책이 그야말로 무궁무진했다. 닥치는 대로 읽어나갔다. 그 재미에
빠져 2학년 때 3개월가량 매일 도서관 문 닫을 때까지 있다가 의자 정리까
지 도와준 다음 집으로 돌아오기를 계속한 일도 있었다."

문재인은 시간이 날 때마다 도서관으로 향했다. 이 습관은 고등학
교를 마칠 때까지 계속되었다.

"처음에는 우리나라 소설에서 시작해 외국 소설로, 그리고 점차 다른 책들로 독서영역이 넓어졌다. 닥치는 대로 읽었기 때문에 〈사상계〉 같은, 의식을 깨우치는 잡지도 비교적 일찍 접했다. 야한 소설책도 일찍 읽어봤다. 체계적인 계획이나 목표 없이 마구 읽었다. 중·고등학교 6년간 무척 많은 책을 읽었다. 독서를 통해 세상을 알게 되고 인생을 알게 됐다. 사회의식도 생겼다."

책은 곧 문재인에게 꿈의 통로와도 같았다. 그가 중학교 때 읽은 김찬삼 교수의 《세계일주 무전여행기》 같은 책들은 세계여행의 꿈을 심어줬다. 그에게 사회의식을 심어준 것도 책이었다. 특히 어릴 때부터 읽기 시작한 신문은 그에게 사회의식을 키워준 주요한 매체였다.

읽을거리가 궁했던 문재인은 아버지가 보는 신문을 읽기 시작했다. 당시 신문에는 한자가 꽤 많이 섞여 있었다. 때문에 처음에는 한자가 없는 연재소설 같은 부분만 골라 읽었다. 그러다 차츰 한자가 섞인 기사까지 술술 읽게 되었다. 자주 쓰이는 쉬운 한자를 깨우쳤고, 어려운 한자도 앞뒤 문맥을 통해 그 의미를 짐작해내는 요령을 터득한 덕분이었다.

"아버지는 그 당시 대표적 야당지로 이름 높았던 〈동아일보〉의 고정 독자였다. 나도 그 신문을 오랫동안 보면서 사회현실에 대한 비판의식을 키워나갈 수 있었다. 그런 의미에서 나는 요즘 너무 많이 달라져 버린 〈동아일보〉가 안타깝다. 옛날의 모습으로 되돌아가기를 바라마지않는 옛 독자 중한 명이라고 할 수 있다."

문재인의 원래 꿈은 역사학자가 되는 것이었다. 대학에서의 전공도 역사학과를 택하고 싶었다. 학교 다니는 내내 역사과목이 가장 재미있었고, 성적도 다른 과목보다 높았다. 지금도 문재인은 역사책 읽기를 즐긴다. 변호사가 되면서 처음 떠올린 생각도 '나중에 돈 버는 일에서 해방되면 아마추어 역사학자가 되리라'는 것이었다.

담임선생님과 부모님의 반대로 법학과로 진로를 바꾼 문재인은 재수를 거쳐 경희대 법대에 진학했다. 그리고 문재인은 사상의 은사 리영희 선생을 만났다. 특히 베트남전쟁에 대해 기술한 선생의 논문과 책은 청년 문재인에게 강렬한 정서적 충격을 안겼다.

"대학 시절 나의 비판의식과 사회의식에 가장 큰 영향을 미친 분은, 그 무렵 많은 대학생들이 그러했든 리영희 선생이었다.

나는 리영희 선생의 《전환시대의 논리》가 발간되기 전에, 그 속에 담긴 '베트남전쟁' 논문을 〈창작과 비평〉 잡지에서 먼저 읽었다. 대학교 1, 2학년 무렵 잡지에 먼저 논문 1, 2부가 연재되고, 3학년 때 책이 나온 것으로 기억한다. 처음 접한 리영희 선생 논문은 정말 충격이었다. 베트남전쟁의 부도덕성과 제국주의적 전쟁의 성격, 미국 내 반전운동 등을 다뤘다. 결국은 초강대국 미국이 결코 이길 수 없는 전쟁이라는 것이었다.

처음 듣는 이야기는 아니었다. 우리끼리 하숙집에서 은밀히 주고받은 이야기였다. 그러나 누구도 부인할 수 없는 근거가 제시되어 있었고, 명쾌했다. 한 걸음 더 나아가 미국을 무조건 정의로 받아들이고 미국의 주장을 진실로 여기며 상대편은 무찔러 버려야 할 악으로 취급해 버리는, 우리 사회의 허위의식을 발가벗겨 주는 것이었다. 나는 그 논문과 책을 통해 본받아야 할 지식인의 추상秋霜 같은 자세를 만날 수 있었다. 그것은 두려운 진실을 회피하지 않고, 직시하는 것이었다. 진실을 끝까지 추구하여, 누구도 부인할 수 없는 근거를 가지고 세상과 맞서는 것이었다. 목에 칼이 들어와도 진실을 세상에 드러내고, 진실을 억누르는 허위의식을 폭로하는 것이었다.

리영희 선생은 나중에 월남패망 후 〈창작과 비평〉 잡지에 베트남전쟁을 마무리하는 논문 3부를 실었다. 월남패망이라는 세계사적 사건을 사이에 두고 논문 1, 2부와 3부가 쓰인 셈이었다. 그런데도 그 논리의 전개나 흐름이 그렇게 수미일관首尾一貫할 수 없었다. 1, 2부는 누구도 미국의 승리를 의심하지 않을 시기에 미국의 패배와 월남의 패망을 예고했다. 3부는 그 예고가 그대로 실현된 것을 현실 속에서 확인하면서 결산하는 것이었다. 적어도 글 속에서나마 진실의 승리를 확인하면서, 읽는 나 자신도 희열을 느꼈던 기억이 생생하다."

이후 노무현 변호사와 함께 인권변호사의 길을 걷고 있을 때 문재인은 리영희 선생 초청강연회를 두세 번 연 적이 있었다. 이때 뒤풀이 자리에서 문재인은 선생에게 이런 질문을 던졌다.

"중국의 문화대혁명을 높이 평가했던 점은 오류가 아니었는지요?"

선생은 망설임 없이 대답했다.

"오류였지. 글을 쓸 때마다 객관성을 확보하기 위해 무척 노력했는데, 그 시절은 역시 자료접근의 어려움 때문에 한계가 있었던 것 같아. 또 그때는 정신주의에 과도하게 빠져 있었던 것 같아."

문재인은 솔직하게 오류를 인정하는 선생의 솔직함이 존경스러웠다.

노무현 대통령의 참여정부가 열리면서 문재인도 청와대에 들어가 공직생활을 시작했다. 노무현 전 대통령 역시 열정적인 독서가였다. 그는 독서를 통치행위에 적극적으로 활용한 정치인이기도 했다. 청와대 내부 통신망에 '서평코너'를 마련해 독서운동을 펼치기도 했으며, 참여정부 5년 동안 책을 국정운영의 도구로 적극 활용했다.

노무현 전 대통령은 수석보좌관 회의나 국회의원 초청 간담회에서 자신이 읽은 책을 소개하며 행정에 반영할 것을 지시하거나 참조하기를 권했다. 《거버넌스Governance》가 바로 그런 책들 중 하나였다.

노무현 전 대통령이 탄핵 정국에서 벗어났을 당시 '거버넌스협치'라는 말이 유행이었다. 참여정부에서도 시민사회와의 거버넌스를 모색하던 때였다. 대통령은 참모들에게 거버넌스 관련 책들을 읽어보도록 권했다. 시민사회와의 협치를 진행하는 일은 문재인 시민사회수석에게 맡겼다.

"대통령은 내가 부산지역에서 시민사회활동을 오래했고, 민정수석을 하면서 서울 쪽 시민사회인사들과도 잘 알게 됐으니, 첫 시민사회수석 적임자라고 했다. 나도 그 기대에 부응하려고 노력했다. 중요한 사회적 갈등과제를 비서관실별로 분담해, 청와대가 직접 관심을 갖도록 했다. 국가적 갈등조정시스템을 위해 '지속가능발전위원회'로 하여금 갈등조정기구의 역할을 하게 했다. 또 법제화를 위해 갈등관리기본법 제정도 추진했다. 지속가능발전위원회뿐 아니라 '국가에너지위원회' 등 국가정책을 논의하는 기구에 시민사회 참여를 크게 확대했다."

문재인도 독서를 정책 구상에 활용하는 법을 적극 활용하고 있다. 정부의 언론정책을 구상하는 데는 미국의 언론학자 로버트 맥체스니Robert McChesney의 《부자 미디어, 가난한 민주주의Rich Media, Poor Democracy》라는 책을 참고했다.

"《부자 미디어, 가난한 민주주의》는 미국사회에서 미디어 기업은 급속히 성장하는 데 반해 미디어의 공적 역할은 약화되고 민주주의가 점차 퇴보하는 현실을 담고 있습니다. 맥체스니는 미디어 기업의 독과점화와 미디어의 상업화에 그 원인이 있다고 지적합니다. 우리나라의 미디어 상황도 비슷합니다. 이명박 정부의 무원칙적인 시장논리는 심지어 미디어 정책에까지 손을 뻗쳐서 시장의 질서를 어지럽히고 미디어라는 공공영역을 완전히 사유화시켜 버렸습니다.

정치권력에 의한 언론장악과 통제 못지않게, 광고를 매개로 한 자본권력의 언론통제 또한 민주주의를 위협하는 요소이며 반드시 차단되어야 합니다. 다음 정부는 공공성과 산업성이 균형을 이루도록 미디어정책을 재구성해야 할 중요한 과제를 안고 있습니다."

문재인은 또 세계적인 미래학자 제러미 리프킨Jeremy Rifkin의 최근 저서인 《3차 산업혁명The Third Industrial Revolution》을 에너지 정책 구상에 적극 활용했다.

제러미 리프킨은 이 책에서 앞으로 재생에너지가 '제3차 산업혁명'을 몰고 올 거라고 예견했다. 문재인은 저자의 주장을 토대로 산업과 소비 생활 전반에 걸쳐 혁신을 몰고 올 에너지정책 방향을 밝히고 있다.

"지금까지는 고갈될 수밖에 없는 에너지를 소모하고 환경을 오염시키면서 경제를 유지해왔죠. 3차 산업혁명은 지속가능한 성장을 핵심으로 합니다. 이러한 산업혁명은 단순히 에너지의 종류를 바꾸는 것에 그치지 않고 에너지의 저장, 전송과 소비에 걸쳐서 손실을 줄이고 효율을 높임으로써 산업과 소비 생활 전반에 일대 혁신을 몰고 올 것입니다.

세계시장의 신재생에너지 도입은 매우 빠르게 진행되고 있습니다. 유럽은 2030년 신재생에너지 50퍼센트를 목표로 하고 있습니다. 저는 현재의 2퍼센트를 20퍼센트까지 확대하겠다는 목표를 발표했습니다. 많은 분들의 관심과 창의적 발상이 더해진다면 목표 달성은 더욱 빨라질 것입니다.

신재생에너지의 개발은 에너지 수급 개선 효과만이 아니라 신성장동력으로서도 파급 효과가 있습니다. 독일의 경우에 태양에너지와 풍력 발전에 관련된 일자리만 35만 개가 있습니다. 우리나라도 신재생에너지 관련 산업을 활성화한다면 현재 1만 3천 개에 불과한 신재생에너지 관련 일자리를 수십만 개까지 확대할 수 있습니다.

생태적 성장은 철학과 생각의 전환에서 시작됩니다. 경제성장과 사회통합, 그리고 환경보존을 함께 고려하는 지속가능한 성장을 뜻하는 것입니다. 그러기 위해서는 먼저 토건과 개발 사업이 늘 우위에 있던 정부의 재정 지출 구조와 조직형태를 바꾸어야 합니다."

이처럼 문재인은 책에서 길을 찾고 책에서 더 나은 미래를 열어갈 동력을 얻는다. 그렇다고 책 읽기에만 전적으로 의존하지는 않는다. 문재인은 다양한 분야에 관심을 갖고 그 속에서 길을 찾는 정치인이다.

다음은 포토에세이집 《문재인이 드립니다》의 저자 소개에 실린 '문재인이 좋아하는 것들'이다.

"책을 좋아합니다. 책 냄새를 좋아합니다. 개와 고양이를 좋아합니다. 개와 노는 것을 좋아합니다. 고양이를 품에 안는 것을 좋아합니다. 야구를 좋아합니다. 공 하나에 혼신을 다하는 선수들의 플레이를 좋아합니다. 밤을 좋아합니다. 밤에 듣는 느슨한 음악을 좋아합니다. 영화를 좋아합니다. 안성기의 그 넉넉한 연기를 좋아합니다. 남의 얘기 듣는 것을 좋아합니다. 조용조용히 말하는 것을 좋아합니다. 걷는 것을 좋아합니다. 아내와 나란히 걷는 것을 좋아합니다. 여행을 좋아합니다. 낯선 곳에 홀로 놓인 내 모습을 좋아합니다. 아이들을 좋아합니다. 아이들과 눈높이를 맞추는 것을 좋아합니다. 내 일을 좋아합니다. 어떤 간섭도 받지 않고 일에 몰입하는 시간을 좋아합니다. 그리고 사람을 좋아합니다."

문재인은 말한다. "사람을 좋아한다"고. 개인의 야망을 실현하기 위한 권력은 없어야 하고, 자신에게 그런 권력의지는 없다고. 권력은 국민에게서 온 것이므로 그 권력을 국민에게 되돌려줄 것이라고…….

질문이 생긴다. 헌법이 제정된 후 스무 번째의 대통령을 맞이한 우리에게 과연 부끄럽지 않은 대통령이 얼마나 있었는가. 정치가 혼란스러운 지금이지만 그래도 희망을 가져본다. 제발이지 지도자다운 지도자와 함께 새로운 미래를 열어갈 수 있게 되기를…….

"한 나라의 리더가 되려면

단순히 정권을 교체하는 것이 목적이 되어서는 안 됩니다.

정권을 넘어서 정치를 교체해야 하고,

정치만으로 그치지 않고 사회 전반을 아우르는,

하나의 사회를 이끌어가는 시대정신을 새롭게 해야 합니다."

― 문재인

문재인의 서재(2017)

초판 1쇄 발행 | 2017년 02월 15일
초판 2쇄 발행 | 2017년 05월 15일
초판 3쇄 발행 | 2023년 08월 10일

편저자 | 태기수
펴낸이 | 김왕기
펴낸곳 | (주)푸른영토

편집부 | 원선화, 김한솔
디자인 | 푸른영토 디자인실

주소 | 경기도 고양시 일산동구 장항동 865 코오롱레이크폴리스1차 A동 908호
전화 | (대표)031-925-2327   팩스 | 031-925-2328
등록번호 | 제2005-24호.   등록년월일 | 2005. 4. 15

홈페이지 | www.blueterritory.com
전자우편 | book@blueterritory.com

ISBN 978-89-97348-65-5   03800